元構造解析研究者の異世界冒険譚 8

ALPHA LIGHT

犬社護
Inuya Mamoru

JN090106

アルファライト文庫

CHARACTER
リリヤ
アッシュの奴隷《どれい》と
なった少女。
『鬼神変化』によって、
白狐童子に変わる。
アッシュ
シャーロットの旅に
同行する冒険者の少年。
突《つ》っ込《こ》み属性の
持ち主。
シャーロット
本編の主人公。家族だけでなく、
精霊からも愛されている少女。
前世では構造解析研究者
「持水薫《もちみずかおる》」だった。
転移魔法を探して
旅をしている。

厄《やく》浄《じょう》禍《まが》津《つ》
金《こん》剛《ごう》
ユアラのバックにいる
謎《なぞ》の黒幕。
ユアラ
スキル販売者。
実は日本人。
シンシア
サーベント王国の
王太子妃。
ベアトリス
サーベント王国の
元悪役令嬢《れいじょう》。
現在は指名手配中。

プロローグ　忍《しの》び寄る影

バザータウンにて、英雄トキワ・ミカイツは騎士団と協力し、ハーモニック大陸に名を轟《とどろ》かせる大犯罪者『ルネオサ・トクラコス』を捕縛《ほばく》することに成功した。カオル・モチミズは、従魔《じゅうま》格闘技大会『テイマーズ』にて新《あら》たな体術を披露《ひろう》し、大会を騒《さわ》がせた。この二人は聖女シャーロットの仲間とされており、聖女一行が去った現在も、タウンでは二人の話で持ちきりだった。

そんなとき、一人の長身、長髪、黒髪で褐色《かっしょく》の肌を持つダークエルフが、テイマーズの会場付近で笑っていた。

「あの泣き虫だったトキワが『英雄』か。コウヤが聞いたら、さぞ驚《おどろ》くだろう。彼とは会えなかったが、私の求めていたものはカオル・モチミズのおかげで入手できた」

男はマジックバッグから、一振りの大剣を取り出す。

「『隕鉄《いんてつ》の大剣』改め、『閃光《せんこう》の大剣』か。購入当初、重量感、魔力伝導性は申し分なかったが、硬度《こうど》や斬《き》れ味に難《なん》があった。しかし、ここで有能な鍛冶《かじ》師を見つけ、さらに私のユニークスキルを利用したことで、この大剣は生まれ変わった。これで、私の悩《なや》みも解決だ。

旧《ふる》い友人の話も聞けたし、いい休暇《きゅうか》になったな。そろそろ、祖国《そこく》へ戻るか」

男――イオル・グランデは剣を収納し、トキワとカオルのことを考えながら、一人バザータウンを離《はな》れていく。彼の祖国はサーベント王国。トキワがジストニス王国の英雄であれば、イオルはサーベント王国の英雄と言える。

今から六十年ほど前、サーベント王国は一体の魔物により滅亡《めつぼう》の危機に瀕《ひん》していた。国民を恐怖のどん底に叩《たた》き落とした魔物の名はラフレシアドラゴン。王都から遠く離れた森林の瘴気溜《しょうきだ》まりから発生した魔物で、通った道筋は腐《くさ》った大地と化し、人々も腐り果てゾンビと化すという事態に陥《おちい》った。しかも、かのドラゴンは王都へと少しずつ近づいている。この危機的状況を救ったのが、イオル・グランデである。

彼は聖峰《せいほう》アクアトリウムに棲《す》むアクアドラゴンと話し合い、腹心《ふくしん》のラプラスドラゴンを従《したが》魔に従えることに成功すると、ラフレシアドラゴンへ戦いを挑《いど》んだ。一進一退の攻防が続いたものの、イオルは辛勝《しんしょう》する。戦いの場が王都からほど近かったこともあり、このニュースは瞬《また》く間に王都中へと広がったのだが、その際信じられない奇跡《きせき》が起きた。

アクアドラゴンの美しい声が国土全土に鳴り響《ひび》くと、清らかな雨が静かに大地へと降り注ぐ。するとどうだろう。イオルとラフレシアドラゴンの戦闘により腐った沼地と化した場所が、見る見るうちに回復し、元の綺麗《きれい》な草花が生《お》い茂《しげ》る大地へと復活していくではないか!!

当時平民の一冒険者だったイオルは国民から『英雄』と呼ばれるようになる。しかも、大勢の国民の前で執《と》り行われた表彰式において、国王自《みずか》らが『イオル・グランデこそが我《わ》が国の英雄である!!』と宣言したことで、彼は確固《かっこ》たる称号を手にした。

その後、ラフレシアドラゴンのような難敵《なんてき》と誰もが戦えるよう、空戦特殊《とくしゅ》部隊が結成され、イオルは隊長へと大昇進《だいしょうしん》することとなる。

そんな彼が国境検問所《けんもんじょ》へ到着し、サーベント王国へ入った瞬間、ズボン左側に配置されているポシェットから大きなアラーム音が鳴り響く。音の正体《しょうたい》は魔導具『携帯端末《けいたいたんまつ》』。四年前サーベント王国王都で開発されてから、国内で爆発的にヒットし、今では貴族だけでなく、平民たちにも広がりつつある。

「この音は、いつ聞いても慣れんな。着信相手は……ディバイルか。どうせ休暇先で、いい女が見つかったか、なんて話だろう。イオルだ、どうした?」

『よっしゃ～～やっと、繋《つな》がった～～～』

「声が大きいぞ、どうしたんだ?」

『隊長、なに呑気《のんき》なことを言っているんですか⁉　今、王都は大混乱なんですよ!!』

ベアトリスが積層雷光砲《せきそう》を放ってから、四日が経過していた。現在、サーベント王国王都フィレントでは、多くの国民が困惑している。

ライトニングドラゴンを模《も》した魔法攻撃には、はっきりわかるほど強烈《きょうれつ》な魔力と王族への憎悪《ぞうお》がこめられていた。王都にいる大部分の国民もその脅威《きょうい》を察知していた。

さらに、王城の上でピタッと止まり、ドラゴンは見る見るうちに……巨大なベアトリスの顔へと変化したのだ。そして、彼女は高らかに笑い声をあげると、王城を深く睨《にら》みつけた。その悍《おぞ》ましい魔力に当てられたことで、王城内部は『気絶《きぜつ》する者』『恐怖で足を竦《すく》ませる者』『失禁《しっきん》する者』が続出し、誰もが死を悟《さと》った。しかし、ベアトリスの顔は何もせず、そのまま霧散《むさん》した。

「私のいない間に、そんな大事件が起きていたのか。ディバイル、怪我人《けがにん》はいないんだな？」

『いませんが、精神的な意味合いで怪我《けが》を負《お》った者は、大勢いますよ。それも、王城内限定で』

「犯人は、ベアトリスか？」

『間違いありません。昨日、セリカとルマッテが王城へ帰還《きかん》し、全てを打ち明けてくれました。ベアトリスはジストニス王国に潜伏《せんぷく》していたんです。二人はバザータウン付近で交戦し敗《やぶ》れこそしましたが、この情報を持ち帰るため、死に物狂《ものぐる》いで逃げてきたと国王陛下に話していましたよ。しかも、俺たちの見たドラゴンやベアトリスの顔は、そこから放たれたものだそうです』

このとき、イオル・グランデの思考はディバイルのある一つの言葉で止まっていた。

『バザータウン付近』。彼はついさっきまでその街に滞在《たいざい》していた。にもかかわらず、その巨大魔力に気づけていない。これが何を意味するのか。そう考えただけで、彼は戦慄《せんりつ》する。

「確認するが、バザータウン付近で放たれたものなんだな？」

『ええ、そうですけど？』

「ディバイル、私は七日前から今日まで、バザータウンに滞在していた。だが、私はその魔力に気づかなかった。騒ぎにもなっていないから、多くの人が同じだろう」

しばし、二人とも押し黙《だま》った。やがて、イオルが口を開く。

「ベアトリスに、そいつを隠《かく》せるほど強力な仲間がいるのは明白《めいはく》だ。知っていたら、名前を教えてくれ」

『ええ、特に強いのが、トキワ・ミカイツ、カオル・モチミズの二人。あと、聖女シャーロット・エルバランもいるそうです』

名を聞いた瞬間、イオルの額《ひたい》から一筋《ひとすじ》の汗が地面へと滴《したた》り落ちた。

『トキワ・ミカイツ』。親友コウヤ・イチノイの弟子《でし》で、今では『ジストニス王国の英雄』と呼ばれている。

『カオル・モチミズ』。イオル自身は面識《めんしき》がないものの、あの地下のオークション会場で放たれた覇気《はき》だけで、その強さを十分認識できる。

この二人がベアトリスの仲間である以上、王都で本気で戦闘した場合、周辺は更地《さらち》となってしまう。それを理解したイオルは、すぐには言葉を出せずにいた。

『隊長?』

あまりの沈黙《ちんもく》の長さからか、ディバイルが声をかける。

「これは、厄介《やっかい》なことになるぞ。『英雄トキワ』と『聖女シャーロット』が絡《から》んでいる以上、間違いなくクロイス女王《じょおう》も関わっているはずだ。そちらはどうなっている?」

『今朝《けさ》、国王陛下が大型通信機を通して、会談が実施されました。クロイス女王と聖女シャーロットは、危篤《きとく》状態のベアトリスを匿《かくま》い治療《ちりょう》を施《ほどこ》したそうです。完治後、あの事件の話を聞いたらしいのですが、ベアトリスは自らの罪を認めたものの、結果に至《いた》るまでのプロセスに納得がいかないようで、直接ここへ来て再調査したいと女王に訴《うった》えたとのことです』

治療を施すだけならば、まだ女王として許されるのだが、彼女を匿《かくま》い、サーベント王国王都フィレントまでの道程《みちのり》をアシストしているとなると、明確な裏切りになる。

「クロイス女王は、ベアトリスの言い分を信じたのか?」

『それだけでなく、「彼女は王家に復讐《ふくしゅう》したいと言っていますが、そんなことは私がさせません。だからこそ、トキワとシャーロットを仲間として同行させたのです。もし、王族の誰かに危害を加えるような事態が発生したら、私は女王の座を降りましょう」と宣言しました』

「我が国の国王陛下に対し、そこまで言うとは……だが、女王としては甘いな」

クロイスは、敬愛《けいあい》するベアトリスと絶対的な力を持つシャーロットを信じているからこそ、自国を揺《ゆ》るがすほどの宣言をしている。サーベント王国の実力者が彼女らを捕縛《ほばく》しようと動くことも想定済みである。不安に思っているのは、シャーロットが王都フィレントで暴走《ぼうそう》することだ。これを防ぐため、彼女たちの状況が少しでも有利になるよう考えての行為とも言える。

現時点でイオルたちは、そんなクロイスの気持ちなど理解できるはずもない。そのため、『甘い』と判断し、女王としての評価を下げてしまった。

「目的と時期を考えれば、ベアトリスたちは、私が追跡《ついせき》しよう。お前たちは、王都で待機だ」

『本気ですか⁉』

「無論だ。ベアトリスがあの魔法を王城に撃《う》つ可能性もある。王都周辺の警戒《けいかい》を怠《おこた》るな」

イオルはディバイルを説得し、携帯端末を切る。先程までの緩《ゆる》い休暇モードから一転、現在の彼の体内では研《と》ぎ澄《す》まされた覇気が駆《か》け巡《めぐ》っていた。

彼にとって、難敵は『トキワ』と『カオル』のみ‼

1話　急転直下の危機

「シャーロット〜暇《ひま》だよ〜。『苦戦雑務部隊』でもいいから、何かイベントが起きてほしいよ〜」

「カムイ、『空戦特殊部隊』だからね〜」

私――シャーロットたちがサーベント王国に入ってから六日が経過した。この間、目新《めあたら》しいことは何も起きていない。最終目的地『王都フィレント』までは、かなりの距離《きょり》があるため、私たちは六つの中継《ちゅうけい》地点を決め、現在三つ目の『貿易都市リムルベール』を目指し、二体の騎獣《きじゅう》ガウルを馬車代わりにして歩を進めている。

この騎獣は、一つ目の中継地点『ノベラッテ』の街で購入したもので、王都フィレントまで一緒に行動する。私にはユニークスキル『全言語理解』があるため、このトリケラトプスに似た四足歩行の巨大騎獣とも、すぐ仲良くなれた。

現在の馭者《ぎょしゃ》はトキワさんとアッシュさん。私たち女性陣とカムイは幌《ほろ》付きの荷台の中にいる。

「どっちでもいいよ〜。暇だよ〜」

彼らを避《さ》けたくて、中継地以外の街や村には立ち寄らないことにしているけど、超エリート部隊となると、絶対どこかで遭遇《そうぐう》すると思う。

「カムイ、そういう言葉を口にすると、大抵よくないことが起きるんだよ。だから……暇でもそれ以上言ってはいけません」

カムイは生後三十日にも満たない赤ちゃんドラゴン。卵の中にいる状態で、色んな種族によってあちこちに盥回《たらいまわ》しされるという劣悪《れつあく》な環境《かんきょう》に晒《さら》されたせいで、〇歳なのに、知能がやけに高い。入国以降、あまりにも平和な時間が続いていることもあって、この状況に飽《あ》きたんだね。

「ベアトリス様、あの上空に見える点、何か感じませんか？」

荷台の後方から見張りをしているルクスさんが、何かを見つけたようだ。呼びかけに応じて、ベアトリスさんが彼女の方へ移動する。

「かなり遠いわね。でも、これは……視線？　あれって、魔物なの？　遠すぎてわからないわ」

二人の会話が気になったため、私もそこへ移動し、上空に見える点らしきものを見た。通常の視力では点にしか見えないけど、スキル『視力拡大』を最大限にまで高めると……

「多分……あれはドラゴンですね。遠すぎて、種類まではわかりません」

当初、ベアトリスさんは私の力やユニークスキルに頼《たよ》らないように行動していた。でも、セリカさんとルマッテさんが現れ、自分一人では解決できない問題が発生したことで、現在では必要に応じて頼ってくれている。

「ドラゴン⁉　もしかして、僕のお父さんかお母さん？」

ドラゴンと聞いて、カムイも私たちの方へやって来た。カムイの両親はフランジュ帝国に住んでいるし、行方《ゆくえ》不明になって日も浅いから、まだ国内を探《さが》しているんじゃないかな？

「そこまではわからないよ。でも念のため、構造解析してみようか？」

「うん、やってよ‼　僕の両親なら、絶対会いたいもん‼」

う、可愛《かわい》い。純粋《じゅんすい》に目を輝かせ、私に期待を寄せるカムイ。ここは一肌脱《ぬ》ぎましょう‼

『構造解析』‼

名前　プリシエル
種族　ラプラスドラゴン／性別　女／年齢　345歳／出身地　サーベント王国聖峰アクアトリウム
レベル78／HP690／MP732／攻撃712／防御682／敏捷《びんしょう》785／器用561／知力501
魔法適性　水・光／魔法攻撃638／魔法防御690／魔力量732……

「え？」

なんなの、この強さは？　習得している魔法も多く、最上級魔法だって二種類も持っている。基本スキルや応用スキルも四十種類以上習得している。おまけに、各スキルレベルが全て7以上だ。Sランクのドラゴンが、なぜこんなところにいるの？　もっと深くまで情報を読もう。

ユニークスキル：全言語理解・無詠唱《むえいしょう》・サイズ調整・狂穏反転《きょうおんはんてん》・呪怨《じゅおん》

称号：参謀《さんぼう》・努力家・静読深思《せいどくしんし》・機構打破《きこうだは》・イオル絶対愛好者

備考欄《びこうらん》

英雄イオル・グランデの従魔・最強種アクアドラゴン『シヴァ』の部下・現在の怒気量《どきりょう》：0

性格は非常に温厚《おんこう》である。だが、崇拝《すうはい》するアクアドラゴン『シヴァ』と、愛するイオル・グランデの悪口を言われ、怒りが一定を超《こ》えた場合に限り、ユニークスキル『狂穏反転《きょうおんはんてん》』により狂暴化《きょうぼうか》し、ステータスが十分間二倍となる。その場合、イオルかシヴァが止めなければ、周囲一帯を永久凍土《えいきゅうとうど》と化すほどの力を発揮《はっき》する。現在、イオル・グランデを乗せてベアトリスたちの行方を追っており、遥《はる》か前方から強い違和感《いわかん》を覚えたため、現在そこへ向かっている。

「カムイがフラグを立ててしまったよ〜〜〜」

「なんのこと？　僕が、何かした？」

これは、まずい事態だ。あのドラゴンと主人のイオルという人は、ここへ向かっている。

しかも、イオル・グランデなる人物に関しては、トキワさんとベアトリスさんから聞いている。コウヤ・イチノイの親友で、その強さは『鬼神変化』前のコウヤさんと互角《ごかく》。だけど、この話自体が九年前のもののため、今はそれ以上に強くなっているのは間違いない。

「ルクスさん、大手柄です。あの黒い点に見えるものはラプラスドラゴン、空戦特殊部隊隊長イオル・グランデの従魔です。しかも、こちらに向かっています」

その瞬間、全員が大声をあげ、ガウルたちの動きが止まり、私を凝視《ぎょうし》する。まあ、無理もないよね。いきなり、ボスの登場だもん。トキワさんが駁者席《ぎょしゃ》からここまで移動し、後方の点を確認する。

「おいおい、嘘《うそ》だろ。この微《かす》かに感じる気配と威圧感《いあつかん》は、間違いなくイオルさんのものだ。だが、どうしてバザータウン方面から向かってきているんだ？　方向が違うだろ？」

そう、その通りだよ。彼がいるのは王都のはず。バザータウン方面からやって来るのはおかしい。

「シャーロット、イオルさんの目的はベアトリスなのか？」

トキワさんの顔は真剣そのもの。ここは茶化さずに話を進めていこう。

「はい、そうです。どうしますか？」

イオルさんは、わざと私たちに気配を感じ取れるようにしている。こちらの出方を窺《うかが》っているのは明白だ。ベアトリスさんを見ると、覚悟を決めたのか、険《けわ》しい表情で言う。

「トキワ、ここで話し合いましょう。周辺は草原地帯、最悪ここでなら思う存分戦えるわ」

「やむを得ない……か。シャーロット、ガウルたちに事情を話して、大人しくしてるよう命令してくれ」

「はい!!」

私は急ぎ駁者席《ぎょしゃ》の方へ行き、ガウルたちに説明する。現時点で少し怯《おび》えていたけれど、私の力を説明したら落ち着きを取り戻した。仲間全員がガウルから降り、イオルさんの到着を待つ。

「ねえ、シャーロット。あのドラゴンは僕の両親じゃないけど強いんでしょ？」

カムイの唐突《とうとつ》な質問。全員の緊張《きんちょう》を少しでも和《やわ》らげるため、ここは素直に教えてあげよう。

「うん、強いよ。間違いなく、Sランクの力を有しているね。アクアドラゴン腹心の部下らしいから、カムイの両親エンシェントドラゴンの現在位置を知っているかもしれない」

同じ竜種でSランクなのだから、情報を持っていてもおかしくない。

「それじゃあ、トキワとベアトリスがイオルと話している間、僕はラプラスドラゴンと話すよ!!」

うわあ~なんという空気を読まない発言。みんながカムイを見ているんですけど!! 今の危機感を理解できないのかな? まあ、カムイ自身は話し合いに参加できないからこそ、自分本位に考えてしまうのかもしれない。あ、そういえば、あのドラゴン、あのスキルを持っていたよね?

「トキワさん、交渉決裂《こうしょうけつれつ》で戦闘になった場合、私も参加した方がいいのでしょうか?」

突然話を振られたトキワさんはやや慌《あわ》てるものの、私の求める回答を言ってくれた。

「いや、ダメだ!! シャーロットの力は切り札《ふだ》として、最後まで温存しておく。そもそも、ベアトリス自身がそれを望まないだろう」

トキワさんが、彼女の方を見る。

「当然よ。話を聞いただけでイマイチ実感が湧《わ》かないけど、シャーロットがその気になれば、トキワやイオルを一蹴《いっしゅう》できるんでしょう? そんな大きな力で物事を無理矢理解決させてしまったら、サーベント王国は恐怖で支配されてしまうわ」

私の行動次第で、本当にそうなるかもしれないから、注意しないといけない。

「わかりました。カムイにも事情がありますから、みんなが交渉もしくは戦闘している間、私がカムイを護衛《ごえい》しましょう」

ここは全てトキワさんに任《まか》せて、ラプラスドラゴンのところへ行こう。カムイの事情を話せば、変に怪《あや》しまれないと思う。

「トキワさん、僕とリリヤも足手まといになりたくないので、カムイたちの方へ移動しておきます。ラプラスドラゴンはSランクでアクアドラゴンの部下なら、知能も高く、魔人語だって話せるはずです。同種族で生まれて間もないドラゴンのカムイを見たら、事情を知ろうと、向こうから話しかけてくるかもしれません。その間は少なくとも交渉や戦闘に介入《かいにゅう》できないので、イオルさんとの話も円滑《えんかつ》に進められると思うんです」

アッシュさんの案も聞き、トキワさんとベアトリスさんは深く考え込む。だがその間にも、イオルさんたちはここへ着実に近づいている。あまり、熟考《じゅっこう》している時間はない。

「やむを得ない……か。アッシュの言う通り、ラプラスドラゴンは知能も高く、魔人語を話せる。カムイが話しかければ、間違いなく興味を示すだろう。極力《きょくりょく》、戦闘だけは回避《かいひ》したいところだが、もし俺たちの交渉が失敗し、やつがイオルさんと結託《けったく》してベアトリスの捕縛《ほばく》に参戦しようものなら、俺も『鬼神変化』で対抗するしかない」

よし、方針が決定した!!

トキワさん、ベアトリスさん、ルクスさんの三名が、イオルさんと会談する。その間、私、カムイ、アッシュさん、リリヤさんの三名プラス一匹はラプラスドラゴンに、カムイの事情を聞いてもらい、エンシェントドラゴンについての情報を聞き出す。

それが終了したら、私は個人的な質問をとある言語で放つ。その反応次第では、時間をもっと稼《かせ》げるだろう。あのドラゴンには、とある秘密がある。ステータス上でもっと情報を解析し、みんなにも説明したいけど、もう時間がない。

イオルさんたちはあと数分もすれば、ここへ降り立つ。ぶっつけ本番で試《ため》すしかない!!

2話　イオル・グランデとの交渉

いきなりのピンチね。私――ベアトリスの目の前で、巨大なラプラスドラゴンが地面へ降り立とうとしている。全身が紺色《こんいろ》の化物、その姿から伝わる威圧感と存在感。全てを斬り裂《さ》き、噛《か》み砕《くだ》くと言われている爪《つめ》と牙、皮膚《ひふ》を覆《おお》う硬《かた》い鱗《うろこ》。これらを見ただけで、私には勝てないとわかるわ。

つくづく、シャーロットと出会えてよかったと思う。出会う前の私なら、ルクスとともに気絶して早々に捕縛《ほばく》されていたかもしれない。

『アクアドラゴン「シヴァ」様の腹心の部下』と呼ばれるのも納得よ。ミリンシュ家で貴族教育だけでなく、崇拝するシヴァ様についても色々教わったけど、こんな存在感を放つドラゴンでさえ、聖峰アクアトリウムに棲《す》むドラゴンたちの実質ナンバーツーなのよね。シヴァ様は、どれほどの強さなのかしら？

翼を軽く振るうだけで、周囲に暴風が吹き荒《あ》れる。砂が目に入らないよう、私は目を細め、ドラゴンの背に乗る人物を見る。

あの長い漆黒《しっこく》の髪、褐色《かっしょく》の肌、涼《すず》しい目、自信と覇気に満ち溢《あふ》れている身体《からだ》、空戦特殊部隊専用の騎士服。なによりも、クレイグ様と婚約《こんやく》していたとき、彼と何度か話したことがある。この人物こそ『空戦特殊部隊隊長イオル・グランデ』だ。

どうして、ボスがたった一人でいきなり登場するのよ。彼はトキワを見て、若干眉《じゃっかんまゆ》を動かしたけど、特に動揺《どうよう》することもなく、地面へと降り立ち、こちらへ堂々と歩いてくる。

身体が震《ふる》えるわ。これって恐怖？　それとも武者震《むしゃぶる》い？　なんにしても、私が彼と交渉して、王都への入場許可を貰《もら》わないといけない。絶対に、戦闘だけは回避よ!!　向こうはほんの少ししか気配や魔力を出していないのに、それだけでこの人には敵《かな》わないって思うもの。

「トキワ、久しぶりだな」

凛《りん》とした透《す》き通る声が、私の耳に響く。

「八年ぶりですね……イオルさん」

あのトキワですら、恐れを隠せていないわ。

「君がベアトリスか。魔鬼族に変異《へんい》しているようだが、魔力や気配の質が変わっていないぞ」

嫌な汗が、背中から流れるわ。何のスキルも使わず、それを一瞬で見抜けるのは、あなただけよ。

「王都フィレントの状況は、同僚から聞いている。ベアトリス、自分の仕出かしたことを理解しているのか？」

セリカとルマッテは国王陛下に上手《うま》く伝えたようね。英雄イオル・グランデ相手に駆け引きなど通用しない。私の蟠《わだかま》りを正直《しょうじき》に言いましょう。

「もちろんよ」

「王族への復讐として、サーベント王国を滅《ほろ》ぼすつもりか？」

まあ、ありったけの憎《にく》しみを込めて放っているから、そう思われても仕方ないわね。

「ふふ、自分の生まれ故郷を滅ぼすつもりなんて毛頭《もうとう》ありませんわ。あれは、一種の脅《おど》しと怒りを表現しているんです。シンシアを疑《うたが》う一人の令嬢《れいじょう》を国外追放同然に王都から追い出すなんて、正気《しょうき》の沙汰《さた》ではありませんから」

私の言葉に、イオルさんは微《かす》かに眉《まゆ》を上げる。私の抱《かか》えている違和感が、彼に上手く伝わるといいのだけど。

「何が言いたい？」

食いついた!!

「イオルさん、はじめに言っておきますが、私はシンシアに対して恨《うら》みなどありません。彼女に対して犯《おか》してきた数々の事件、あれらは間違いなく私自身が嫉妬《しっと》に狂って引き起こしたもの。彼女と再会したら、改めて謝罪《しゃざい》するつもりです」

これは、本当の気持ち。自分の精神を制御《せいぎょ》することに成功した今になって、あのときの私がどれだけ馬鹿なことをしたのか理解できた。

「嘘は言っていないようだな。だが、戻ってきた理由がそれだけとは思えない」

「セリカ・マーベットに対する処遇《しょぐう》、酷《ひど》いと思いませんか？　私の起こした事件を疑問に思い、シンシア王太子妃の近辺を探《さぐ》っただけですよ？　それだけの行為で、国王陛下のあの仕打ち」

家臣たちは、なぜ疑問に思わないのかしら？

「彼女は、一人無闇《むやみ》に動きすぎた。それゆえに、シンシア様を崇拝する者たちに目をつけられたのだ。あのまま何もしなければ、最悪殺されていただろう。国王陛下もそこを懸念《けねん》し、マーベット子爵《ししゃく》とも相談して、みんなを納得させるため、謁見《えっけん》の間《ま》にてあのような命令を下《くだ》したのだ」

なるほど、そういうこと。学園在籍《ざいせき》時から、シンシアはみんなから注目を浴《あ》びていたわ。さらに、時を経るにつれて人気《にんき》も出て、ついには崇拝する者も出はじめてきた。今となっては、マーベット子爵や国王陛下でも抑《おさ》えられないほど、その数が膨大《ぼうだい》に増えているのね。

「イオルさん、私は自分が落ちぶれるまでの過程で、些《いささ》か疑問に思っていることがあるんです。あなたはシンシア・ボルヘイムの評価の上がり方について、疑問を感じたことはないですか？」

今は、自分の呪《のろ》いやエブリストロ家に関する情報は話さないでおこう。シンシアとは直接的に関係ないことだし、事を余計に荒立《あらだ》たせるかもしれないもの。

「何を言うかと思えば……別段疑問に思ったことなどない。当初、彼女は王城の人々から煙《けむ》たがられていたが、その人柄が少しずつ認められていった。どの部分に、疑う要素があるというのだ？」

イオルさんですら、疑問に思わないのね。おそらく、ずっと見てきた私だからこそ、違和感に勘《かん》づけたんだわ。

「これは私の推測でしかありませんが、シンシアは他人の自分に対する好感度を自由自在に操《あやつ》るユニークスキルを所持しています。私は、それを魔法『真贋《しんがん》』で確認したい」

これが私の行き着いた結論。彼女は何らかのユニークスキルで相手の持つ自分の好感度を秘《ひそ》かに少しずつ上げていった。そして逆に、他者の私への好感度を少しずつ下げていった。

「馬鹿らしい。そんなユニークスキルなど聞いたこともない。君は、それを確認したいがために舞い戻ってきたのか？　捕縛《ほばく》され、公開処刑されるかもしれないのに？」

「その通りよ。私は自分の心の中に、制御できない嫉妬心《しっとしん》があることをクレイグ様や国王陛下、王妃様の三人に話しているわ。今後も、シンシアをもっと凄惨《せいさん》に害するかもしれないことを必死に訴えていた」

　この話を聞き、イオルさんがどんな反応を示すのかが鍵《かぎ》ね。お願いだから私の話を信じて、王都への入場を認めてほしい。

「三人が私の話す内容を真剣に聞き入れてくれたからこそ、彼女の命は護《まも》られていたのよ。でも、私は卒業パーティーで裏切られたわ。私の事情を知っているにもかかわらず、全ての責任を私に背負《せお》わせ、私を殺そうとした。それが許せないのよ!!　でも、国王陛下や王妃様に限って、こんな裏切りをするはずがないと思ったわ。だから、シンシアのステータスを知りたいの!!」

　イオルさんは、黙ったまま何かを考え込んでいる。お願い!!　私の思い、彼の心に伝わって!!

〇〇〇

　イオルさんが目を閉じて沈黙してから、数分が経過した。体感的には、もっと長く感じるけど、どんな結論に至るのかしら？

「ベアトリス、君の発言が仮に全て真実だとして、君は何を望んでいる？」

彼の目は真剣そのもの。私の荒唐無稽《こうとうむけい》とも言える話をきちんと考えてくれている。

「シンシアに、自分の仕出かしたことへの動機を伺《うかが》いたいわ。彼女の返答次第では、全てを明るみにするつもりです」

ここまでの情報を整理すると、シンシアは王太子妃になってからも、自分のできる範囲で、国政に注力している。クレイグ様と一生を添《そ》い遂《と》げることが彼女の目的なのか、それを聞きたい。

「そうか……ならば予定変更だ」

え、それって私に協力してくれるってこと？

「今この場で、君の命を貰《もら》うことにしよう」

その言葉を聞いた瞬間、私は我を忘れ、思ったままのことを口にしてしまう。

「はあ⁉　どうして、そこに行き着くのよ‼　私は、嘘偽《うそいつわ》りなく話したわ‼　むしろ、協力してほしいくらいよ」

「私は、『サーベント王国の英雄』と呼ばれている。今のトキワなら、私の意図することがわかるんじゃないか？」

トキワを見ると、複雑《ふくざつ》な表情を浮かべていた。まるで、彼の気持ちをわかっているような……

「イオルさん、あなたの言いたいことはわかる。今、サーベント王国全体が俺の知る八年前よりも活気にあふれている。王都だけでなく街や村々の治安も、大幅《おおはば》に向上している。クレイグ王太子とシンシア王太子妃、次期国王夫妻が国政に力を注いだ結果と言えるだろう」

私だって、それくらい理解しているわよ!!　トキワ、何が言いたいのよ!!

「そこに……過去の異物が紛《まぎ》れ込み、夫妻の抱える闇が全て明るみに出た場合、間違いなく国の基盤《きばん》が大きく軋《きし》む。たとえ真実であったとしても、国を揺るがすほどのものならば、英雄として闇に葬《ほうむ》り去り、今の平和を維持しよう……ってことだろう？」

なんですって⁉　それって私たちミリンシュ一家を犠牲《ぎせい》にして、国自体を護《まも》ろうってこと!!

「そういうことだ。トキワは、私の意見を聞いてどうするつもりだ？」

ちょっとやめてよ!!　ここに来て、あなたが私を裏切るなんて言わないわよね？　彼の顔を見ると、何かを吹っ切ったような表情をしているけど、どうするのかを既《すで》に決めているの？

「あなたの英雄としての考えもわかるよ。けどな、俺としては『ベアトリスを犠牲《ぎせい》に国の平和を保つ』という考え方が気に入らない。互いにもっと話し合い、和解することで、国としての基盤をより強化させ、今以上の安寧《あんねい》を求めることも可能なはずだ。その話し合いを実現させるため、クロイス女王は『英雄と呼ばれるようになった俺』と『聖女シャーロット』を同行させたんだ」

それを聞いて安心したわ。後方にいるシャーロットたちも、ずっと黙っていたようだけど、彼の意見を聞けて私と同じ気分みたいね。だけど、そこでクロイスの名を出して大丈夫なの？

「なるほど一理あるが、それはかなり危険な賭《か》けだぞ？　一歩間違えば、ジストニス王国と戦争になりかねん。トキワよ、そこまで覚悟しているのなら、私にその気概《きがい》を見せてみろ」

涼しげだったイオルさんの雰囲気《ふんいき》が、殺伐《さつばつ》としたものへと変わっていく。私たち全員に、強烈な殺気を向けているわ。ただの殺気なのに、なんて重たさなのよ。左腰にあるマジックバッグから……な……大剣を取り出したわ!!　以前見たものと違う!!

「あ、閃光の大剣!!」

後方にいるシャーロットが、急に大声をあげた。『閃光の大剣』って、彼女が構造編集した剣の名称だったわよね？

「ほう、聖女シャーロットは知っているのか？　これは、バザータウンの地下オークションで購入したものだ。そういえばトキワよ、カオル・モチミズがいないようだが？」

「彼女は、俺たちの仲間じゃない。たまたまバザータウンで知り合い、従魔の教育や犯罪者どもの摘発に協力してもらっただけだ」

え、あのイオルが胸を撫《な》で下ろした。

「それを聞いて安心したぞ。彼女がいたら、プリシエルもこの戦闘に参加させていただろう」

……私の後方にいるんですけど？

あの剣を所持しているということは、購入者はイオル・グランデだったのね。あの時点では、シャーロットもただのダークエルフとしてしか見ていなかったから、『構造解析』を使用しなかったんだわ。なんてこと、まさか彼がバザータウン内に潜《ひそ》んでいたなんてね。カオル（＝シャーロット）が従魔格闘技大会テイマーズで目立ってくれたおかげで、私たちは目をつけられなかったのね。

「イオルさん、俺は一対一での真剣勝負を望む。それで、俺の覚悟をお見せしよう。ラプラスドラゴンのプリシエルさんを、もう少し離してくれないか？」

あんな巨大ドラゴンが目の前にいたら、絶対集中できないわ。それにカムイの件もあるし、離れた位置に移動してほしいところだけど、許可してくれるかしら？

「いいだろう。聖女シャーロットたちも私たちの戦闘の巻き添《ぞ》えをくらわないよう、プリシエルの近くにいるといい。彼女は温厚なドラゴンだ、安心したまえ」

願ってもない提案だわ。

「シャーロット、アッシュ、リリヤ、カムイ、私とルクスはこの戦いを見守るから、この場に留《とど》まる。あなたたちはラプラスドラゴンとともに、安全な位置へ避難《ひなん》して」

結局、戦闘になるのね。でも、あくまで私たちの覚悟をイオルに見せつけるためのもの。トキワ一人で戦うことになるけど、当事者である私とルクスは二人の戦いを見届けないといけない。

正直、見届けるだけというのは悔《くや》しいわね。私たちにもっと力があれば、一緒に戦えたのに。でも、二人は冒険者最高峰と言われるSランクの実力者。戦闘の技術を盗《ぬす》ませてもらうわよ!!

3話　トキワ・ミカイツVSイオル・グランデ

私とルクスは、二人の戦いを見守っている。イオルの閃光の大剣に対して、トキワは両腰に差している二刀を抜く。あの刀、大剣と比較すると大きさのせいもあって脆《もろ》そうに見えるけど、硬度や耐久性能はオリハルコンと同等と聞いているわ。

「イオルさん、その剣の材質、見たところ鋼鉄製のようだが、あんたのユニークスキル

『変質化』で、内部は別物になっているんだろう？」

そういえば、ここに来る途中トキワから聞いた。

ユニークスキル『変質化』。物質に所持者の魔力を流し込むことで、その物の構造や特性を自分好みに調整できる効果があったはず。一見化け物じみた効果を持つスキルだけど、調整方法がかなり難《むずか》しく、失敗すると、その物体に魔力を通せなくなり、魔力を無理に通した影響で内部構造も脆《もろ》くなってしまう。

スキルを習得して間もない頃は、イオル自身も何度も何度も失敗を重《かさ》ねたとトキワから聞いている。あの大剣は、彼用に改造されているのね。

「当然だ。属性、硬度、耐久性能、斬れ味、魔力伝導性、魔剣の持つ全ての性能を私好みにアレンジしている」

私はそれを聞いてゾッとしたけど、トキワはなぜか笑っているわ。この状況下で、よく笑っていられるわね。

「相変《あいか》わらず、凄《すご》い効果だな。俺はそんな大それたスキルを持っていないが、異なる方法であなたと似た力を手に入れた。今から、それをお見せしよう」

『変質化』と似た力？　トキワは仲間になってから、そんな力を私たちに一度も見せていない。何をするつもりなの？　あ、トキワの刀が輝き出したわ!!

「む、刀が融合《ゆうごう》して大刀に変化しただと⁉」

「これが、俺の武器、大刀『時雨《しぐれ》』だ。あなたと同じように、俺専用に調整されているし、『鬼神変化』にも耐えうる武器だ。この大刀なら、閃光の大剣に対抗できる」

ちょっと、なんなのよそれ⁉　刀同士が物理的に融合するっておかしいでしょう⁉　どんな材質でできているのよ‼　あのイオルも目を見開き、かなり動揺しているわよ‼

「『鬼神変化』した場合、『魔力具現化《ぐげんか》スキルを通して、自らの手で専用の武器を制作できる』とコウヤから昔聞いていたが……トキワは違うのか？」

「ああ、俺の『鬼神変化』が特殊なのか、俺の力が未熟なのか不明だが、武器を作ってもすぐに消えてしまうんだよ。それに、今は関係ない。『鬼神変化』しないで、俺は戦う！」

言っていることは勇《いさ》ましいけど、相手はイオル・グランデ。それで大丈夫なのよね？

「いいだろう、かかってこい。どこまで力を上げたのか、そしてお前が爆弾とも言えるべアトリスとなぜ組んだのか、その覚悟を見せてもらおう」

「俺の覚悟は本物だぜ。今の俺の百パーセントの力、見せてやるよ‼」

周囲の空気が変化した……戦いが始まる‼

トキワがイオルに向かって突進し、刀と剣が衝突《しょうとつ》したわ。そこから何度も剣撃を繰《く》り返し、鍔迫《つばぜ》り合いとなると、二人とも互いを睨《にら》みつけ、力勝負になっている。

「この力、なるほど英雄と呼ばれるだけあるじゃないか」

「そりゃどうも、ネーベリックのおかげで強くなれたからな」

肝心《かんじん》のネーベリックは、シャーロットに討《う》たれたのよね。でも、彼はそれ以上の存在である偽《にせ》ネーベリック（＝シャーロット）と戦ったことで、新たな世界が開けたと豪語《ごうご》していたわ。

「今はまだ情報が少ない分、ベアトリスの覚悟が足《た》りていないように感じると思う。だが、俺たちはシンシア王太子妃に対する情報を百パーセントの精度《せいど》で入手する術《すべ》を持っている。王都到着後、空戦特殊部隊の面々に俺たちを監視《かんし》させ、その状態で全ての情報を集めきった後、再度ベアトリスに復讐方法を質問すれば、正しい答えを導き出してくれるはずだ」

当初、私はシャーロットの強大な力に頼りたくなかった。でも蓋《ふた》を開けてみれば、彼女の力がなければ、バザータウンでの局面を乗り越《こ》えられなかった。そして今、トキワの言った言葉、それは本当のことだけど、それを証明するためには、結局のところ彼女の力を話すしかないのよね。

――私の心の在《あ》り方は、全て中途半端《ちゅうとはんぱ》なのよ。

私は、真実を知りたい。それならば、今あるもの全てを利用して、王家との対決に望まないといけないかもしれない。実のところ、彼女の力に恐怖しているのは『私』なのね。シャーロットは聖女で、人としての在り方も素晴らしい人物だわ。ここまでの彼女を見た限り、自らの強大な力に支配されていない。王国の未来を考えるのなら、私も彼女を信じて、その存在を……いい意味で利用させてもらいましょう。

迷《まよ》ってはダメ、ここで迷ったらトキワにもシャーロットにも失礼だわ。私は、仲間を信じる‼

「それを信じろと？」

二人とも、話しながら幾度《いくど》も幾度も剣を交えている。イオルは終始涼《しゅうし》しい表情をしているけど、トキワは全力で戦っているように見えるわ。悔しいけど、私たちよりも遥《はる》かな高みにいる。シャーロットも、彼らと同じ立ち位置にいるの？

「俺は、ベアトリス……いや仲間全員を信じている。だからこそ、前へ進んでいるのさ。こい、『嵐狼《らんろう》』‼」

え、トキワの周辺の地面から、白い狼が四体も出現した‼　あれは魔物じゃないけど、強い風の力を感じる。あれって魔法？　それともスキル？

「その力は何だ？　そんな魔法は存在しないはずだが？」

「俺が、スキル『魔力具現化』で独自《どくじ》に編《あ》み出したものだ。イオルさんに、世間一般に知られている魔法で攻撃しても時間の無駄だからね」

自分で新たに創り出したの？　私のユニークスキル『紫電瞬花』も、私自身が独自で組み上げたもの。トキワもそういうスキルをいくつか持っていると聞いてはいたけど、実物は初めて見るわ。

「面白《おもしろ》い、ならばこちらも応戦しよう。来い、『氷花《ひょうか》』‼」

イオルさんの周囲の地面から、氷の妖精が四体現れた。トキワの嵐狼と同じように、一体一体から強い魔力を感じる。

「「いけ!!」」

全ての嵐狼の口から収縮《しゅうしゅく》された中級魔法『テンペスト』が放出されると、妖精の手からも中級魔法『アイスストーム』が放出される。全てがぶつかり合い、その余波《よは》で私たちの周囲に冷たい暴風が吹き荒れた。

「嘘!? あれだけのスキルと魔法を連動させているのに、どうして二人とも平然と動けるのよ!!」

これまでと同じように、互いの刀と剣を激《はげ》しく全力でぶつけ合うだけでなく、そこに体術を折り混ぜているものだから、さっきよりも激しい戦いになっているわ。普通、あの数の魔法とスキルを放てば、思考もそちらへ優先され動くことも困難なはずなのに、次元が違う。これが、世界トップレベルの戦い。

……あれから嵐狼と妖精は互角の戦いを繰り広げ、魔法で嵐狼を倒せば、物理で妖精を食い殺し、最終的には勝者はおらず、引き分けとなった。

そして肝心の二人は何も言わず、お互いスキルだけで戦い、途中からは二人とも笑いながら剣と刀を交えていく。時折、攻撃速度が速すぎて目で追えない箇所《かしょ》もあったけど、私の見える範囲ではどちらの攻撃も有効打になっていない。

互いの武器の一振り一振りが鋭《するど》く無駄のない太刀筋《たちすじ》だけど、二人ともそれをギリギリのところで回避し、反撃に転じる機会を窺《うかが》っている。

あんな大剣と大刀で、よくあれだけ無駄のない足捌《あしさば》きができるものね。どんな鍛《きた》え方をしているのよ？　ここまで見た限り、イオルの方が、やや優勢《ゆうせい》のように感じる。まさか、本当にどちらかが死ぬまで続けるんじゃないでしょうね？

「ちょっとルクス、どこを見ているの？　今、トキワが私のために全力で戦ってくれているのよ？」

ルクスの存在を思い出し、彼女を見ると、どういうわけか明後日《あさって》の方向を見て絶句《ぜっく》している。

「べ……ベアトリス様、あ……あれ」

彼女が右手人差し指でとある方向を差す。私も釣《つ》られてその方向を見たら……

「ドラゴンがいない!?　どこに行ったのよ!!」

周囲を見渡しても、あの巨体がどこにもいないわ。

「え……あのカムイの横にいる青いミニドラゴン、あれがラプラスドラゴンってこと？」

「多分……そうだと思います。楽しそうに話していますね」

「あの子たち、なんで……」

シャーロットたちが……あの小さなラプラスドラゴンと……笑顔で話している。アッシュとリリヤも話に夢中になっているせいなのか、こっちの戦いを全く見ていないわ。トキワとイオルが真剣勝負の真っ最中なのに、どうやったら敵とそこまで楽しく談笑《だんしょう》できるのよ!!

〇〇〇

私――シャーロットはアッシュさん、リリヤさん、カムイを引き連《つ》れ、ラプラスドラゴンのもとへ歩いていく。ドラゴンの方も戦いの邪魔《じゃま》にならないよう、巨体をゆっくり動かしながら二人から離れていく。

離れる間際《まぎわ》、さりげなくイオルさんを構造解析すると、通常の戦闘能力自体はトキワさんよりやや上で、数値上では50~80の差がある。互いに隠し持っている実力を考慮《こうりょ》しても、トキワさんの方がやや分《ぶ》が悪いと言える。

でも、この戦いにおいて、どちらも死ぬことはないと断言《だんげん》できる。二人とも、相手を殺す気は元々ない。

だから、私はアッシュさん、リリヤさん、カムイに伝達魔法『テレパス』で状況を伝えると、ラプラスドラゴンとの話し合いに集中することにした。

「あのドラゴン、強そう。白狐童子《びゃっこどうじ》と、どっちが強いかな？」

リリヤさん、白狐童子《びゃっこどうじ》と話せるようになってから、どんどん強さに対して貪欲《どんよく》になっている。

「通常状態で互角だと思いますが、ユニークスキル『狂穏反転』を使われたら、白狐童子《びゃっこどうじ》でも確実に殺されます」

「狂穏反転？」

そうか、まだ三人にドラゴンの情報を伝えていなかった。私がそのユニークスキルについて説明すると、リリヤさんだけでなく、アッシュさんも俄然《がぜん》興味を示すようになった。

「シャーロット……それってまさか、あのドラゴンは９９９の壁《かべ》を超えているってこと？」

アッシュさんは、自分の求めるものと異なる方法でステータス５００の限界を突破《とっぱ》した。

次は、システム限界と言われている９９９だ。これは、トキワさんの求めるものでもある。

「ラプラスドラゴン、プリシエルさんの持つ称号に、『機構打破』というものがあります」

「『機構打破？』」

称号『機構打破』
副次《ふくじ》効果：全ステータス１００アップ、レベル限界値：１００↓９９９
神ガーランドの製作したシステムの限界値は基本９９９と言われているが、実のところ

強さに際限《さいげん》はない。この壁は、一種の境界線を指す。ここを超えたら、いずれ大陸さえ崩《ほう》壊《かい》させかねないほどの力を持つことになる。ゆえに、その限界の壁はこれまでになく厚《あつ》い。突破するには、自らの力で魂《たましい》のリミッターを外《はず》さないといけない。これは、外した者のみに与えられる名誉ある称号である。

私の場合、死ぬ寸前になったことでスキル『環境適応』が働き、そのリミッターが解除《かいじょ》された。コウヤさんは地道に経験を積《つ》んだことで、魂のリミッターを自分の力で打ち破《やぶ》ったのだろう。

「魂のリミッターの外し方か。僕には見当もつかないよ。今の僕の目標は、少しでも強くなって９９９という壁を超えることだ。焦《あせ》らず、ゆっくり目指すことにするよ」

うん、堅実《けんじつ》でアッシュさんらしい考え方だ。今知ったところで、どうしようもないもんね。

「今の私の目標は、白狐童子《びゃっこどうじ》と一つになること。そのためにも、少しずつ強くなって『鬼神変化』の制御に必要なスキルをどんどん習得していくわ」

リリヤさんもアッシュさんに似てきたのか、貪欲になってはいるけど、焦《あせ》ってはいない。そもそも二人は十二歳なんだから、焦《あせ》る必要はない。

「僕はもっと知識を吸収して、スキル面と攻撃面を鍛えて防御と同等にしたい!!」

カムイ、素晴らしい答えだよ!!

「四人とも若いな〜。うちもそんなときがあったわ〜懐《なつ》かしいわ〜」

え、この女性の声は誰？　私たちがその声に驚き、周囲を見渡すと、あの巨大なラプラスドラゴンがどこにもいなかった。

「ここや、ここや。赤ちゃんドラゴンの目の前におるやろ？」

「あ、僕の目の前に小さな青いドラゴンがいる!!」

え!?　サイズが違いすぎて全く気づかなかったけど、青い鱗、可愛《かわい》いドラゴンから感じる気配と存在感は、間違いなくあのラプラスドラゴンだ。今のサイズは、カムイと同じくらいかな？　そこまで小さくなれるんだ……

「初めまして〜、ラプラスドラゴンのプリシエルと申します〜」

京都弁だ。やっぱり、このドラゴンは『構造解析』で見たとおり、転生者で間違いない。

「シャーロット・エルバランと申します〜。その方言から察するに、関西のご出身ですか？」

私も関西弁っぽく話すと、プリシエルさんは目を見開く。

「ふえ!?　ま、まさか、あんはんも転生者なん？」

「はい、そうです。私は、東京……江戸出身ですが」

プリシエルさんの全身がプルプルと震え、目には涙を浮かべている。

「嬉《うれ》しいわ～久しぶりに転生者に会えたわ～。何年ぶりやろ～五十年ぶりくらいやろか～」

彼女の年齢は三百四十五歳、地球と惑星ガーランドの時の流れが一緒なら、多分千六百六十年くらいに亡くなったのかな？　江戸時代の万治《まんじ》・寛文《かんぶん》の時期になるよね。

「プリシエルさんの前世の出身地は……都《みやこ》……京《きょう》なんですか？」

江戸時代の京都の呼び方って、『都』か『京』だったよね？

「ああ、大丈夫やで。日本出身の転生者と会ったことあるから、私が死んでからの大まかな流れはわかるで。といっても、昭和六十年くらいまでしか知らんけど」

そこまで知っているのなら、現在の言い方でも通じるだろう。

「私の出身地は京都、舞妓《まいこ》をしてたんやけど、二十七歳のとき、馬に轢《ひ》かれてもうてん。古い話やから、さすがに記憶も薄れてきてるわ～。シャーロットは、転生者と会ったことあんの？」

彼女からは、イザベルのような悪意を感じ取れない。『構造解析』で得た情報とこれまでの経験から考慮しても、私の事情を話しても問題ないと思う。

ベアトリスさん、私の力を戦闘面で発揮したら、恐怖が生まれるだろうけど、交渉面で発揮すれば、事を円滑《えんかつ》に運《はこ》べるんです。今から、それを証明してみせましょう。

「私は、これまでに二人の転生者と会っています。そのうちの一人に、散々《さんざん》な目に遭《あ》わされ、この大陸に転移させられました」

もちろん、『イザベル』のことだ。『ビルク』さんとは談笑したこともあるけど、転生者の件については言っていない。王城の使用人が常にそばにいたため、言いたくても言えなかったのだ。まあ、温泉兵器の件もあって、私が転生者であることを彼も薄々勘づいていると思う。隠れ里の『カゴメさん』は故人で、ナリトアさんから話を聞いただけだから、会っているとは言えない。

「シャーロットは八歳くらいやろ？　どういうことなん？」

相手が転生者で善人なので、私はユアラや霊樹《れいじゅ》様について省《はぶ》いた状態で、自分の前世や今の強さ、ここまでに至る経緯《けいい》を話す。彼女は同情してくれたのか、大粒《おおつぶ》の涙を流してくれた。

「可哀想《かわいそう》やわ～、ほんま可哀想《かわいそう》やわ～。ガーランドはんもシャーロットのことを理解して、そんな大層なスキルを与えて強うさせたんやろな～」

このドラゴン、優《やさ》しい人やわ～。ガーランド様とも、面識があるんだ。

「ところで、イオルさんとトキワさんを放っておいても大丈夫なんですか？」

現在も、二人は一進一退の激しい攻防を繰り返している。

「ああ、大丈夫やで。はじめは私もイオルも前方から違和感を覚えて警戒態勢になったんやけど、トキワはんを認識してからは警戒もかなり薄まったわ～。まあ、ベアトリスはんとルクスはんがイオルに気があるようやったら、ブレスでもぶちかまして消滅《しょうめつ》させようかと思ったんやけど、そんな感じは一切見受けられんかったしな～」

怖《こわ》いことをさらっと言う。

そんなものを放たれたら、周辺の地域が大騒ぎとなってしまうよ。称号『イオル絶対愛好者』は伊達《だて》じゃない。彼女は、イオルさんに心底惚《ほ》れている。

最初の出会いで一目《ひとめ》惚《ぼ》れして、彼がラフレシアドラゴンとの戦いで窮地《きゅうち》に陥《おちい》ったことにより、『愛する者を護《まも》りたい』という愛情が全身を駆け巡り、その衝動《しょうどう》で魂のリミッターが外れ、称号『機構打破』とユニークスキル『狂穏反転』に目覚《めざ》めた。それ以降、二人は強い絆《きずな》で結《むす》ばれている。

「さっきの言葉遣《づか》いから察するに、彼を試しているんやろな～。あの大犯罪者ベアトリスと同行しているんやから無理ないけどな～」

京都弁で話しているせいか、緊張感を微塵《みじん》も感じとれない。プリシエルさんなら、カムイの事情も察してくれて、エンシェントドラゴンに関わる情報を教えてくれるんじゃないかな？

4話　知らぬ間にやらかしてました

互いに転生者であるためか、彼女は私の話を全面的に信じてくれた。だから、私はカムイの事情について、全てをプリシエルさんに打ち明けた。

「卵の状態で盥回《たらいまわ》しって、それは気の毒すぎるわ〜。あんた、カムイって言ったな〜？」

通常ではありえない話だから、少し怖かったけど信じてくれたようだ。

「うん、僕、カムイ!!　よろしくね、お姉さん!!」

「あら、あんた偉《えら》いわ〜。ここで『オバサン』とか言ったら、子供でも張り倒すとこやったわ〜」

子供相手に怖いよ!!　言い方が少し過激《かげき》なので、ついつい反応してしまう。

「大丈夫だよ。『年頃の女性に対しての言葉遣いには気をつけようね』って、シャーロットにいつも言われているから」

ルマッテさんにオバサン呼ばわりされ、つい顔面に往復《おうふく》ビンタをかました経験が、ここで活きてくるとは思わなかった。

「ええ子やね〜。それにしても、シャーロットの『構造解析』と『構造編集』は反則やわ〜。そんなんされたら、世界中の誰もが太刀打ちでけへんやん。あんたもいい子で、ほんまよかったわ〜。エンシェントドラゴンの卵を復活させて、全く新種のドラゴンに進化させる行為なんて、いくらイオルでも無理や〜。カムイの両親も喜んでるやろな〜」

正直、そこが微妙《びみょう》なんだよね。再会できたとしても、自分たちの息子と理解してくれるか不安だ。カムイもそれを理解しているのか、泣きそうな顔になり、俯《うつむ》いてしまう。

「フランジュ帝国のキラマンジュエ山にいるらしいけど、僕のこと……わかってくれるかな？」

カムイも悲嘆《ひたん》にくれた顔をしているけど、プリシエルさんは意外な言葉を発してくれた。

「何言ってるん？　カムイの匂《にお》いや魔力をかいだら、あの人たちかて自分の子供ってすぐにわかるわ」

「ほんと!?」

カムイの顔が、途端《とたん》にぱあっと明るくなる。多分、子供の私が言っても信じてくれないだろうし、むしろ怒るかもしれない。同族で年長のプリシエルさんだからこそ、心に響いたんだ。

「ほんまやで。私も何度か会ったことあるけど、あの二体は仲睦《なかむつ》まじい夫婦で、見てるこっちが恥《は》ずかしくなるくらいやわ」

カムイの両親と面識があるんだ!!

「ただ、可愛《かわい》い息子が自分たちの不注意でいなくなったんやから、今頃必死に捜《さが》しているはずや」

そうだよね。本来であればすぐにでも帝国へ行ってあげたいところだけど、ベアトリスさんも複雑な事情を抱えているから、行くに行けないんだよね。まさか、彼女の方を優先したことで、フランジュ帝国が滅びるってことはないよね？

「ふと思ったんですけど、カムイの両親はエンシェントドラゴンの巨体のまま捜索《そうさく》しているのでしょうか？」

私の予感が、どうか当たりませんように!!

「それは大丈夫。そんなことしたら、国中が大混乱や。カムイの情報がこの国の王都まで届いてへんから、多分二人は人の姿になって、帝都にいる帝王と会談し事情を説明して、内密に徹底的《てっていてき》に国内を捜索しているはずや。私にドール族のような通信網《もう》があれば、すぐにでも連絡したいところやけど、そんな便利スキルないからな〜。私かて立場上、サーベント王国から無断《むだん》で離れられへんし……ごめんな〜」

アクアドラゴン『シヴァ』さんの部下で、イオルさんの従魔でもあるから、無断で国を出て巨体を目撃されでもしたら、それだけで大騒ぎになる。

「いえいえ、そこまで聞けただけでも十分です!!　ね、カムイ」

「うん!!　ベアトリスの件を片づけたら、絶対に会いに行く!!　あれ？　そういえば、戦闘音が聞こえないけど、決着がついたのかな？」

あ、話に夢中になって、イオルさんたちの存在を忘れていた!!

私が周囲を確認すると、なんとイオルさんたち四人が私たちのすぐ近くにいた。

あれ？　なぜ、四人全員が私、カムイ、プリシエルさんをじ～っと見つめているのかな？

なんか、やらかした？

「あらイオル、どないしたん？　トキワはんと戦闘中やろう？」

四人全員が、深い溜息《ためいき》を吐《つ》く。

「どうしたん……じゃないだろう？　私たちとトキワたちは敵同士だぞ？　こっちが激しい戦闘をしているのに、何を楽しく談笑しているんだ？」

あ、仲良く話す私たちを見て、興《きょう》を削《そ》がれたんだ。ベアトリスさんとルクスさんも、呆《あき》れているもの。

「え～しゃあないやん。久しぶりに転生者に会えたし、しかも私と同郷やで!!　仲良く話したくもなるわ～。それに敵同士言うたかて、シャーロット、カムイ、アッシュ、リリヤは旅の同行者というだけで、ベアトリスはんと関係ないやん」

全くもってその通りなんですけど、イオルさんに対してはっきり言うな～。

「プリシエルさんは、相変わらず変わったドラゴンだな。というか転生者で同郷って、あなたもシャーロットと同じ日本出身者なのか⁉」

トキワさんは、プリシエルさんが転生者であることを今まで知らなかったの？

「なんやトキワ、鈍《にぶ》いな～。こんな独特《どくとく》な言葉遣いしてるのに、今まで転生者と気づいてなかったん？　普通に考えて、こんなドラゴンおるわけないやん」

「いや……まあ……そうか」

それを自分で言いますか。トキワさんも調子を狂わされたのか、少し狼狽《うろた》えている。

「ところでイオルさん、結局のところ私たち、いえベアトリスさんの話を信じてくれるのですか？」

今の段階で、イオルさんは私の力を知らない。トキワさんとの戦闘で、納得してくれたのだろうか？　プリシエルさんと仲良くなれたのはいいけど、彼がベアトリスさんの話を信じてくれないと次に進めない。

「ああ、トキワの覚悟は見せてもらった。近くにいたベアトリスとルクスからも、悪意を感じ取れないことも考えて、私個人は信じてもいいと思っている。しかし、そのためには君たちの持つ情報を全て開示してもらわんとな。シンシア様の持つ情報を百パーセントの精度でどうやって集めるのか。それがわからない限り、王都へ入ることは許可できん」

当然だ。口だけで信じてもらえるとは、私だって思っていない。

「ベアトリスさん、私の情報を開示しますがいいですか？」

こうなったら、魔法『真贋』で私の情報を見てもらう、これしか方法がない。

「ええ、構わないわ。あなたの力に頼ることになるけど、自分の目的を達成するためなら、全てを利用すると決めたの。あなたの力だって、使い方次第では恐怖だって生まれないわ」

出会ったときから私の力に対してどこか遠慮《えんりょ》していたのに、彼女の迷いが消えている。トキワさんも何も言わないから、既に納得済みなんだね。

「イオル、魔法『真贋』でシャーロットのステータスを見たらええで。私は既に事情を聞いているし、ユニークスキルに関しても理解したわ。ごっつう破茶滅茶《はちゃめちゃ》な力やけど、同じ転生者仲間で同郷やし、クロイス女王も信頼しているんなら大丈夫や」

プリシエルさんが私たちの味方になってくれたことで、イオルさんの警戒心もかなり薄れてきた。私のステータスを確認してもらった後、彼女と同じく事情を説明すれば、納得してくれると思う。

○○○

「はあ〜」

イオルさんには魔法『真贋』で私のステータスを見てもらい、プリシエルさんと同じ内容の事情を説明すると、思いっきり溜息《ためいき》を吐《つ》かれた。

「ベアトリス、私と出会った時点でシャーロットの力を教えていれば、トキワとの戦闘を回避できただろう？」

そう指摘するイオルさんに対し、彼女は複雑な笑《え》みを浮かべる。

「あなたやプリシエルを恐怖で縛《しば》りつけるんじゃないかと思って、言うに言えなかったんです。私としては、そういった力に頼りたくなかったですし」

それは、交渉の仕方次第だね。もっと早い時点で迷いを吹っ切れていれば、事をもっと簡単に運べたと思うけど、しょうがない。

「プリシエルの言った通り、ステータスの数値、ユニークスキル『構造解析』と『構造編集』、これらは確かに危険だろう。だが、ジストニス王国を平和へ導いているのだから、シャーロットのことは信用できる（あのクロイス女王の言葉は、この子のことを第一に考えたためだったのか）」

私のことを信頼してくれたのなら、これで一歩前進だ。

「それじゃあ、あなたが付き添ってくれれば、王都に入れるわね」

ベアトリスさんの言葉に、イオルさんはじっと彼女を睨《にら》みつける。

「何を言っている？　事は、そう単純なものではない。君は指名手配されている身だぞ。私個人が信用したとはいえ、そのまま王都へ入れるわけなかろう。だが、今から国王陛下へ通信を入れる。シャーロットのことも踏《ふ》まえて全てを話し、陛下の許可が下りればそれも可能だ」

ここから王都まで相当な距離があるけど、どうやって通信するの？　簡易型《かんいがた》通信機では不可能だし、左腰に引っかけているマジックバッグの中に、大型通信機を持っているのかな？　あ、バッグの中からスマートフォンのような機器を取り出した。

「イオルさん、それって何ですか？」

私が質問すると、イオルさんは優しげな口調《くちょう》で答えてくれた。

「そうか、シャーロットだけでなく、ジストニス王国にいた君たちがこれを知るわけないか。これは四年前に開発された魔導具『携帯端末』。これまでの通信機よりも遥《はる》かに小型で、これ一台あれば、サーベント王国内のどこにいようとも、通信が可能だ。販売当初かなりの高額だったが、部品が量産化されて安価になり、今では貴族だけでなく、平民にも広まりつつある品物だ」

地球の携帯電話やスマートフォンと同じじゃん!!　全員が魔導具の機能を聞いて、絶句している。

「そ……そんな便利な魔導具があったんですね」

こんな便利魔導具があったからこそ、情報がいち早くイオルさんへ伝わり、ここへ来られたんだ。彼が携帯端末を作動させると、ここから少し離れた場所へと移動していく。

「ルクス、そんな大層な魔導具が開発されたってこと知ってた？」

ベアトリスさんが、じと〜っとルクスさんを見つめる。

「いいえ、知りませんよ!!　脱獄《だつごく》後も、そんなものが開発されたという話も聞きませんでしたし!!」

サーベント王国は、魔導具開発に関する技術力が大陸一と聞いていたけど、まさか地球と同じタイプの商品を開発していたとはね。

「シャーロット、ベアトリスはんたちと違って、あんま驚いてないな。私の知る限り、地球ではそんなん開発されていなかったはずやけど、あれから開発されたん？」

プリシエルさんは、私たちをよく観察している。別に教えても問題ないよね。

「西暦二千年代に入り、スマートフォンという小型携帯電話が普及《ふきゅう》しました。そのデザインが、携帯端末と非常に似ています。地球の方は衛星を利用することで、世界地図が見られますし、自分の現在地だって正確にわかるんですよ」

もっと便利な機能もあるのだけど、悪用されると困るし、あまり言わないほうがいいよね。

「なんやて!!　黒電話に関しては聞いたこともあるし、絵も描《えが》いてもらったから知っているけど、そこまで進化したんや!!」

プリシエルさん、今の地球の若者はその黒電話の方を知りませんよ。地球の携帯電話は電波を利用しているけど、この世界の携帯端末は何を利用しているのかな？　魔導具と言われているくらいだから、魔石や大気に飛び交う魔素《まそ》を使っているのだろうか？　私がそれを彼女に質問すると――

世界中に存在する魔石は大気中の魔素と反応し、固有の波長《はちょう》を外に放出する。魔石の中でも、雷属性を持ったものは放出速度が速く、風属性を持ったものは放出距離が長い。この二つの長所を合わせ作り出したのが、魔導具『アンテナ』である。この魔導具の有効圏《けん》内《ない》であれば、携帯端末が上手く作動する。

この端末が優《すぐ》れもので、内部に無・空間・雷・風属性の魔石が入っており、空間に放出された魔石の波長を受け止める性質を持っている。

また、人にも固有の波長というものがある。端末はこの波長を番号化して、自分や他人のものを無属性の魔石に登録することができる。この番号化された波長を雷や風属性のものと連携《れんけい》させて発信すると、『アンテナ』を経由して登録された端末だけが反応する仕組みとなっている。

開発当初、相手に繋がるまでのタイムラグがかなりあったらしいけど、『アンテナ』を国中に増設することで、その弱点を減少《げんしょう》させた。

現在、この端末が量産化され、平民にまで出回っているのだから、その技術力は本物だ。アストレカ大陸のエルディア王国よりも、遥《はる》かに高い技術力を有している。私たちがプリシエルさんから携帯端末の仕組みを学び、十分に堪能《たんのう》したところで、イオルさんが涼しげな顔のまま戻ってきた。

国王陛下との話し合いが終わったのだから、私たちへの対処方法も結論が出たのだろう。

さあ、どんな返事が来るのかな？

5話　イオル・グランデの思惑《おもわく》

どうしたものか？

シャーロット・エルバラン、あのステータス数値とユニークスキルは脅威《きょうい》に違いない。彼女が大人で、なんらかの欲を持っていた場合、私は死を賭《と》して彼女に勝負を挑んでいただろう。だが、彼女は八歳の子供。おまけに私――イオルの従魔プリシエルと同郷の転生者、サーベント王国を滅ぼすことなど微塵《みじん》も考えてはいまい。

「国王陛下にどう説明すべきか」

神ガーランドは、どうしてあのような子供にあそこまで強大な力を与えたのだろう？悪用すれば、世界征服《せいふく》もたやすい。前世の魂がいくら清浄《せいじょう》であったとしても、この世界の環境次第で、魂がすぐに穢《けが》れてしまう場合もある。事情を聞いた限り、転移以降の彼女は、善良な仲間に恵まれたこともあり、力の暴走は起きていない。だからこそ、ジストニス王国に平和が訪れた。

アストレカ大陸に戻るまでは、年齢の近いアッシュたちもいることから最悪の事態は防げるだろうが、それからが問題だ。特に人間族と獣人族の貴族ども、こいつらは独占欲《どくせんよく》、支配欲、色欲といった欲望を非常に強く持っている。彼女も成長すればそうなるのではないか？

ただ、彼女は三十歳で亡くなったと聞いているから、精神面では大人の感情も混じっているはずだが、そういった欲望は感じ取れない。

「彼女は、善良な転生者ということか。国王陛下には、全てを話すしかない……か」

王都へ入ることを許可するかしないか、どちらに転《ころ》んでも確実に何かが起こる。不敬《ふけい》になるが、上手く陛下たちを転がし、私の思惑通りに進めるか。携帯端末に登録されている国王陛下の番号、これをタップした瞬間、この国に大きな変化が訪れる。私は覚悟を決めた。

『アーク・サーベントだ。イオル、ベアトリスを捕縛《ほばく》、もしくは殺害できたのか？』

繋がって早々、いきなりベアトリスへ悪意を放つか。彼女が実行した犯罪を考慮すれば仕方ないことなのだが、あの事情を聞いてしまうと、確かにこの悪意の偏《かたよ》りは些《いささ》か奇妙《きみょう》に感じる。

「国王陛下、ベアトリスはトキワだけでなく、厄介な存在を仲間に引き入れたようです」

『何？　お前がそこまで言うとは……何者だ？』

「今からお話しする内容は、私自身が『真贋』で確認しましたので、全て事実です」

私は、ベアトリスの抱える事情とシャーロット・エルバランについての全てを陛下に話すと、思った通り絶句してしまった。

「陛下、一つ言っておきます。シャーロット・エルバランは世界最強の八歳児です。私やプリシエル、シヴァ様が組んだとしても、一蹴されるでしょう。彼女を怒らせてはいけない」

『聖女シャーロットの件は、事実なんだな？』

「ええ。会談において、クロイス女王は彼女の暴走を恐れたからこそ、自分の全てを投げ打ってでも、彼女の行動を縛《しば》らなかったのでしょう。問題は、我々の次の行動です。それ次第で、大きく展開が異なってきます」

いかに国王陛下といえど、これぱかりはすぐに判断できまい。ここは、私から次の一手を提案しよう。貴族どもに反感を買うかもしれんが、国を崩壊させるよりは遥《はる》かにマシだ。

「陛下、あなた方にとって受け入れがたい案かもしれませんが、シャーロットやベアトリスの反感を買うことのないよう、あちらの思う通りに事を運ばせてはいかがでしょう？」

『本気で言っているのか？』

声のトーンが低くなった。威圧が込められている。アーク様も王妃であるアレフィリア様も、シンシア様のことをとても愛《いと》おしく思っている。彼女を苦しめたベアトリスを許すつもりなど毛頭ないのだ。

「無論、相手の提案を全て鵜《う》呑《の》みにするわけではありません。我が部隊のメンバーの誰かを監視につけ、クロイス女王を盾《たて》にし、シャーロット側の行動を制限するのです。あの方は、こう仰《おっしゃ》っていたのでしょう？　『シャーロットたちが王族側を傷つけた場合、自分は女王の座を降りる』と？」

『ああ、確かにそう言ったな』

「それを逆手《さかて》に取りましょう。私から『君たちが我が国の王族に危害を与えた場合、クロイス女王が在位している間、ジストニス王国との国交を断絶《だんぜつ》する』と伝えれば、下手《へた》に動くことはできません。そこにはベアトリスも含まれているため、復讐も成《な》し遂《と》げることはできないでしょう。なお、仮に彼女を捕縛《ほばく》して公開処刑を執行《しっこう》した場合、今後トキワとシャーロットは我が国の敵となり、損《そん》にしかなりません」

何も言わず、私の次の言葉を待っているようだ。さて、この案に納得してくれればいいが。

「そこで、セリカ・マーベットの件を利用しましょう。捕縛《ほばく》後の処遇を『公開処刑』から

『終身刑』へ変更。ベアトリスを私の空戦特殊部隊に所属させ、一生をかけてシンシア様への罪を償《つぐな》わせ、国に貢献《こうけん》させるのです」

この案なら、国王陛下側もシャーロット側もギリギリ納得できる範囲のはずだ。

『イオル、考えたな。君自身がベアトリスの監視者となり、あの膨大な魔力を利用する魂《こん》胆《たん》か。戦力が些《いささ》か空戦特殊部隊へ集中するものの、我ら王族と同じくシヴァ様の加護《かご》を持つ君ならば、臣下《しんか》たちも納得するかもしれん。気になる点といえば、シンシアに対する冒《ぼう》涜《とく》だ。君はどう思っている？』

トキワとシャーロットが絡んでいる以上、私の思惑通りに事が運ぶとは思えん。全ての鍵は、シンシア様が握《にぎ》っている。が、陛下のご機嫌《きげん》を損《そこ》ねてはいかんから、ここは意見を合わせておくか。

「ベアトリスはシンシア様が民たちの好感度を操り、今の地位に登りつめたと思っているようですが、それはありえないことです。今は彼女の好きなように行動させ、全て納得したところで捕縛《ほばく》すればいい。この形なら、シャーロットとて文句を言わないでしょう。シンシア様を疑っているわけではありませんが、彼女には全てを伏《ふ》せておきましょう」

あのライトニングドラゴンの一件で、彼女は数日間精神的疲労を抱え込み、体調を崩《くず》していた。下手にこの一件を伝えてしまうと、体調を悪化させる恐れがある。

『私個人としては、イオルの案を尊重《そんちょう》したいところだが……少し待て。至急《しきゅう》、臣下《しんか》を召《しょう》集《しゅう》する』

あの者たちが、今すぐにこの案に賛成するとは思えん。

しかし、シャーロットの力は危険だ。私とて『真贋』で確認しただけで、実際にその圧を浴びたわけではないが、トキワの覚悟は本物だった。このまま王都に入ることを許可しなければ無断で侵入《しんにゅう》し、ベアトリスがシンシア様に危害を加える可能性もある。ここは素直に許可し、彼女たちの好きなように行動させることが最善策と言える。

問題は、シャーロットの『構造解析』だ。その力で見たシンシア様に、どんな情報が刻《きざ》まれているのか、そこが気になる。ベアトリスの言うスキルなど存在するはずがないと思うが、この言いしれぬ不安感は何だ？　いかんな、私自身もシンシア様を疑っているようだ。

――三十分後。

『イオル、君の案で進めよう』

「早いですね。何かありましたか？」

シンシア様を崇拝する貴族連中が、たった三十分で私の案に賛成するとは思えんが？

『シャーロット・エルバラン、彼女の真の力をクロイス女王本人から聞いた』

アーク様から語られた内容は、私でも信じられないものだった。

『魔物デッドスクリームを自分の従魔にした』

『ジストニス王国を滅ぼそうとしたネーベリックを討伐《とうばつ》した』

『世間一般に知られているトキワとネーベリックの対決は、ネーベリックが討伐されたことを国民たちに知らしめるため実行した「偽装《ぎそう》工作」。現実は、シャーロット自身がネーベリックに変身し、トキワと戦っている』

どれもこれもが、八歳児のものとは思えん。彼女が本気で動けば、我々に気取《けど》られず、事態を解決することも可能だろう。ベアトリスの意見を最優先にしているからこそ、自分から行動を起こさないわけか。

『みんなが、シャーロットの存在を心底恐れたよ。彼女が、善良な魂の持ち主でよかった。だが、ベアトリスの件は別だ!! シンシアがスキルで我々の好感度を操作《そうさ》したなど、断じてありえん!! イオル、ベアトリスが納得するまで好きに行動させろ』

よし、それでいい。この案ならば、彼女たちも渋々《しぶしぶ》納得するはずだ。

「わかりました。監視メンバーですが、ベアトリスには『ミカサ・ディバイラン』、シャーロットには『ディバイル・オルセン』にしましょう」

ベアトリスの方は私なりに考えがあってのことだが、シャーロットの方は誰でもいい。女性や子供に人気のあるディバイルなら、機嫌を損ねることもあるまい。

『副隊長のミカサ……か、何か企《たくら》んでいるな？　まあ、いいだろう。戻り次第、王城へ来い。詳細《しょうさい》を聞きたい』

「了解しました」

ふう、みんなが納得してくれて助かった。クロイス女王、感謝しますよ。回線を切り、プリシエルの方を見ると、どうやら私の持つ携帯端末の話をしているようだな。あのメンバー全員に、これと似た端末を……いや、やめておこう。下手に利用されたら、厄介なことになる。ベアトリス以外のメンバーたちを刺激せずに、事を上手く運べるよう、副隊長のミカサに連絡しておくか。

6話　聖都フィレント

現在、私たちは旅の終着地『王都フィレント』へ向かっている。

これまで二頭のガウルに乗っていたのだけど、今はプリシエルさんによって……吊《つ》るされて運ばれていると言えばいいのかな？

イオルさんは国王陛下との話し合いのあと、私たちに取引を持ちかけてきた。『私とベアトリスさんに監視をつける』『王族とどこで出会ったとしても、絶対に危害を加えてはならない。破った場合、クロイス女王が在位している間、ジストニス王国と一切の貿易を禁ずる』『捕縛《ほばく》後におけるベアトリスさんの処遇の変更』以上の三点を承諾《しょうだく》するのなら、王都に入ることを許可するというものだ。

ベアトリスさんは、クロイス女王のことを妹のように可愛《かわい》がっている。それを知っていて、こんな取引を提案してきたのだろう。王都に堂々と入れる代わりに、王族へ復讐できなくなってしまうのだけど、ベアトリスさんは即座に承知《しょうち》した。

「私は、肉体的なことで復讐するつもりはさらさらありません。それに、セリカの意見を通してくれたのであれば、私としても嬉しい限りです。だから、取引成立ですね」

そう言ったベアトリスさんは、笑顔でイオルさんと握手《あくしゅ》を交わす。

その後、彼は監視役という形で一時的に仲間となり、私たちを直接王都フィレントへ連れて行くと言ってくれたのだけど、私としては『貿易都市リムルベール』にだけは立ち寄ってほしいと内心思っていた。

だって、あの街は王都フィレントの真北に位置し、そこから北西にジストニス王国、北東にフランジュ帝国があり、互いの国境から比較的近い位置にあるため、昔から三カ国の貿易の拠点《きょてん》となっている。あの街は、『情報の宝庫』なのだ。だから、カムイの両親の情報が得られるかもしれない。

この思いをイオルさんと、ぷかぷかと宙に浮いているミニラプラスドラゴンのプリシエルさんに言うと……

「あかんあかん、時間の無駄や。シャーロットの言うように、リムルベールにはあらゆる情報が集まってるわ。でもな、それらが全て正しいわけではないねんで。たとえ『構造解析』スキルがあったとしても、情報屋や冒険者が必ずしも正しい情報を持っているとは限らん」

このとき、目から鱗が落ちたね。このスキルで得た情報が、全て正しいとは限らない。自分自身の過去とかならともかく、他人から収集した情報だってたくさんあり、当然それらには偽物《にせもの》も含まれている。さすがに、真実か偽物かの区別まではできない。

「あんたらが行っても情報に振り回されるだけや。私がシヴァ様に直接聞きに行ったるわ。そっちの方が確実やろ？」

全員がその一言で納得し、カムイも喜んだ。エンシェントドラゴンと同格のアクアドラゴンなら、普通の人々よりも正確な情報を持っているはずだ。

こうして『王都フィレント』へ向かうことになったのだけど、問題は移動手段だ。結構な人数で、ガウルだっているのにどうするんだろうと不思議に思っていたら、突然イオルさんがマジックバッグから、巨大な流線型のコテージを取り出した。

私たちはいきなりの出来事でポカ～ンとしていたのだけど、彼はそんな私たちにツッコミを入れることなく、普通に中を案内してくれた。コテージの中は非常に広く、ガウル二体なら余裕で寛《くつろ》げるほどのスペースがあった。天辺にはなぜか二つの強固《きょうこ》な輪《わ》っかがあり、何に使うのか質問したら、プリシエルさんが両足でこの輪っかを掴《つか》み王都まで運ぶと言ったので、全員が驚愕《きょうがく》した。

彼女の真の大きさは、体長五十メートルほどで、通常時はイオルさん一人だけを乗せるため小型化しているらしい。それだけ大きければ、巨大コテージも楽に運べるはずだ。ただ、そうはいっても彼女の負担《ふたん》を少しでも減《へ》らすため、頑強《がんきょう》で軽い材質のファルコニウム製となっており、また飛翔《ひしょう》速度を損なわないよう流線型をしている。

コテージの中を軽く見学させてもらったけど、必要最低限の家具しか設置されておらず、しかも全て庶民《しょみん》向けのものだった。彼ほどの実力者なら、貴族向けのブランド家具だって揃《そろ》えることもできたはずだけど、『一応、陛下から伯爵位《はくしゃくい》の身分をいただいているが、高級品は私には合わん。安くて長持ちするもので十分だ』とのこと。私やアッシュさん、リリヤさんにとっては落ち着ける環境だったので、心にゆとりを持てた。

そして現在、私たちは十八畳《じょう》ほどのリビングで寛《くつろ》いでいるところである。

「む、今ベアトリスのステータスを『真贋』で確認したが、確かに『積重呪力症』なる呪いの名称がある……が……もはや呪いとして機能していない。これはどういうことだ？」

ベアトリスさんが、イオルさんに自分の呪いに関わることを全く話していないことに気づいた。プリシエルさんの飛翔速度はかなり速く、四時間ほどで王都に到着するため、このコテージでその呪いの件を話したところ、イオルさんに驚かれてしまった。

「シャーロットの『構造編集』で、かなり変化しています。これまでに、『重力三倍』『大幅好感度低下』『ステータス固定』『弱毒』『麻痺《まひ》』『混乱』『突発性難聴《なんちょう》』『盲目《もうもく》』『雑音』など数多くの呪いに晒《さら》されました。でも『構造編集』のおかげで、呪いが機能しなくなったんです。問題は、私にこの呪いを放った人物です」

「そうか、『真贋』はステータスの表面しか見られないが、『構造解析』はその裏に潜む情報を見られるのだったな。それで、その人物の名前は？」

私が絡んでいるため、イオルさんも全面的に信じてくれている。問題はこの後だけどね。

「現宰相《さいしょう》クォーケス・エブリストロ。彼が私と妹のミリアリアにこの呪いを放ちました」

「なんだと⁉」

これには、さすがのイオルさんも驚いたようだ。

「エブリストロ家は、シンシア様の後ろ盾となっているんだぞ⁉　あ……エブリストロ家の躍動《やくどう》時期と、シンシア様とクレイグ様の婚約時期が近い。これは偶然《ぐうぜん》か？　まさか……いや、クレイグ様やシンシア様に限って……」

当初予想した通り、王太子がエブリストロ家と結託している可能性が高いね。もしかして、エブリストロ家は『シンシア様の持つ謎《なぞ》の力』のことを全て知った上で、ミリンシュ家に呪いを放ち、シンシアさんが底辺から這《は》い上がるための後ろ盾となったのかな？　イオルさんのあの狼狽《ろうばい》よう、多分同じ考えに至っているはず。

ああ、早くく王都に到着して、シンシアさん、王太子、クォーケスに会いたい!!

○○○

話した後は、各自休息をとる。少なくとも王都に到着するまでは絶対に安全だから、まずは疲労回復のためお風呂に入ることにした。浴室には二人入れるほどの広い湯船があり、通常であれば水魔法で湯を出すのだけど、私たちは宣伝も兼《か》ねて、温泉バズーカで湯船に温泉を投入した。案の定《じょう》、イオルさんが興味を持ってくれたため、実際に入浴してもらい、効果を堪能《たんのう》してもらった。

今後の行動次第で王都の行く末が決まるという事態なのに、身体が温泉で弛緩《しかん》している。さらにはあの緩《ゆる》んだ表情から察するに、彼は温泉を絶対に気に入ったはずだ。近い将来、各国にこの温泉兵器を販売していくことを伝えると、本人は複雑そうな笑みを浮かべた。今後、国交を断絶したら、温泉を堪能《たんのう》できないもんね。

各自温泉に入り疲労回復すると、アッシュさんとリリヤさんは基礎《きそ》訓練に没頭《ぼっとう》、イオルさんとトキワさんは飲み物を飲みながら世間話を、ベアトリスさんとルクスさんは瞑想《めいそう》を、私は近況報告も兼ねて、デッドスクリームやドール族たちに通信を入れ、カムイを紹介した。

楽しい時間はあっという間に過ぎていき、王都到着まで残り三十分ほどとなったところで、イオルさんがみんなをリビングに集めた。思い思いにソファーやテーブル付近にある椅子《いす》へと座ったところで、彼は私たちにとある重要事項を打ち明ける。

「二人に監視をつける話をしたが、そのメンバーをまだ言っていなかったな。シャーロットにはディバイル・オルセン、女性や子供たちに人気のある男だ。カムイ、アッシュ、リリヤも、おそらく気に入ってくれるだろう。ベアトリスには副隊長のミカサ・ディバイランをつけるのだが、彼女は複雑な事情を持っていてね……到着早々、何か起きるだろう」

そんな女性をベアトリスさんの監視につけるって……絶対何か企んでいるでしょう?

「何か訳ありのようですね? 私が監視されるのですから、当然理由を話してくれますよね?」

あはは、ベアトリスさんの目が怖いよ。傍《はた》からは、イオルさんを脅《おど》しているように見える。

「彼女は……国民の誰よりもシンシア様に対して、敬愛の念を抱《いだ》いている。自分の求める理想的な主君らしくてな、同僚が冗談《じょうだん》で悪口を言うだけで本気で突っかかるほどだ」

それを言った途端、ベアトリスさんがソファーから立ち上がる。

「私と対極の存在じゃないの⁉ そんなやつを私の監視役にしないでください‼」

同意見です、これは絶対何か起こるね。

「だからこそだ。ミカサは過去に色々あってね、女性が何か被害を受けていると、心が熱くなり、視野が狭《せま》くなる傾向がある。シンシア様の場合だと、それが顕著《けんちょ》に表れる」

ベアトリスさんはシンシアさんに対し、数えきれないくらいの嫌がらせを実行していたから、ミカサさんが殺意を抱いていてもおかしくない。

「イオルさん、私に何をさせたいわけ？」

「監視されている間、ミカサと話し合ってほしい。これまで彼女は大衆の新聞記事などでしか君を知らない。ゆえに、何らかの先入観《せんにゅうかん》を抱いているにちがいない。出会い当初は諍《いさか》いも起こるだろうが、互いに暗い影を持つ君たちだからこそわかりあえると、私は思っている」

う〜ん、イオルさんの言いたいこともわかるけど、そんな簡単に事が運ぶかな？

「……わかりました。今の時点で彼女の過去に関しては、何も聞きません。これから監視されますし、とりあえず話だけでもしてみます」

ミカサさんの過去を聞きたいところだけど、下手な聞き方をしてしまうと、彼女のイオルさんへの信頼を損なってしまう場合もありうる。ここは何も聞かずに挑むしかない。

イオルさんの話では、二人は王都入口で私たちを待っているらしいから、必ず出会い頭《がしら》で何か起こるだろう。戦いに入る恐れもあるため、前もって王都の境界線とも言える入口から外側二十メートル付近を円形のダーク背クレイドルで囲んでおこう。そうすれば、騒ぎを最小限に抑えられる。

　話が終わり、私とリリヤさんが窓から景色を眺めていると、前方に大きな都市が見えてきたところで、プリシエルさんからテレパスが入った。

『王都フィレントが見えてきたで。そろそろ高度を下げて誰もいない草原に着地するわ』

　いくら有名なプリシエルさんであっても、この巨体で王都上空に現れたら騒ぎになってしまう。彼女の言った通り、高度が徐々に低下してきた。

「綺麗《きれい》……あれが聖峰アクアトリウム、何だろう？　あそこから清浄な気配を強く感じる。シャーロットはどう？」

　今日の天気は快晴のため、アクアドラゴンの棲《す》む聖峰アクアトリウムの全体像がよく見える。高さも相当あるようで、山の中腹《ちゅうふく》から頂上まで雪に覆われており、山の形としては地球の『アコンカグア』に似ている。リリヤさんの言うとおり、清浄な水の気配を感じる。周辺には、大きな湖もあるようだ。

「この気配は、『水』ですね。あの山全体が強い水属性を帯《お》びていて、魔物などが入ってきたとしても、低レベルならすぐに浄化《じょうか》されます。基本、ドラゴンも魔物に該当《がいとう》しますが、人と同じように子を産めますし、知能も高く、感情も制御可能なため浄化されません。アクアドラゴンの縄張《なわば》りとなっていますから、シヴァさんの属性もあって、それが余計に強化されています」

魔物の種の起源《きげん》は負《ふ》の感情だけど、生まれてからは各自で子を育《はぐく》むことが可能と、精霊様から教わった。だから、山間などに行くと、魔物で構成された村もあると聞く。

「水だけで、あそこまで清浄な気配が感じられるものなんだね。それだけあの山とシヴァさんの力が凄《すご》いってことだよね？」

「はい、その力が下降気流の流れで王都フィレント全体を通っています。だから都市全体からも、清浄さが感じられるんですよ」

王都フィレント全体は、ジストニス王国の王都と同じく、高い城壁《じょうへき》で囲まれている。その中心部には、大きな噴水《ふんすい》があり、そこから水路が四つ形成されていた。水路は城壁付近から突然消えているので、下水の方へ落ちていると推測できる。その後は、湖に流れて浄化されているんじゃないかな？　となると、あの中心部の噴水では湖から地下を通った水が出ているのかもしれない。湖自体にも、強い浄化作用があるのだろう。

「私たちの住む王都ムーンベルトと、全然違う。『大陸の聖都』と呼ばれるわけがわかるわ」

これからその聖都へ行き、ひと騒ぎ起こすんだよね。まずは、ベアトリスさんとミカサさんだ。私も、ミカサさんを構造解析しよう。ディバイルさんは……別にいいかな。

7話　出会い頭《がしら》の衝突と図書館での出会い

私たちは、王都から数キロほど離れた地点に降り立った。ここまで運んでくれたプリシエルさんにお礼を言うと……

「ええで、ええで。ほなら、うちはこの件をシヴァ様に伝えてくるわ。ベアトリスの件が解決したら、シヴァ様のおるアクアトリウムに来たらええわ。ほなな～」

彼女は身体を縮小《しゅくしょう》させ、聖峰アクアトリウムの方へ飛び去っていった。

私たちはそれを見届けてから、ガウルとともに王都フィレント南門入口へ向かい、約二十分ほどで到着する。

ここが正門と言われているためか、両端には、アクアドラゴンらしき巨大像が二体設置されており、私たちを選別するかのように睨《にら》んでいる。また周囲の城壁には、立派な紋様が刻まれており、まるでフランスの凱旋門《がいせんもん》に似た雰囲気《ふんいき》を感じさせる。

そして、入口のすぐそばに騎士服を着た二人の人物が控《ひか》えていた。イオルさんと同じく、服の左胸付近に双頭のドラゴンが縫《ぬ》い込まれているため、間違いなく空戦特殊部隊のメンバーだ。二人ともダークエルフ族だから、肌は褐色《かっしょく》で髪も黒い。

一人は短髪のイケメン男性で、見た目は十八歳くらいに見える。物語の主人公のような包容力のある顔立ち、全身から醸《かも》し出す優しげな気配、この人が女性や子供に人気のあるディバイルさんで間違いない。

もう一人が首付近まで髪を伸《の》ばしている女性、見た目は同じく十八歳くらいで、雰囲気《ふんいき》がベアトリスさんに近く、芯《しん》が強そうだ。隣《となり》にいるディバイルさんと違い、目付きも鋭く、刺々《とげとげ》しい気配を漂《ただよ》わせ、ベアトリスさんに向けて殺気を放っている。この人がミカサさんで間違いなさそうだけど、う〜ん何か起こりそうな予感。

早速、『構造解析』だけして、中身は宿屋とかで確認すればいいかな。とりあえず、ベアトリスさんをリズさん、ルクスさんをクスハさんに呼び替えておこう。今はまだ本名だとまずいと、事前に決めていたのだ。

「イオル隊長、その二人が例の？」

副隊長でもあるミカサさんが、威圧感のある言葉を放つ。

「ミカサ、ディバイル、端末で話した通りだ。騒ぎを起こさないよう、名前を言い間違えるなよ。ミカサはリズとクスハ、ディバイルは聖女シャーロットたちを案内してあげてくれ」

「……了解しました」

ミカサさんは、明らかに納得していない表情をしており、機嫌も悪い。

「隊長、俺はシャーロット様たちの望む場所を案内するだけでいいんですか？」

それに対して、ディバイルさんはご機嫌で終始笑顔、こんな優しげな笑顔だからこそ、女性や子供に人気があるのだろう。

「ああ、くれぐれも怒らせることのないように気をつけろ」

イオルさん、とある部分だけ強調してない？

「りょ……了解」

監視役の二人は、イオルさんから私の事情を全て聞いているはず。ディバイルさんが何を思っているのか、察しがつく。私たちはいいとして、問題はミカサさんとベアトリスさんだ。

私たちのいる場所は入口から二十メートルほど離れているが、周囲には入都審査《しんさ》を待つ人々が列を成しているから、その人たちを避けて小規模のダーククレイドルを展開しておこう。基本、目に見えないスキルなので、私が気をつけていれば周囲に気づかれることもない。

「お前がリズか。上手く化けているじゃないか、そっちの方がお似合いだよ」

早速、何か起こりそうな予感⁉

「あ～ら、嬉しいことを言ってくれて、どうもありがとう。これからよろしくね」

引くほどの魔力が、二人から滲《にじ》み出ている。ミカサさんの軽い嫌味《いやみ》に対し、リズさんは顔を引きつらせながら握手を求めている。大丈夫かな、この二人？　なんか、魔力がどんどん外へ放出されていない？　事前に、ダーククレイドルを展開しておいてよかった。なければ、大騒ぎになっていたよ。イオルさんだけでなく、全員が冷や汗を浮かべているもの。

「リズ……なかなかやるじゃない」

「へえ～副隊長の名は伊達《だて》じゃないってことね」

互いに右手で握手しているけど、二人とも目付きがやばいよ。明らかに戦闘に近い状況になっている。だって、握手している手から凄《すご》い魔力が迸《ほとばし》っているのだから。

「いい加減、やめんか!!」

——ゴン！

「「痛った～～～～!!」」

あ、我慢《がまん》の限界が来たのか、イオルさんが二人の頭に拳骨《げんこつ》を食らわせた。

「ミカサ、お前の気持ちもわかるが、もっと視野を広げろ!!　彼女の話を聞け!!　くれぐれも騒ぎだけは起こすな!!」

「わ……わかりました。リズと……クスハ、ついてこい。案内しながら現在の王都の状況を教えてやる。シンシア様がどれだけ偉大《いだい》なことを成し遂げてくれたのか、その身にわからせてやる」

この人、イオルさんの言葉ですら、あまり心に届いていないようだ。この後、みんなで図書館に行く予定だけど大丈夫かな？

「いいわよ。私たちはこれからみんなで国立大図書館へ行くから、そこまでの道中でよ～く教えてほしいわね」

この二人とずっと行動をともにしていたら、絶対に目立つんですけど？　アッシュさんやリリヤさんを見ると苦笑《にがわら》いを浮かべているから、私と同じ気持ちに違いない。

「ミカサ、ディバイル、私とトキワは国王陛下の指定された宿屋『竜鱗亭《りゅうりんてい》』へ行き、話をつけておく。その後、王城へ出向き、ここまでのことをトキワから陛下にお伝えしてもらう。今日以降、場合によっては『想定外の展開』が数々起こる可能性がある。二人とも、気を引き締めろよ」

「「了解!!」」

ああ～、不安だ。トキワさんとイオルさんが先に王都へ入っていく。残された私たちは何とも言えない空気となったけど、ディバイルさんが和《なご》やかな雰囲気《ふんいき》にしようとどうにか話題を作り、やや柔《やわ》らかな状況となったところで、私たちも彼らを追いかける。

本来であれば行列に並び、厳《きび》しいチェックがあるようだけど、空戦特殊部隊のメンバーが三人もいて、ミカサさんたちが前もって事情を説明していたのか、素通りできた。行列に並んでいる人たちも、イオルさんら三人を見て何かの任務《にんむ》だと思い、誰も文句を言うことはなかった。

○○○

まずは途中まで私たちを引っ張ってくれたガウル二体を売却《ばいきゃく》するため、ディバイルさんの先導で売り買い可能な騎乗店へ行く。道中、ガウルたちが悲しげな瞳で私を見て、『売らないで。カムイのようにシャーロットと一緒に冒険したいよ』と切実《せつじつ》に訴えてきたのだけど、私の最終目的地がアストレカ大陸と説明したらようやく諦《あきら》めてくれた。

二体は、地上に降り立ってすぐに回復魔法『マックスヒール』で完治させているので、体表に残した古傷や少し痛んでいた関節部位なども完璧《かんぺき》に治療されている。そのため騎乗店で査定《さてい》してもらうと、お店の過去最高金額になった。

短い期間であったけれども、一緒に旅を続けたガウル二体にお別れし、私たちは図書館を目指す。ここに来るまで、ずっと周囲を観察していてわかったことがある。王都フィレントは、ジストニス王国の王都ムーンベルト以上に活気がある。ダークエルフだけでなく、人間、エルフ、ドワーフ、獣人たちの仲がいい。

露店《ろてん》を開く店主は自分の商品を声をあげて宣伝し、服飾《ふくしょく》関係のお店では、入口付近に流行の服を纏《まと》った売り子がいて、服の着心地《きごこち》をアピールしている。

周囲の人たちも笑顔に満ち溢《あふ》れ、淀《よど》んだ空気というものがほとんど見られない。

それをミカサさんに伝えると、先程までず～っとベアトリスさんを睨《にら》み続けていたのに、いきなり微笑《ほほえ》ましい笑顔に一変し、シンシアさんについての自慢トークが始まる。

「そうだろ、そうだろ‼　どれもこれも、シンシア様のおかげなんだ。貧民街、別名スラム街とも呼ばれているが、そこに住む人々に新たな職を与え、周囲の環境を魔法ではなく、科学で浄化させていった。そのおかげで住環境が大きく改善されただけでなく、あの大きな課題となっていた平民と貧民の確執《かくしつ》すらも解消したんだ。それに……」

この人、どれだけシンシアさんを崇拝しているのかな？　まあ～シンシアさんのこれまで築《きず》き上げてきた功績《こうせき》を早口で喋《しゃべ》る喋《しゃべ》る。リズさんとクスハさんは明らかに一歩引いていた。質問した手前、私はずっと聞き手に徹《てっ》していたけど、誰か代わってくれないかなと思ってしまった。

アッシュさんとリリヤさんを横目で見ると、二人は苦笑いを浮かべ、ごめんと右手を上げていた。

何とか我慢して聞くこと三十分、ディバイルさんが大きな建物《たてもの》を指差し何か言っている。どうやら、やっと目的地である『国立大図書館』が見えてきたようだ。

ふと気づくと、私とミカサさんの周囲には誰もいなかった。どうやら私にミカサさんを押しつけて、ここまでディバイルさんと仲良く気軽に談笑していたらしい。

『少しくらいこっちに耳を傾《かたむ》けてほしかったよ!!　う〜全員に何かお仕置きしたい!!』

だけど、そんなものをすぐに用意なんかできない。いっそのこと、軽いお仕置き用の魔導具でも製作してみようかな？　衣服に縫《ぬ》いつけて、遠隔《えんかく》操作でお仕置きできるようなもの。

……一つ思い浮かぶ魔導具がある。あれなら……多分できる!!

ここに滞在している間、何個か作っておこう。そして、こっそり全員の衣服に仕込《しこ》んでおいてやる!!　というか成功すれば、ある意味ユアラの対抗策になるかもしれない。あ、とにかく今は話を切り上げよう。

「あのミカサさん、図書館に到着したので、私の用件を済ませたいのですが？」

助かった、この長話からやっと解放される。

「あ、もう到着したのか。ところでイオル隊長から事情を聞いているが、シャーロットたちの用事というのは、クックイスクイズのことで間違いないか？」

「ええ、そうです」

急に考え込んでいるけど、どうしたのかな？

「クックイスクイズに詳《くわ》しい友が一人いる。名はルベリア、多分今日もここにいるはずだ。その女性を紹介しようか？」

話が早くて助かります!!　いつ開催《かいさい》されるのか不明だけど、流れだけでも知っておきの時期のこの、し、私としてもやつを試せるし、この時期の閲覧場所には……


たい!!

「是非《ぜひ》、お願いします!!　でも、突然押しかけたらその方もご迷惑《めいわく》に感じるのでは？」

「いや、それはない。彼女はクイズマニアだし、私としてもやつを試せるし、この時期の閲覧《えつらん》場所には、大勢の人がいる。やつとて、騒動《そうどう》を起こせまい」

うん、どういうこと？

私が首を傾げると、ミカサさんは優しく微笑《ほほえ》みながら、なぜか頭を撫《な》でてくれた。

国立大図書館は、四階建《だ》ての立派な建物だ。外観《がいかん》も、中世ヨーロッパを彷彿《ほうふつ》とさせるデザインが施されている。みんなで建物に入ると、目の前に受付があり、壁には『クックイスクイズの資料は、ここから左手に見えるクイズ区画に全て保管されています。区画自体に広く防音措置《そち》を施しているため、会話も可能となっていますが、騒ぎを起こさないよう配慮《はいりょ》をお願いいたします』というラベルが貼《は》られていた。紙に書かれている通り左手を向くと、そこには……大勢の人がいた。服装から見て、全員冒険者かな？

クイズ区画に割り当てられているエリアは、確かに非常に広い。どうやら一階の半分を、クックイス遺跡《いせき》関連の資料が占《し》めている。資料が保管されている棚《たな》で立ち読みしている者もいれば、机と椅子が数多く並べられている場所では、難しい顔をしながら資料を読んでいる者もいる。

　また、そこから離れた場所ではクイズ大会のような小さな催《もよお》しが開催されている。防音装置があるのか、ここまで声が届いていない。でも、エリア内では結構騒がしいはずなのに、資料を閲覧している人たちはあの催《もよお》しを完全無視している。もしかしたらエリア内でも、防音措置の施されている場所が、数箇所あるのかもしれない。

「あの……ミカサさん……この人たち……みんな参加者ということですか？」

「そうだ。死者が出るほどの危険なイベントだが、各チェックポイントで武器防具、回復薬、宝飾品《ほうしょくひん》など稀少《きしょう》なアイテムが賞品として授与《じゅよ》されることもあって、開催時期が近い今は大抵こんな感じだな」

「え、開催時期が近い⁉　ちなみに、今年はいつ開催されるのですか？」

「確か……一ヶ月くらい先だ」

「クックイスクイズは、二十八日後に開催されますよ」

　突然受付から声をかけられた。振り向くと五十歳前後の人間族の白髪まじりの男性がいる。執事《しつじ》のような風貌《ふうぼう》で、ここの図書館員かな？

「ニコライ様、お久しぶりです」

　ミカサさんが男性に軽いお辞儀《じぎ》をした!!　この方はもしかして貴族なの？

「「ニコライ様!!」」

　ええ、すぐ近くにいたリズさんとクスハさんもほぼ同時に声をあげたよ!!

あ、もしかしてニコライ・クラタオス伯爵⁉

ミリンシュ侯爵家《こうしゃくけ》の行方を知っているかもしれない重要人物だ‼

8話　まさかの遭遇《そうぐう》

「おや、ディバイルとミカサですか？　これは珍《めずら》しい組み合わせで来ましたね。先程お声をあげられた方々は……どなたでしょうか？」

リズさんとクスハさんは変異しているから、初対面の形になるよね。

「あ……はじめまして、リズと申します。こちらの女性は、クスハです。あの……突然で申し訳ありませんが、折り入ってお話ししたいことがあるのです。ご無礼《ぶれい》は承知の上です、三十分いえ、十五分ほどで終わりますので、お時間をいただけないでしょうか？」

リズさんとクスハさんは、深々とお辞儀《じぎ》する。ミカサさんはその様子を見て、目を大きく見開いている。

「ふむ、何やら訳ありのようですね。いいでしょう、お二人とも私の執務室《しつむしつ》に来なさい。そうそう、そちらの可愛《かわい》いお嬢《じょう》さん。クックイスクイズに詳しい女性が、この区画にいます。名をルベリア。一番騒がしい箇所に行ってみなさい。彼女に聞けば、君の知りたいこともわかるでしょう。従魔のドラゴン君も、大人しくしていれば追い出されることはありません。それではリズさん、クスハさん、参りましょうか」

「あ……はい!!　ありがとうございます!!」

リズさんとクスハさんが、ニコライさんとともに階段を上っていく。それを見ていたミカサさんが慌《あわ》てて駆け出した。

「ディバイル、あとは任せた!!」

「了解。ルベリアの居場所はわかるから、そっちも視野狭窄《きょうさく》にはなるなよ」

「わかっている!!」

あの三人、大丈夫かな？　シンシアさん関連でもないし、多分問題ないよね。

「おっと噂《うわさ》をすれば、彼女の方が俺たちに気づいたようだ。シャーロットちゃん、あの六人用のテーブルが空《あ》いているから、みんなそこに座ってルベリアの話を聞くといい」

先程までクイズ大会のような催《もよお》しが開催されていた場所から、一人の女性がディバイルさんに手を振ってくれている。彼女がルベリアさんか。人間族で二十歳くらいの女性なんだね。ダークエルフが周囲の七割を占めているせいか、皮膚の肌色やオレンジの髪が目立つ。快活そうな動きでこっちに近づいているところを見ると、身分は平民かな？　私たちがディバイルさんに指定されたテーブルへ到着したところで、その女性が声をかけてきた。

「ディバイル～、久しぶりだね～。そっちの可愛《かわい》い子供たちとドラゴンさんもこんにちは～、ルベリアで～す」

ベアトリスさんとは正反対の、見ているだけでホワ～っと癒《いや》される可愛《かわい》さ、どこか子供っぽさが残っている顔立ち。保育士さんのような包容力もあれば、どこか放っておけない危なっかしさも感じさせる。私たちやカムイが順に自己紹介をした後、立ちっぱなしもなんだからということで、椅子へと座る。

「おお～やっぱり、今噂の聖女シャーロットちゃんなんだ～。新聞だと説明だけで、いまいち人物像がわからなかったんだよね～。う～ん、可愛《かわい》い女の子だ～」

なんて明るく快活な女性なの。絶対男性に人気があるね!!　それにしても、さすがに私自身の写真までは掲載《けいさい》されていないんだ。なんにしても、文字だけの内容で助かったよ。写真を載《の》せられていたら、確実に人々に囲まれていたよね。

「ルベリア、詳しい事情を話せないが、シャーロットたちはクックイスクイズに興味を持っているんだ。予選や決勝の内容を軽くでいいから教えてあげてほしい」

いよいよ、クックイスクイズのことを聞ける。開催時期が二十八日後と近いから、ベアトリスさんの事件を早急に解決して勉強しないと、予選落ちしてしまう。ただ、ユアラの件も残っているから、参加するのは正直難しいと思う。

「うん、いいよ。でも……四人は子供なんだから、参加しちゃダメ!!」

う、さっきまで明るかった人が急に真顔になった⁉　突然の表情の変化に、私もアッシュさんたちも戸惑《とまど》ってしまう。

「それでよければ教えてあげるよ～」

元の柔《やわ》らかな表情に戻った。一瞬恐怖を感じたけど、こんな女性が真顔になるほど、クックイスクイズは危険ということか。

「わかりました、教えてください」

多分参加できないけど、最終的にはこちらの事情を全部話して、より詳しい情報を教えてもらおう。

「うん、素直でよろしい!!　まず場所だけど、王都フィレントから南西へ二百キロほど離れたロンメルク山中腹にあるよ。山の麓《ふもと》には、遺跡と同じ名前の街『クックイス』があって、多くの挑戦者は資料が豊富にあるその街と王都で勉強を重ねているの。このイベントに冒険者生命を懸《か》けている人だっているんだから、馬鹿にしちゃダメだよ～」

なるほど、遺跡のすぐ近くにある街の方が行動も起こしやすい。二百キロ離れている王都ですらこれだけ賑《にぎ》やかなんだから、クックイスの街はクイズ関係で成り立っているのかもしれない。

「ルベリアさん、仮に今の僕たちがそのクイズに参加したとしたら、予選突破は可能でしょうか？」

アッシュさんの質問の答え、私も知りたい!!

「酷《こく》なことを言うようだけど、絶対無理。このクイズには強さだけでなく、『知力』『体力』『時の運』が必要なの」

どこかで聞いたようなフレーズなんですけど⁉

「今年の参加者は去年と同じく二千人くらいで、予選で百名まで絞《しぼ》られる。その予選突破が、物凄《ものすご》く難しいの‼　〇×クイズやバトルロイヤルが主体なんだけど、特に後者の方‼　毎年ルールが違うせいで、対策も立てにくい。全てに共通する点といえば、『殺生禁止』と『スキルと魔法の使用禁止』。ナルカトナ遺跡と違って、それらが封印《ふういん》されていないのが重要よ。一度でも使用すると、たとえ誰であろうとも問答無用《もんどうむよう》で遺跡から放り出されるわ」

それって、ナルカトナ遺跡より厳しいじゃん‼　基礎スキルの一部は封印されていても使用可能だったけど、このイベント中にそれをやってしまうと失格となるんだ。あの経験が逆手にとられている。私は強すぎるから、ちょっと力の制御に失敗したら失格認定されるかもしれない。

「ルベリアさん、〇×はわかるんですが、バトルロイヤルだと、腕力の弱い私やシャーロットが絶対的に不利なんですけど？」

リリヤさん、同感です。

「ふふ～ん、それがそうでもないんだな～。実は予選には特別ルールがあって、事前に挑戦者全員がくじ引きを引くの。そして、そこに書かれている内容通りに他の挑戦者から勝利をもぎ取らないといけないんだな〜。例えば、『五人の相手に何らかの方法でオナラをさせたら勝ち抜け』『股間《こかん》を攻撃されない限り敗北はない』『マジックペンで相手の額に敗北と書け』とか。しかも、合格者の人数となるまで、これが延々《えんえん》と続くの」

何なの、その制約は⁉　人によって、勝利条件と敗北条件が違うじゃん‼　相手の条件がわからない以上、こっちも下手に手出しできないよ‼

「何ですか、その無茶苦茶な条件⁉　それだったら、運がよければ私でも予選突破できる……あ⁉」

「リリヤ、気づいちゃった？　そう、これが『時の運』だよ。運が悪ければ、どんな強者であろうとも、予選突破できないわけ。冒険者によっては、この予選だけに挑戦する人もいるの。毎年ルールが違うということは、それだけ高い柔軟性《じゅうなんせい》と適応力が要求されるから」

「そうか、冒険者としての資質も鍛えられる‼」

「リリヤ、正解‼」

クックイスクイズ、正直甘く見ていたよ。予選を突破するだけでもかなり難易度《なんいど》が高い。多分、ナルカトナ遺跡よりも困難かもしれない。

「今のあなたたちの場合、予選を生き残るための体力が絶対的に足りないわ。これまでの記録では、最短が五時間、最長が三日間、平均だと三十時間くらいかな。狭いドームの中で多くの挑戦者から狙《ねら》われる以上、睡眠《すいみん》もろくにとれないわ」

私だけでなく、アッシュさんとリリヤさん、カムイも、次の言葉が何も出てこない。予選だけで、過酷《かこく》すぎるのではなかろうか？　これは大人でも厳しい。

「ふふふ、このイベントの厳しさを理解できたかな？　ちなみに、ここにいる人たちは、○×クイズ対策のためにいるんだよ。バトルロイヤルについては、みんなが定期的に集まって、過去のルールを参考にして、使用されていない巨大建物の中で演習したりもするんだよ」

対策をするには、あまりにも時間がない。ベアトリスさんとユアラの件が残っている以上、今回は諦《あきら》めた方がよさそうだよ。仮に、ど素人《しろうと》の私たちが参加したとしても、多分あっという間に敗北する。

「あら、あなたたち元気ないわね？　どうしたの？」

後方から声が聞こえたので振り返ると、上機嫌のリズさんとクスハさんがいた。その様子から察するに、両親の手掛かりとなる有力な情報を入手したのだろう。

「あ、ミカサだ!!　そんな神妙《しんみょう》な顔して何かあったの？」

二人の少し後方に、ミカサさんもいて、友人であるルベリアさんがいち早く気づく。

「いや、ちょっと……な」

もしかしたらリズさんが、呪いの件を話したのかな？　イオルさんは、コテージに入る前に空戦特殊部隊に連絡を入れている。あの時点では、まだ呪いの件を打ち明けていなかったからね。

「そっちの二人も、シャーロットたちの仲間なの？」

ルベリアさんは同年代だからなのか、リズさんたちを興味深そうに見ている。

「あなたがルベリアね。私はリズ、こっちの女性はクスハよ」

紹介が終わると、二人はルベリアさんの右隣に、ミカサさんが左隣へと座る。

「ルベリアだよ～よろしくね～。シャーロットたちにクックイスクイズの厳しさを教えてあげたの。そうしたら、こうなっちゃった。なんか、ごめんね～。あのイベントに冒険者生命を懸けている人もいるから、こっちも真剣になっちゃってね～」

ルベリアさんは『テへ』という感じで、軽く謝罪した。この人の場合、どこか憎めないのが不思議だよ。

「ああ、それは仕方ないわ。予選では誰も死なないとはいえ、精神的な意味合いで傷を負った人は大勢いるもの。生半可《なまはんか》なやつほど、痛い目を見るのよ」

ルベリアさんから説明を聞いたことで、リズさんの言葉の意味が痛いほどわかります。

「そう、その通り!!　リズとは気が合いそう～」

……その後、私たちが気落ちしている間、ルベリアさんとリズさんは二人だけで色々と話し合っていた。相当気が合ったようで、クックイスクイズの話でかなり盛《も》り上がっている。各テーブルに防音効果の魔導具が設置されているらしく、周囲の人は私たちを完全無視して黙々《もくもく》と勉強している。しばらくして、二人はクイズの資料を見て議論を交わしたいのか、棚の方へ移動する。

「アッシュさん、リリヤさん、私たちも○×クイズ関連の資料を見ましょう。今回は多分参加できませんが、一年後に挑戦する可能性もあります。予選の雰囲気《ふんいき》だけでも知っておきましょう」

「あ……ああそうだね。冒険者生命を懸けるほどのものなのかと疑問に思うけど、せめて資料だけでも読んでおこう」

「私も、アッシュやシャーロットの意見に賛成かな。怖いけど、雰囲気《ふんいき》だけでも知っておきたい」

ナルカトナ遺跡の二回目の挑戦では、私たちは他の冒険者たちと接触《せっしょく》することなく、最下層まで行けた。でも、ここでは冒険者同士が敵となって戦わないといけない。予選で死ぬことはなくても、二千人の規模ともなると、私としても正直言って怖い。

「僕は……楽しみかな？　確かに怖い気もするけど、いつか参加してみたいな!!　『何事も経験することが大事』って言うもんね!!」

カムイ、どこで覚えたのよ、その言葉!!

いつもの調子に戻ったところで、私たちも資料の保管されている棚に移動していく。各自が興味を持っている棚へと移動したので、全員がバラバラで行動することになってしまった。私は予選突破後の本選に関連する内容が気になったので、そちらの棚の方へ移動すると、ちょうどルベリアさんとリズさんが資料をテーブルに置き、座って話し込んでいるところが見えた。クスハさんはいないようだ。多分、二人の飲み物を用意しているのかな？　少し離れたところにはミカサさんもいるのだけど、何やら様子がおかしい。楽しく話し合う二人を見て、明らかに動揺している。

「嫉妬《しっと》でもしているのかな？　そこまで露骨に顔に出さなくてもいいのに」

あの二人の組み合わせが、そこまで異常なの？　ちょっと気になるし、ルベリアさんを構造解析してみよう……

え……嘘!?　『構造解析』の結果は、私自身も驚愕《きょうがく》するものだった。

9話　ルベリアの正体

今、リズさんはルベリアさんと楽しく話しているけど、あの人の正体を知ったら、どん

な反応をするだろうか？

名前　シンシア・サーベント（『スキル『偽装』使用時』↓ルベリア）
種族　ダークエルフ（『スキル『偽装』使用時』↓人間）
性別　女／年齢24歳／出身地　サーベント王国
レベル25／ＨＰ２１７／ＭＰ２５３／攻撃１４１／防御１２７／敏捷２１０／器用３９８／知力４１０
魔法適性　水・土・風・光／魔法攻撃２５０／魔法防御１９７／魔力量２５３
回復魔法　ヒール・ハイヒール・キュア
水魔法　フリーズ・アイスボール・アイススパイク
風魔法　ウィンドシールド・トルネード
土魔法　アースウォール・クエイク・クエイクバースト
光魔法　ライトウォール・リフレクション・シャイニングアロウ
無属性　スリープ・プロテクション・リムーバル
ノーマルスキル：
Lv10　偽装・ウィークポイント
Lv6　魔力感知・魔力操作・魔力循環《じゅんかん》

Lv５　身体強化
Lv４　短剣術・足捌《あしさば》き・受け流し・聴力《ちょうりょく》拡大
Lv３　気配察知・危機察知・体術
Lv２　並列思考・洗濯《せんたく》
ユニークスキル：無詠唱・好感度パラメーター・好感度操作
称号：スマイルエンジェル・クイズマニア・努力家

これが、シンシアさんの基本的な情報か。王太子妃なのに、レベルが意外に高い。ステータスから見て、後衛《こうえい》タイプだね。ベアトリスさんの予想した通り、やっぱり他人の好感度を弄《いじ》るスキルを持っていたか。

ユニークスキル『好感度パラメーター』
他人の心を覗《のぞ》き見することで、自分や他者への好感度を数値化することが可能となる。魔法『真贋』と異なり、覗《のぞ》いたとしても気づかれることはない。一度でも覗《のぞ》けば、例外なく自分のステータスから現在の好感度を知ることができる。好感度の数値は０～１００まで。

ユニークスキル『好感度操作』
他者が抱いている相手への好感度を自由に操作できる。ただし、好感度1の増減《ぞうげん》に対してMP5を消費する。好感度を弄《いじ》られた相手は、その増減に対して違和感を覚えることはない。

相手の好感度を自由自在に操るスキル。シンシアさんはこれを恋愛面で利用したわけか。魔力量はそこまで高くないから、彼女は学園に入学して以来、他人の自分に対する好感度を少しずつ上げていき、同時にベアトリスさんの好感度を下げていった。最終的に王太子妃として上りつめたのだから、平民貴族問わず、学園と王城関係の人々の好感度を相当弄《いじ》ったに違いない。

この二つのユニークスキル、ガーランド様が作成したとは思えない。使い方次第で、超危険な代物となる。やはり、ユアラが関連している？

あ、このまま立ちっぱなしでステータスを見ていたら、明らかに怪しい女の子に見えてしまうから、カモフラージュで適当な資料を一冊取って、近くの個人用の机と椅子が設置されている場所へ移動しよう。

……よし、これで大丈夫。さあ、続きを始めようかな。

まずは、『どうやってユニークスキルを取得したか？』で検索!!

『検索結果』

七年前、八歳の少女がボルヘイム子爵家の近くで倒れていた。偶然、シンシアが彼女を見つけたのだが、何らかの病気を患《わずら》っていたため、急ぎ医者に診《み》せる。その後もボルヘイム邸にて手厚《てあつ》く看病したこともあり、少女の病気は治《なお》った。

目覚めた少女は自分の置かれた状況を理解できていなかったのか、周囲をキョロキョロと見渡す。しかし、シンシアから事情を聞いたことで落ち着きを取り戻し、『ユアラ・ツムギ』と名乗った。

彼女は命を助けてくれたお礼も兼ねて、『何か欲しいスキルはありませんか？』と尋《たず》ねたところ、当時自分に自信を持てなかったシンシアは、『相手の好感度を自在に操れるスキルが欲しいかな？』と冗談《じょうだん》半分で言った。すると、本当にその通りのユニークスキルを習得していたため、危《あや》うく大声をあげそうになる。

試しに邸内の使用人たちの心を覗《のぞ》き見て、自分の好感度を少し上げるとどうなるのか興味本位で試したところ、明らかに応対がいつも以上に軟化《なんか》していた。これにより、二つのスキルの効果は本物だと認識することとなる。

その後、病気が全快したユアラはボルヘイム家の人々にお礼を言うと、忽然《こつぜん》と姿を消し、それ以降姿を見せることはなかった。

正式な名前は、『ユアラ・ツムギ』なんだ。スキルを譲渡《じょうと》しているのだから、私の知るユアラで間違いない。この情報はガーランド様も自分の世界で見ているはず。何か進展があってほしい。次は学園でのベアトリスさんとの出会いを見てみよう……と思ったら、ミカサさんが私の方へやって来た。様子がおかしいけど、何かあったのかな？

「ミカサさん、顔色が悪いですよ？」

「ちょっと……な。シャーロット、ルベリアを構造解析して正体を知ったのだろう？」

二人の様子を観察しつつ、私の方も気にかけていたんだ。

「はい……正直驚きましたよ。いきなり私たちの本命と出会ったんですから」

ルベリアさんもあの様子なら、何も知らないのだろう。リズさんの正体を知ったらどんな反応をするのか見たいね。

「君たちの事情は、イオル隊長から聞いている。初めて聞いた当初、私はベアトリスの言い分に激昂《げきこう》したよ。自分の大罪を認めているものの、王太子妃として活躍されているシンシア様に、まだ復讐する気なの、と思った。『他者の中にある自分の好感度を弄《いじ》るスキルなどあるわけがない‼』と隊長に豪語したんだが……」

どうしたのかな？　喋《しゃべ》っている途中で、口が止まった。

「先程、ニコライ様の執務室で、ベアトリスの呪いの件を聞いた。それが真実なら、全ての黒幕はエブリストロ家かもしれない。やつの抱える『嫉妬《しっと》』も、何らかの呪いなのかもと思ったよ」

何らかの呪い……なぜだろう、何か引っかかる。『嫉妬《しっと》』という感情は呪いでも何でもないけれど、でもこれに別の何かを混ぜることとか可能なのだろうか？　ベアトリスさんの嫉妬《しっと》だけは、通常のものと大きく違う。もっと情報を奥深く見る必要があるかもしれない。

「シンシア様は大のクイズマニアで、休息日はルベリアに変異してここへ訪れ、冒険者とともにクイズを楽しんでいる。今日もその予定だから、王都に来て早々リズに絶望《ぜつぼう》を味わうだろうと思ったのに……シャーロットの様子から察するに……あったのだろう？」

私の様子を見て、気分を悪くしていたのか。ここは、真実を告《つ》げてあげよう。

「ええ、二つありました。『好感度パラメーター』と『好感度操作』です」

「そう……か、彼女も自分の欲望を満たすため、私たちを操っていたのか。私にとってシンシア様は『将来仕《つか》える主人』、ルベリアは『親友』だと思っていたんだが、もう……何もかもが信じられなくなってきた」

なぜ、そこまで悲嘆にくれた顔をするの？　『好感度を弄《いじ》る』という行為は、自分への印象を悪くするかよくするかのどちらかだ。さすがに、彼女の持つスキルと魔法だけでは、スキル『洗脳《せんのう》』のように人を操ることなどできない。そこは、私も推測を間違えていた。考えていたほど、便利なスキルではない。

「ミカサさん、『操る』という表現は正しくありません。そもそも好感度を弄《いじ》っただけで、人を恋愛的な意味で好きになりませんよ。上げた好感度を維持するだけでも、相当な苦労を要すると思いますし、シンシアさんはクレイグ王太子に愛されたいがため、弛《たゆ》まぬ努力を重ねてきたはずです。好感度を人為的《じんいてき》に高め維持できたからこそ、恋愛に発展するのも早かったのでしょう。それに、身分やお金目当てなら、今の評価もおかしいです。シンシアさんは、クレイグ様を真に愛し王太子妃として努力してきたために、国民の評価も高いのです」

うーん、敵に加担するつもりはないけど、この仮説は合っていると思う。あと、こうでも言わないとミカサさんが壊《こわ》れてしまいそうなくらい儚《はかな》げに見える。この女性も、何か抱えているのだろうか？

「ありがとう。やはり、君は転生者だな。八歳の子供が、口にする内容じゃないぞ」

ミカサさんが、私の頭を優しく撫《な》でてくれた。自分が転生者であることをみんなに詳しく言っておいてよかったと、心底思う。

「シャーロット、私を構造解析しているのだろう？　その情報を見ないのか？」

「本人が目の前にいて、こうして話しているのですから、そんな失礼なことはしません」

別れた後、ゆっくりと見せてもらうけどね。

「はは、しっかりしたお嬢様だ。どうせ見られるのだから、私の過去を話しておこうか」

――ミカサさんから語られた過去、それは私にとって想像を絶《ぜっ》するものだった。

三十年前、当時治安騎士団の新人だった彼女には、一人の婚約者がいた。二人は平民、婚約者は孤児《こじ》であったため、当時彼女の両親を含め四人暮《ぐ》らしだったそうだ。

ミカサさんと婚約者の男性は仲睦《なかむつ》まじかったらしいけど、その人と両親との折り合いがなぜか悪かったせいで、四人で暮らしはじめてからはギスギスしていた。そんな折、婚約者が違法奴隷《どれい》売買容疑《ようぎ》の罪で治安騎士団に連行されてしまう。彼女は冤罪《えんざい》を訴えたが、治安騎士団の方にも確固たる証拠《しょうこ》があったため、彼はそのまま牢獄《ろうごく》に収監《しゅうかん》されてしまった。

「冤罪《えんざい》を訴えても治安騎士団が動いてくれないのなら、自分で動くしかありませんよね?」

「その通りだ。だから、私は親の反対を押し切り、冤罪《えんざい》の証拠を探しはじめたのだが、今思えば、その選択自体が間違いだったんだ。それで、両親を死なせることになるのだから……」

ミカサさんは冤罪《えんざい》の情報集めに奔走《ほんそう》し、両親のところへあまり帰らなくなってしまった。そこへ、事件が起こる。二人組の泥棒《どろぼう》が両親の家に押し入り、金品を強奪《ごうだつ》し、二人を殺害した後、逃亡したのだ。

ミカサさんは二人の亡骸《なきがら》を見て絶望し、その事件を牢獄にいる婚約者に面会して打ち明けた。彼は優しく包むような言葉を言って、彼女を絶望の底から救い上げてくれた。

『両親は死んでしまったけど、私には彼がいる!!』。この思いを胸に、彼女は再び立ち上がり、冤罪《えんざい》の情報を執念《しゅうねん》で集め、見事に治安騎士団を納得させて彼を救った。そして、結婚に至る。

「両親の死は悲しい出来事ですけど、優しい旦那《だんな》さんじゃないですか」

「ああ、ここで終わればな。だが、現実はそんなに甘くないんだ」

結婚から二ヶ月後のある日、休暇中のミカサさんが旦那さんと仲良く談笑していたとき、治安騎士団が家に突入してきて、また彼は捕縛《ほばく》されてしまう。しかも、今度の容疑は『殺人教唆《きょうさ》』。

ミカサさんが誰を殺すよう命じたのか騎士に問い詰《つ》めると、なんと彼女の両親だという。泥棒二人組を捕縛《ほばく》し、問い詰めたことで発覚したそうだ。また、ミカサさんが死に物狂いで集めた冤罪《えんざい》となる情報は、旦那の子分たちが巧《たく》みにばら撒《ま》いておいた偽の情報であることが発覚。

要は全て旦那さんの仕組んだことなのだ。

動機は――――当時、治安騎士団は王都フィレントの闇に潜む組織をいくつも壊滅《かいめつ》させていき、組織側は窮地に陥《おちい》っていた。そこで、ある組織の一員だったミカサさんの旦那は、治安騎士団に入り込み、情報を盗んでこいと命じられる。さすがにスパイとして入り込むのは不可能だったため、治安騎士団の新人であったミカサさんに目をつける。

そして、彼女から情報を巧《たく》みに聞き出し、それを仲間たちに教え、治安騎士団の襲撃《しゅうげき》から逃れるよう動いていった。ミカサさんの両親は彼の動きを不審《ふしん》に思い、内々的に探っていたみたいだけど殺されてしまった。

「その男、最低ですね。今、どうしているのですか？」

「処刑されたよ。というか処刑場にて、私がこの手で殺してやった」

あの……言葉が出てこないのですが？　過去と決別すべく、自分で始末するとはね。

「その後、私はイオル隊長と出会い、空戦特殊部隊に移り、彼を師匠《ししょう》と崇《あが》めて、どんどん強くなっていった。そしてシンシア様とも出会い、将来支えるべき主君と同時に親友を見つけた」

彼女の過去が、思った以上に重い。冤罪《えんざい》と思っていた夫こそ真犯人で、自分の両親すらも殺していた大悪党。シンシアさんは相手の好感度を弄《いじ》りまくったことで王太子妃にまで上りつめた人物。犯罪とは言えないと思うけど、今のミカサさんの心は混乱しているに違いない。

「シャーロットの顔色を見て察したが、君が励《はげ》ましてくれたことで、心が少し晴れたよ。今は任務遂行《すいこう》中でもあるから、ルベリアに問い質《ただ》すことはできないが、リズが彼女の正体を知った後、どんな行動を起こすのか、彼女の生き様をしっかりと見届けることにする」

私がこの場でシンシアさんのことを詳しく教えてあげたいところだけど、こういうのは互いに話し合ったほうがいい。現在も二人は楽しく談笑していて、どちらもその正体に気づく様子はない。

リズさんの場合、ベアトリスさんを敬愛するセリカさんから聞いた話では、学園在籍時と今では髪の長さや纏《まと》う雰囲気《ふんいき》自体もかなり違っているらしい。でも、ルベリアさんの場合は肌と髪の色だけが違う。リズさんだけでなく、他の人たちもその正体に気づいていないのが不思議だよね。ミカサさんにそのことを質問すると――

「簡単なことさ、キャラを使い分けているんだよ。シンシア様は明るくお淑《しと》やかでみんなを癒《いや》し、そして誰よりも夫と国を愛する王太子妃。ルベリアは天然で明るく自由奔放《ほんぽう》、自分の趣味《しゅみ》に全てを費《つい》やすほどのおバカさんという設定だ」

なるほど、そこまでキャラが違うと、ただのそっくりさんだと思うよね。

このまま二人を別れさせてあげたいところだけど、今頃トキワさんが国王陛下にこちらの状況を話している頃合いだろう。今日か明日にはシンシアさんも呼び出されて、真偽《しんぎ》を問われるはずだ。それならば、私が二人を個室へと呼び出して、互いの正体を明かしてもいいかもしれない。

私とて、ベアトリスさんには幸せな生活を築いてほしいと思っている。あの人に、復讐は似合わない。最終的に和解させるにしても、六年という年月が過ぎたせいもあって、互いの持つ蟠《わだかま》りはすぐにはなくならない。

今こそ、『場』を動かそう!!

10話　ベアトリス、ルベリアの正体を知る

私――ベアトリスはルベリアとともに、シャーロットから個室へ来るように言われる。なぜ個室なのか疑問だった。そこでないと話せない用件でもあるのかしら？　ルベリアとのクイズ話が面白かったこともあって、空気を読めないシャーロットについ大人気《おとなげ》なく不機嫌な顔を見せてしまったわ。私たち三人が四人用の個室へ入ると、そこにはミカサがいて、テーブルには四人分のドリンクが用意されていた。

「ちょっと、今から何が始まるわけ？」

「私も気になるな〜。はっ、まさか四人だけでクイズ勉強会を開催するのでは⁉」

ルベリア、この雰囲気《ふんいき》からそんなチャラけたものではないことを察しましょうよ？　この子とは会って間もないけど、結構気が合うのよね。何よりも話していて互いに気分を害さないし、心からリラックスできる。今まで、こんな相手はなかなかいなかったわ。

「突然連れてきてしまい申し訳ありません。今からお二人に『とある重大事項』をお伝えしますので、こちらへ座ってください」

そう言うと、シャーロットはミカサの隣へ移動し、椅子へと座る。私たちとは対面に座

ることになるのだけど、この組み合わせはおかしくない？

「なんだか、私たちが尋問《じんもん》されるような雰囲気《ふんいき》よね？」

「おお〜シャーロットからの尋問、なんだろう〜」

私はともかく、なぜルベリアが呼ばれるのだろう？　私がミカサの方を向くと、彼女は私の疑問を先読みしたのか、静かに不可解《ふかかい》なことを言い出した。

「正直、互いのことを知らないだけで、君らがここまで仲良くなれるとは、私も思わなかった。あの事件は、一体何だったのかと疑問に思うほどだ」

「はあ？　どういうこと？」

「ミカサ……何を……言い出すの？」

ルベリアの顔色が変わった？　それに口調も、どこか上品になってない？

「シャーロット、君から伝えるといい」

伝えるって何を？

「わかりました。何も知らなければ、あなた方の相性《あいしょう》は非常にいいのですね……ベアトリスさん……そしてシンシアさん」

「「え？」」

今、シャーロットは何て言った？　ルベリアが……シンシアですって？

「いくら何でも冗談《じょうだん》でしょう？　性格が違いすぎる。ルベリアには悪いけど、シンシアはお淑《しと》やかで気品だってある。彼女を初めて見たときは似ているとは思ったけど、話をした時点で、同一人物の線はすぐに消えたわ。ルベリアも……」

どうして、顔色が悪くなっているのよ？　どうして、そこまで震えているのよ？

「ミカサ……裏切ったのですか？」

ちょっと、まさか本当にシンシアなの⁉

「ルベリア……いえ……シンシア様、私はあなた様を尊敬《そんけい》していますが、あなた様のユニークスキルをシャーロットから聞いてしまい混乱しております。彼女は、他者の持つ全ての情報を引き出す力を持っています。『好感度パラメーター』と『好感度操作』。そう言えばわかりますよね？」

なんですって⁉　それじゃあ、ルベリアは本当にあのシンシアなの？　バレないよう、キャラを使い分けていたってこと？　今の彼女の真《ま》っ青《さお》な顔色が、全てを物語っているわね。ミカサの言った二つのユニークスキル、名称だけでどんな効果があるのか想像つくわ。

「私はそれらの名称だけでなく、効果に関しても彼女から聞いています。そして、先ほどイオル隊長にも話しましたので、今頃は国王陛下も聞いている頃合いでしょう。私は……真実を知りたい。あなた様は……私やクレイグ様、国王陛下、王妃陛下を騙《だま》していたんですか？　初めからサーベント王国を乗っ取るつもりで、学園時代から動いていたんですか？」

正直、頭が全然追いつかないわ。一応、ルベリア＝シンシアなのはわかったけど、なぜか私に潜む謎の嫉妬心《しっとしん》が全然湧《わ》き上がってこない。これって、どういうこと？

「違います!!　私はクレイグ様に一目惚《ひとめぼ》れしたの。ベアトリス様という素晴らしい婚約者がいるのはわかっていたけど、どうしてもこの恋を成就《じょうじゅ》させたいと思って……つい……出来心であのスキルを使ってしまったのよ。そうしたら……」

必死に自分の言い分を主張するシンシア、つまり私の仮説通り、少しずつみんなの持つ自分の好感度をそのスキルで上げていったわけね。初めは出来心で……か、それが想定以上の効果を上げてしまい、ついついスキルに頼ってしまったと。

さっきまで和気藹々《わきあいあい》と話していた人物とは思えないわ。今のルベリアからは気品を感じられるし、喋《しゃべ》り方も私の知るシンシアにかなり近い。今は動揺しているから、口調が混ざっているのね。

「なるほど、スキルの効果が想定以上の成果を発揮したため、他者の持つベアトリスの好感度も下げていったのですね」

ミカサが私の名を言った瞬間、なぜかシンシアはキョトンとしている。ちょっと、どうしてそこでそんな反応をするわけ？

「へ？　私は、他人の持つベアトリス様の好感度を一度も弄《いじ》ったことなんてありません。そもそも私の当時の魔力量が１５０くらいですから、自分に対する好感度を弄《いじ》るだけで精《せい》一杯《いっぱい》です。……本当なの、信じて!!」

シンシアの表情や挙動《きょどう》を見る限り、嘘を言っているように思えないわ。シャーロットの方を見ると、彼女は優しく語りはじめた。

「お二人とも、シンシアさんの言ったことは事実です。彼女はこれまで一度たりとも、ベアトリスさんの好感度を弄《いじ》っていません」

「なんですって!?」

「なんだと!?」

さすがの私も、すぐには信じられないわ。

「ベアトリスさん、落ち着いてください。今からあなたにとって、重要なことを発表します」

なによ、シャーロットは何を発表するわけ?

「あなたの気にかけている『謎の嫉妬心《しっとしん》』、原因が判明しました。以前、お話ししたことのある『ユアラ』という名前を覚えていますか?」

ユアラ? 確か、前国王エルギス様にスキル『洗脳』を販売した女の名前ね。そいつの行動のせいで、ジストニス王国の闇とも言える『ネーベリック事件』が起きたのよ。

「当然、知っているわ。まさか、私の嫉妬心《しっとしん》も彼女が関係しているわけ?」

シャーロットは静かに頷《うなず》く。ミカサの方はユアラのことを聞いていないのか、彼女の方をじっと見つめ、次の言葉を待っているようね。

「はい。本来、『嫉妬《しっと》』というものは、男女関係なく恋愛や才能面などで感じるものです。ただし、ベアトリスさんの持つ嫉妬《しっと》に限り……」


『嫉妬心《しっとしん》』

自分の婚約者となる人物が、自分以外の女性と仲良く談笑し、両者が恋愛的な意味合いで近づいた場合に限り、情念の炎が発火する。初めは小さい炎だが、その女性を見れば見るほど燃え盛《さか》るようになり、次第に自分では抑えられないほどの業火《ごうか》へと変化し、その女性に対してあらゆる妨害《ぼうがい》を施す醜《みにく》い女へと変化する。

また、嫉妬《しっと》で変化中の自分を他人に見られるたびに、好感度が減少していく。炎の勢いを抑えるには、自分の精神を制御するか、相手の女を殺すしか方法がない。


「ふざけないでよ!!　なんなのよ、そのありえない嫉妬心《しっとしん》は!?　それって結局のところ、シンシアよりも不義を働いたクレイグ様の方が悪いじゃないの!!」

彼女以外にも、恋愛的な意味合いでクレイグ様を好きになる女性も少なからずいたはずよ。それでも、彼自身が心を動かさない限り、私の嫉妬心《しっとしん》の炎が発火することはない。シンシアのスキルだって、あくまで好感度を上げるだけであって、『恋』を発生させるわけじゃない。

「というかユアラという女、どうやって私の心を弄《いじ》ったのよ!! 私はそいつに会ったことすらないのよ!!」

その女に対して、憎しみの炎が燃え上がったわ。人の心を弄《もてあそ》んで、どこかで私を観察しほくそ笑んでいたわけね。底意地の悪い最低女、絶対に許さない!!

「私も、そこまではわかりません。あなたの情報を解析した際、ユアラという言葉すらなかったのですが、人の心を変化させるほどの力、これは彼女以外に考えられません。そして、シンシアさんは七年前に、自宅近くで生き倒れた『ユアラ・ツムギ』という子供を看病してあげたことで、二つのスキルをもらっていますね？」

「なんですって⁉」

「シャーロットのスキルは、そこまでわかるの⁉」

シンシアもかなり動揺しているわね。でも、病気で倒れている子供が自分の邸宅《ていたく》付近にいたら、私でも家に入れて看病すると思うわ。

「あ……ベアトリス様……その……誓《ちか》って言いますが、当時の時点であなたやクレイグ様に出会ってこそいますが、あの子にあなたの名を告げていません」

本当かしら？ 私はシャーロットの方を見る。

「ベアトリスさん、信じてあげてください。シンシアさんは事実しか言っていません。多分、ユアラは彼女に介抱《かいほう》してもらった後、興味本位で彼女の交友関係を調べて、あなたのことを知ったのだと思います。どうして、心を弄《いじ》ったのかまではわかりませんが」

　まともに思考できないわ。たった一日で、ここまでの情報がわかるなんてね。

「シャーロットがそう言うのなら信じるわ。でも……正直、頭が追いつかない。楽しく談笑していた相手がシンシアで、私の仮説も半分合っていて、自分の心がユアラに弄《いじ》られた……とてもじゃないけど、次の行動に移せない。元々、私の嫉妬心《しっとしん》が原因で、シンシアを苦しめたのは事実なのよ。私なりの誠意《せいい》を持って、横にいる彼女に正式に謝罪したいのだけど、その……今のままだと気持ちの整理がついていかないわ」

　今ここで謝罪しても、私自身の心が納得いかない。時間が欲しい。心の整理ができるだけの時間だけでいいのよ。

「ベアトリス様、それは……私も同じです。私は恋愛を成就《じょうじゅ》するため……スキルを使って多くの人々の好感度を弄《いじ》ったことは事実です。きちんと謝罪したいのですが……その……いきなり告げられたこともあって……その……」

　シンシアも同じ気持ちのようね。ルベリアとして接していたとき、私はシンシアと認識していなかった。だから、嫉妬心《しっとしん》の炎が灯《とも》ることはなかった。そして今、心が混乱しているることもあるのかもしれないけど、自分の精神を制御できているから、炎はほとんど灯っていないようね。訓練の成果が現れたことは嬉しいけど、とにかく今は心に吹き荒れる暴風を鎮《しず》めたいわ。

11話　エブリストロ家、動く

互いの正体が明されてから、リズさんはルベリアさんとかなりギクシャクしているものの、襲いかかったりはしていない。そのおかげもあって、ミカサさんのリズさんへの好感度は上がっていると思う。

ルベリアさんの方もあのスキルを行使する様子はないけど、一気に情報が暴露《ばくろ》されたことで大いに混乱している。彼女の場合、これからが大変だ。なにせ、国王陛下たちにこれまでのことを打ち明けないといけないのだから。

今のままの状態では和解も難しい。互いに、時間が必要だろう。

あれからリズさんはクスハさんとともに、個室に篭《こも》っている。ルベリアさんは気持ちの整理をつけるため、護衛の人たちと一緒に王城へと戻っていった。ミカサさんはというと、個室にいる二人を信じることにしたのか、出入口付近で待機している。窓から外を眺めれば、日も暮れかけており、そろそろ夕食の時間帯に差しかかろうとしている。

「今日は、ここまでだね」

私はミカサさんのいる場所へと向かう。

「明日から、色々と大変そうですね。そろそろ宿屋へ行きましょう。ここから少し離れているんですよね？　早く行かないと、夕食も混み合うかもしれません」

非常に濃《こ》い時間だった。昼前にイオルさんと出会い、対話から戦闘へ、戦闘から和解へと至ったけど、そこからは反則級の技を使って王都へ一直線だもの。

「もう、そんな時間か。夕食に関しては心配しなくていい。君たちも疲れているだろうと思って、夕食は部屋に用意しているから安心するといい。全員が一部屋に泊まれる素晴らしい場所だぞ。名前は『竜鱗亭《りゅうりんてい》』。王都一の宿屋だ」

全員って、ミカサさんやディバイルさん、トキワさんも含めると八人になるんですけど？　いくら王都の宿屋でも、八人部屋なんかないでしょ？　それに、ミカサさんも初対面のときとは違い、刺々《とげとげ》しさが減少している。なんだか凄《すご》く歓迎されているような気分になる。私たちの部屋って、どんな間取りなのかな？

○○○

宿屋『竜鱗亭《りゅうりんてい》』の表玄関には、全長五メートルほどのアクアドラゴンの巨大彫像《ちょうぞう》が設置されていた。透明度《とうめいど》の高い特殊鉱石で制作されているその像からは、ドラゴンの威厳《いげん》や存在感、畏怖《いふ》すらも感じられる。建物自体もドラゴンの像に相応《ふさわ》しいと言えるほど豪華《ごうか》なものとなっており、国王陛下がここを宿として指定してくれたということは、一応歓迎してくれている……と思いたい。

「あわわ、ア……アッシュ、こ……こんな高級宿に泊まっていいの？　どう考えても、私たちには不釣《ふつ》り合いだよ」

リリヤさん、その気持ちわかりますよ。外観の雰囲気《ふんいき》だけで、一泊の料金がべらぼうに高いと予測できるもの。ここは、日本の超高級ホテルって感じかな。

「う……うん、リズさんがいるのに、どうして国王陛下がここを指定してくれたんだ？」

アッシュさんも、やや腰が引けている。二人はジストニス王国の王城に何度も行ったことがあるけど、泊まった経験はないから、怖気《おじけ》づくのもわかる。私の場合、前世での学会やパーティーなどでそういったところに何度か宿泊しているため、こういった場所も慣れている。

私たちが受付で名前を告げると、ダークエルフの女性従業員が慌《あわ》ててオーナー――四十歳くらいのダークエルフの男性を呼んだ。どうやら、『ジストニス王国の「英雄」トキワと「聖女」シャーロットが観光で王都を訪問しているため、丁重《ていちょう》にお迎えするように』と国王陛下から言われているらしい。

今日になって突然言われたはずで、かなり迷惑だっただろうに、オーナーたちはそういった態度を微塵《みじん》も見せていない。

その後、オーナー自らが部屋まで案内してくれたけど、そこはなんと最上階（七階）のスイートルーム‼　全員が寝泊まり可能で、部屋専用のお風呂もあり、超豪華だった。おまけに、私たちの宿泊費は全て国が支払うことになっているから驚きだよ。

オーナーが部屋から出て行ってからも、部屋の豪華さのせいもあって、誰もがしばし言葉を失っていたのだけど、ミカサさんがこの部屋になった真の理由を語ってくれた。

「イオル隊長が陛下たちに携帯端末経由で全てを語ったことから、ベアトリス以外の話は信用されている。トキワ、シャーロット、アッシュ、リリヤ、カムイは歓迎されているんだよ。特に、トキワとシャーロットは国賓《こくひん》と同等に扱うように言われている。本来であれば王城へお連れするところだが……特殊な事情が絡んでいる以上、そうもいかないだろ？」

国賓《こくひん》扱いですか……私としても嬉しい限りです。

「まあ、実のところ……『シャーロットが怒りに身を委《ゆだ》ねたとき、この国は確実に滅びる。彼女を絶対に怒らせないよう、手厚く歓迎しろ』が真の理由だがね。ただ、ベアトリスの件に関しては、国王陛下たちも公明正大《こうめいせいだい》な判断を下《くだ》してほしいと仰《おっしゃ》っていた」

シンシアさんが絡んでいる以上、その件だけは全く信用していないのね。

「その言葉、逆にこっちから言いたいわね。シンシアが『好感度パラメーター』と『好感度操作』という二つのユニークスキルを所持していたことは確定したわ。今頃か、もしくは明日の早朝にでも、彼女自らが陛下方に事情を説明するはずよ。果たして、国王陛下は正常な判断を下《くだ》せるかしら？　まさか、その場でシンシアを処刑する……なんてことにはならないわよね？」

事態が大きく動き混乱している状態のためか、ベアトリスさんはシンシアさんを心配している？　いや、精神を制御する力を身につけたからこそ、この姿が本来の彼女かもしれない。

「それに関しては、私からは何も言えないわ。陛下に限って、さすがにそんなことはしない……と思う」

真実を知ってしまったせいで、ミカサさんの言葉にも力がない。悲しげな顔で何も言い返さない彼女に拍子抜《ひょうしぬ》けしたのか、ベアトリスさんも少し驚いている。このままだと微妙な空気が続いてしまうし、少し話題を変えよう。

「ところで、ニコライさんはご両親の所在《しょざい》を知っていましたか？」

ベアトリスさんはハッとなり優しげな表情になる。もう、それだけで答えがわかる。問題は、妹のミリアリアさんの容態《ようだい》だね。

「え――」

「ねえ、今から何の魔法を使うの？」

ベアトリスさんの言葉を遮《さえぎ》り、突然カムイが突拍子《とっぴょうし》もない質問をする。なぜ、その質問をしたのか、みんなはその意図をわかっていないようだ。かくいう私も、理解できていない。急におかしな空気になったため、リリヤさんが軽くカムイを諭《さと》す。

「カムイ、人が喋《しゃべ》っている最中に言葉を被《かぶ》せたらダメだよ。それに、こんな場所で魔法なんて誰も使わないよ？　突然、どうしたの？」

「え……だって、黒いモヤモヤしたものが突然外から入ってきて、ベアトリス周辺に集まっているよ？　どんどん濃くなっているから、てっきり魔法を使うのかなと思ったんだけど、違うの？」

　黒いモヤモヤしたもの？　私の目からはそんなものを感知できないけど、カムイだけに見えているってこと？

「リリヤさん、見えますか？」

「ううん、全然見えない」

　他の人たちも、首を横に振るだけだった。やはり、カムイだけに見えているんだ。

「この黒いモヤ、なんか嫌なものを感じる。これ……僕、知ってる。これは……そうだ、憎悪だ!!　それが、どんどんベアトリスの中へ入っているんだけど、身体の方は何ともないの？」

　憎悪!?　そういえばカムイは、『感情把握《はあく》』というユニークスキルを持っている。もしかして、それが反応している？　でも、黒いモヤの正体って何？　私自身が視認《しにん》できないせいで、『構造解析』もできない。

「何ですっ……ぐ……何よ……これ……胸が苦しい……これって……まさか……」

え～～なになに、どういうこと⁉　突然ベアトリスさんが両手で胸を押さえると同時に、床へくずれおちたよ‼

「お、おい‼」

「ベアトリス様、大丈夫ですか⁉　まさかこの症状って……『呪い』？」

ミカサさんとルクスさんが慌《あわ》ててベアトリスさんを起こし、ソファーに座らせる。

「ええ、間違いないわ。この感覚は、呪いよ。身体が……く……内側から破裂《はれつ》しそうなほどの何かが流れ込んでくる。これまでの……呪いと何か違う……負けないわよ、新たな呪いに……侵《おか》されてたまるもんですか‼」

おかしい、『積重呪力症』は表向き呪いとして機能しているはずだ。なのに、どうして……まさか、異なる呪いが彼女の身体を蝕《むしば》みはじめている？　苦しみ方がどんどん酷くなっているし、顔色も急速に悪くなっている。急いで構造解析して、事態を収拾しないとまずいことになりそうだ。

「私は急ぎ構造解析しますので、アッシュさん、リリヤさん、二人はフォローをお願いします」

「わかった‼」

「任せて!!」

アッシュさんが寝室へ行き、急いでベッドの用意を整《ととの》える。リリヤさんは点滴用のポーションと台をマジックバッグから取り出し、用意を始めていく。こんなこともあろうかと、念入りに対処を考えておいてよかった。さあ、今度は何が出てくるかな？

呪い『積@：；――呪＋＊$#〃症』『積重呪力症』＊『呪力暴発まであと十分』

文字化けしている？　呪力暴発って何!?　どういうこと？

『文字化けの原因』

クォーケス・エブリストロがベアトリスの状態に気づき、新規の呪いを投入しようと試《こころ》みたものの、全て失敗に終わる。業《ごう》を煮《に》やした彼は最終手段として、ミリアリア・ミリンシュの持つ『積重呪力症』をベアトリスへ移動させることを試みる。

本来、人は同じ呪いを受けつけないが、シャーロットの編集した呪いは呪いであって呪いにあらず。これによりシステムエラーが起こり、現在二つの積重呪力症が彼女の身体の中で暴れ回っている。

このままでは呪力暴発が起こり、ベアトリスを中心とする半径五十メートル以内にいる

生きとし生けるものが死に絶《た》えるだろう。なお、現在二つの呪いはシステムエラーにより非常に不安定なものへ変質しているため、『構造編集』による消失こそできないが、跳《は》ね返すことは可能である。


「ええ～～～～呪力暴発～～～～～～～」

やばい、やばいよ!! 私の『構造編集』が裏目《うらめ》に出て、このままでは全員死んでしまう。『構造編集』ができない以上、跳ね返すしかないんだけど、どうやってやるのよ? 呪いは闇魔法に属するものだから、『瘴気溜《しょうきだ》まり』と同じように掌握《しょうあく》すればいいの? 呪い……そういえば光魔法に呪いを跳ね返す効果のあるものがあったはず。二年くらい前に光精霊様から教わったよね。名前は……

「カーズリフレクションだ!!」

「シャーロット様、状況を教えていただきたいのですが?」

独り言《ひとりごと》を口走っていた私に、ルクスさんが尋《たず》ねてきた。時間があまり残されていないので、早口で説明していくと、さすがに全員の顔色が真っ青に変化していく。対処を間違えれば、私たちだけでなく無関係な国民も大勢死んでしまうのだから当然だよ。私が唯一の対処方法を教えると、アッシュさんが疑問を口にする。

「どうやって、そんな強力な呪いを跳ね返すんだ?」

そう、そこなんだよ!!　光精霊様から教わっているけど、うろ覚えで細かいところまでわからない。これまでの魔法と様相《ようそう》が全く違うし……こうなったら私なりに魔法を構築するしかない。

「残り八分しかありません。文字化けしている呪いは非常に不安定なため、イメージさえきちんと構築できれば、必ず反射できるはずです。カムイ、あなたのユニークスキル『感情把握《はあく》』を借りるね」

このスキルを使えば、呪いの根源《こんげん》となる黒いモヤを視認できるし、外から流入してくるモヤを逆探知すれば、いずれ出所《でどころ》へと辿《たど》り着き、呪いを反射しやすくなるはず!!

「わかった、使ってよ!!」

新たに習得したスキル『レンタル』。これは私の持つスキルを他の人に制限時間付きで貸すことができるし、従魔の持つスキルを借りることもできる。現在のスキルレベルは4。最大四時間は力を行使できる。でも、この力で出所を掴んだとしても、そのままそっくりこの呪いを反射させることはできないと思う。一番肝心な『相手にどんな効果をもたらすか？』を決める必要がある。

「皆さん、これは私の見解《けんかい》ですが、呪いを四つ付与《ふよ》する積重呪力症を跳ね返すのですから、相手にも四つ呪いをつけないといけません。三つは『スキル封印』『魔法封印』『ステータス固定』でいいと思いますがもう一つ何か呪いを与えないといけません。何か、名案はありますか？」

何でもいいとはいえ、きちんと呪いとして効果的でないと意味がない。突然言い出したせいなのか、みんなが困惑している。時間に余裕があれば、エブリストロ家に最悪の呪いを与えたいのだけど、どうする？　どんな呪いを与える？

12話　エブリストロ家の狂乱《きょうらん》

三十年前に起きた貴族間の派閥争《はばつあらそ》い。我らエブリストロ家は、第二王子派の筆頭《ひっとう》であったミリンシュ家の策略《さくりゃく》に嵌《は》まり、貴族としての権威《けんい》が失墜《しっつい》した。それにより、第一王子派の連中の多くが第二王子派に鞍替《くらが》えし、その後第二王子が現国王となる。

第一王子は王としての資質こそ兼ね備《そな》えていたが、操りやすい性格でもあった。そこで、我々エブリストロ家が王族に次《つ》ぐ権力を持つべく、私――クォーケス・エブリストロの祖《そ》父《ふ》アルバスは色々と裏で画策《かくさく》したのだが……ベアトリスの祖父ジュデッカのせいで、全て水の泡《あわ》と化してしまった。

当時私は十二歳。まだ子供であったが、自分たちの置かれている状況は、嫌でも理解できた。争いに敗北してから、我が侯爵家は力が大きく後退し、生活環境も激変《げきへん》した。お茶会や舞踏会《ぶとうかい》といった社交イベントに参加すれば、毎回侮蔑《ぶべつ》の視線に晒《さら》される日々。私自身も悔しくて悔しくてたまらなかった。貴族位こそ下がっていないが、実質男爵《だんしゃく》並になったため、文句が言えるはずもない。

父――ランドルフ、母――エマ、祖父の悔しげな表情だけは、三十年以上経過した今でも忘れられん。

あの事件以降、エブリストロ家は俗《ぞく》に言う『窓際貴族《まどぎわ》』となってしまい、いつ国から切られてもおかしくない状況に陥《おちい》った。祖父と父は平民に落ちないよう、築き上げてきたプライドを全て捨て、下位貴族たちに頭を下げる日々が続くうちに、三人は表情や性格、果ては容姿《ようし》も少しずつ変化していった。

あれほど優しく気高《けだか》く私の誇《ほこ》りであった祖父と父が、憎悪に染《そ》まった醜悪《しゅうあく》な顔へ変化する。また、人間族や魔鬼族の歳相応《としそうおう》にダークエルフの身体が老化していった。

二人は自分の変化をさほど気にもせず、仕事が終わると、必ず書庫へと籠《こも》り、そこで何かの作業に没頭するようになる。

容姿で限定すれば、一番醜悪と思ったのは母の変化だ。憎しみに囚《とら》われ、ミリンシュ家の名を少しでも聞くとヒステリックになり、使用人たちに暴力を振るうようになってしまった。その都度《つど》、私や弟のヴァリトスが必死に宥《なだ》めたものだ。

あの気品に満ち溢《あふ》れていた母の面影《おもかげ》が日に日に失われていく姿を見て、私もヴァリトスもミリンシュ家を強く恨むようになっていく。しかし、貴族間の派閥争いというものはどこの国でも存在するため、負ければ権力の大半を失うと理性でわかっていたこともあり、ギリギリのところで狂わずに済んだ。

この環境は約二十四年も続いたが、ついに終止符《しゅうしふ》を打つときが来た。祖父から爵位《しゃくい》を継《けい》承《しょう》していた私が執務室で仕事をしていたら、突然扉が開いた。入ってきたのは、憎悪に囚《とら》われ狂人となった祖父で、白髪も激しく逆立《さかだ》っていたこともあり、私は恐怖さえ感じた。

「クォーケス、ついにあの術を完全発動させるあてを見つけたぞ!!」

祖父の言うあの術とは、禁術闇魔法『カーズサクリファイス』。あの事件以降、祖父も父もミリンシュ家に復讐すべく、この魔法を完全発動させる方法を模索《もさく》し続けていた。資料としてその名と効果が残されているものの、それ以外は一切不明であるため、サーベント王国でも謎とされてきた魔法だ。

二十四年という年月をかけてようやく解明できたせいか、祖父の顔が一瞬ではあったものの、穏《おだ》やかになったのだが、覚悟を決めたのか、すぐに憎悪に塗《まみ》れた醜悪なものに戻る。

「資料を何度も読み直し、呪いを実行するための最後の一押しとなるエネルギー源を探していたが、目の前にあったのだ!!　これで……これで私たちの悲願《ひがん》が実現する!!」

次の言葉を聞いた瞬間、私は身震いすることになる。

「憎しみの炎を宿す私、ランドルフ、エマ。我ら三人の命を捧《ささ》げればいいのだ!!」

正直、このときばかりは、開いた口が塞《ふさ》がらなかった。自分たちを犠牲《ぎせい》にすれば、やつらの死に様《ざま》を見られないだろ？　そう問い質《ただ》すと……

「構わん!!　儀式自体も最終段階まで到達している。お前もわかっていると思うが、この魔法を発動させてから早二十年、私やランドルフ、エマの寿命《じゅみょう》を削《けず》り続け、エネルギーを蓄積《ちくせき》させたが、それでも完全発動させるには至らない。我らの寿命もこの維持に使い続け、もう底を尽《つ》きかけている。それならば、我らの魂そのものをエネルギー源にすればいいのだ!!　ミリンシュ家、一族郎党みな殺しにしてくれるわ!!」

完全に狂っている。

闇魔法を維持するだけで寿命を削《けず》り、老化が進んでいることは、前に聞かされていたが、まさか自分たちの命すらも差し出すとは思わなかった。そしてあろうことか、私か弟を『呪いの維持者』にして、今すぐ魔法を完全発動させると宣《のたま》ったのだ。

これには、私や駆けつけてきた弟も待ったをかけた。どちらが維持者になろうとも、結局のところ魔法を完全発動させれば、我ら兄弟が実の祖父と両親を殺したようなものだ。だが、既に正常な判断力を失っているせいか、三人とも何を言っても聞く耳を持たなかった。

私も弟もいまだにミリンシュ家を強く恨《うら》み続けている。だが、何事も機を待たなければならない。呪いを発動させるタイミングを間違えると、全てが水の泡となってしまう。

そう言って、何とか三人を説得し呪いを先延《さきの》ばしにしたところで、私と弟も覚悟を決めた。ミリンシュ一族を確実に滅亡へと導けるよう、学園に通うベアトリスを見張り、ジュデッカの方にもスパイを送り込んだ。

機は、すぐに訪れることとなる。

クレイグ王太子がシンシア・ボルヘイムを愛するようになり、ベアトリスが嫉妬《しっと》に狂い、彼女を過激に虐《いじ》めはじめた。また、シンシアの方も何かを隠している様子だったが、見張り続けたことで彼女の能力も把握《はあく》した。エブリストロ家の夢を実現させるにあたって、『好感度を操る力』は非常に役立つ。私はシンシアと接触し、取引を持ちかけた。

『君はクレイグ王太子を愛しているようだが、力が圧倒的に足りない。何の力もない子爵家では、せいぜい「妾《めかけ》」がいいところだろう。そこで……だ、我がエブリストロ家が君の後ろ盾となってあげよう。その代わり、君にやってもらいたいことがある。な～に簡単なことだ、君を虐《いじ》めるベアトリスを精神的に徹底的に叩《たた》き潰《つぶ》してほしい』

このとき、エブリストロ家の好感度に関しては絶対に弄《いじ》るなと、シンシアに強く言い聞かせていたこともあって、我らは全く疑われることはなかった。というか、私やシンシアが結局何もしないまま、ベアトリス自身が勝手に自滅《じめつ》していったので、国王側は違和感すらなかったろうがな。このまま放っておけば、こちらが何もしないままミリンシュ家も終わるんじゃないかと思い、祖父たちに何も言わなかったのだが、それが裏目に出た。

祖父たち三人が痺《しび》れを切らし、『今から呪いを実行する』と我々に主張してきたのだ。その目には、もはや理性というものがほとんど残っておらず、『断《ことわ》れば私や弟が殺され呪いのエネルギー源とされるのでは？』とさえ心配した。やむなく私たちは我が家の地下にて、ついに『カーズサクリファイス』を発動させる。

この魔法には、魔法陣が必要となる。陣の円周上に生贄《いけにえ》を配置して詠唱《えいしょう》し、成功すれば、陣が闇の色へと変化する。私が『呪いの維持者』となり、弟が補助的役割をこなす。

そして、祖父から教わった通りの手順で魔法を完全発動させた瞬間、祖父も父も母も理性を取り戻した。『後は頼《たの》む。ミリンシュ一族を……滅ぼしてくれ』と言い残し、全員が石となり、やがて粉へと変化し、最終的には魔法陣に吸収された。


儀式の終了直後、私も弟も半《なか》ば強制的にやらされたこともあり、家族を殺したという罪悪感は浮かんでこず、ミリンシュ家への恨《うら》みが一層強くなった。だって、そうだろう？ミリンシュ家の策略で、我が祖父と両親はこうなったのだから。

後は、あの呪いがミリンシュ一族全員に浸潤《しんじゅん》していけば、いずれ滅亡する。

「予想通り、兄貴の容姿が変化しているよ。儀式前の肉体的年齢は魔鬼族でいう二十五歳くらいだったのが、今は三十歳前半くらいになっている。初めの維持だけで、かなり寿命を削《けず》られたんじゃないか？　髪も白くなっているぜ？　身体の具合はどうだ？」

私の役目は、この寿命が尽きるまで呪いを維持すること。予《あらかじ》め、呪いの副作用について聞いていたこともあり、私は婚約者を持たなかった。

弟の役目は私の死後、エブリストロ家を継《つ》ぎ隆盛《りゅうせい》を極《きわ》め、次代に譲《ゆず》ること。

祖父から続くこの夢を達成するには、『ミリンシュ』という姓の者たち全てに、『積重呪力症』を発症《はっしょう》させなければならない。たとえ魔法や解呪《かいじゅ》アイテムなどで浄化されたとしても、この地下室の魔法陣を消すか、私を殺さない限り、この呪いはすぐに復活する。

維持者となった者はステータスが５００の限界を突破し、魔力量も大幅に増加する。病気による『死』がなくなるものの、一日経過する度《たび》に一日だけ寿命が削《けず》られる。

そして『自分の死』が迫《せま》るごとに、肉体年齢も老化していく。これに関しては、魔鬼族や人間族のような種族特性に変化したに過ぎない。むしろ、自分の老化で『死』を予想できるのだから、こちらとしても好都合だ。

周囲の者が私の変化を気にするだろうが、特殊な病気に侵されたと言えば納得するだろう。二百年ある寿命が半分の百年に縮《ちぢ》まったとはいえ、それだけの年月があれば、ミリンシュ一族を根絶《ねだ》やしにできる。

「やや気怠《けだる》さを感じるが問題ない。ヴァリトスも、髪が白くなっているぞ？」

弟は間接的に関わっただけだが、それでも身体に影響が出た。しかし、髪が白くなっただけで、肉体的変化は現れていない。

「え、本当だ。これは……目立つな。ま、髪だけのようだし、これはこれでいいよ」

まったく、全てにおいて前向きなやつだ。

〇〇〇

「な……これは!!　祖父、父、母、三人の命と憎しみを全て犠牲《ぎせい》にしたんだぞ!?　その結果が……これか？　冗談《じょうだん》だろ!?」

呪いの発動から五分もしないうちに、私のステータスに異常メッセージが流れた。

『このエネルギーだけでは、ミリンシュ一族全員に積重呪力症を付与することは不可能です。付与が可能な人数は、二名となります。次の人物名から、対象者二名を選択してください』

憎しみを抱いて二十四年だぞ？　それだけの年月をかけたのに、たった二名だと？

「兄貴、急に大声をあげてどうしたんだよ？」

何の事情も知らないヴァリトスは、心配そうに私を見つめてくるが、こちらの事情を全て打ち明けると、先ほどの私と同じく激昂《げきこう》する。

「たった二人だって!?　なんでだよ、ふざけるな!!　三人が……狂って……命すら投げ出して……対象者が二人だけって……あんまりだろ!!」

我ら兄弟は地下室の空間にて、嘆《なげ》きに嘆いた。使用人や執事たちがいないこともあり、罵詈雑言《ばりぞうごん》を叫《さけ》びまくる。

ミリンシュ一族への憎悪がさらに強く深くなっていく。

だが、どれだけ悲しんでも憎んでも、二名という数字は変わらない。だから、私たちは二名で最大の効果をもたらす対象を考え抜き、ミリンシュ本家の『ベアトリス』と『ミリアリア』を選んだ。やつらが呪いに侵されれば、両親や祖父ジュデッカは深く悲しみ、呪いを排除《はいじょ》しようと躍起《やっき》になるだろう。幸い、ベアトリスが自滅行動を続けていることで、ミリンシュの名は地に堕《お》ちつつある。ジュデッカたちがベアトリスを気にかけている間、やつらの地位を……名誉を……我らの謀略《ぼうりゃく》で全てを破壊してやる!!

呪い発動後から一ヶ月ほどで、我ら兄弟の謀略は成功し、ベアトリスは公開処刑へ、ミリンシュ本家は没落《ぼつらく》した。

しかし、気がかりな点が二つある。やつらは謀略に気づいていたのか、平民へ落とされると、すぐに行方不明となった。この六年行方を追っているが、いまだにわからない。

ベアトリスに至ってはルクスの協力により脱走、その後の行方も不明となっている。本来、どちらも監視対象であったため、本家や王城へ我らの手の者を送り込んでいたのだが、その者たちに気づかれることなく雲隠れされるとは、想定外の事態だ。発見したとしても殺しはしないが、呪いの進行度合いと、やつらの行く末を見届けたい。

まあ、この六年で私は宰相の地位を得て、弟は国王陛下の護衛騎士にまで上りつめ、エブリストロ家は完全に以前の力を取り戻し……いやそれ以上の力を入手したこともあり、やつらの所在などどうでもいいと思っていたが……今になって、あの悪役令嬢ベアトリスが我々に宣戦布告してきた。

上空に出現したあの悍《おぞ》ましい巨大な顔。あれだけで私の心は震えた。弟とともに、急ぎ地下室の魔法陣のもとへ行き、状況を確認すると、あの積重呪力症がとんでもないものへと変化していのだ。

13話　怪異《かいい》『ベアトリスの怪』

邸の地下室にて私とヴァリトスは、ベアトリスとミリアリアのステータスを確認していたのだが、ベアトリスのものだけが明らかな異常を示している。呪いの維持者の特権で、呪った相手の『ステータス』を把握《はあく》できる。ヴァリトスも間接的に関わっているためか、私同様に見られるのだが、私と同じく開いた口が塞《ふさ》がらないようだ。

「これは……どういうことだ？　呪いはどこに行った？　『スキル封印』は？　『魔法封印』は？　『ステータス固定』は？　そもそも、『大幅好感度増加』という呪いを制作した覚えはないぞ？」

なぜ、『スキル封印』が『スキル解放』になっている？

なぜ、『魔法封印』が『魔法解放』になっている？

なぜ、『ステータス固定』が『ステータス解放』になっている？

ベアトリスのステータスだけがおかしい。そもそも、この異常な魔力量は何だ？　どうやって、８００という数値まで上げることができたんだ？　まさか、私と同じように呪いを？

「ヴァリトス、以前見たベアトリスの魔力量はいくらだった？」

宰相の地位となって以来、私の仕事が大幅に増し、二人の監視が疎《おろそ》かになっていた。私の記憶する限りでは、ゼロだったはずだが？

「……ゼロ」

ヴァリトスの返答も同じだった。やはり、間違いではなかったか。

「積重呪力症が表示されているにもかかわらず、なぜ呪いの内容が変化している？　もはや、呪いでもなんでもないぞ？　まさか……聖女か？」

だが、バードピア王国の聖女は光魔法に特化しているだけであって、呪いの内容を変化させることなどできないはずだが？

「ヴァリトス、下がっていろ。私が魔力を込めて、四つ全ての呪いを再度付与する」

どうやって解呪したのか不明だが、こちらには永続稼働《えいぞくかどう》の魔法陣がある。

再度あの呪いをベアトリスに打ち込めばいいだけのこと!!　……なのだが、どういうことだ？

四つの呪い全てが、何かにロックされているようで、何度再試行しようとも跳ね返されてしまう。

「なぜだ？　なぜ、跳ね返される？　なぜ、付与できない⁉　ベアトリス～、どうやってこの呪いの対処方法を見つけた～～」

久方ぶりに私の中にある憎しみの炎が再燃する。この女のステータスは危険だ。このままここに到達すれば、最悪王都そのものが滅びるかもしれない。

「兄貴、どうするつもりだ？」

ヴァリトスも状況を把握《はあく》できたのか、かなり焦《あせ》っているようだな。

「祖父や両親の命を無駄にするわけにはいかん!!　祖父たちの命《めい》に逆《さか》らうことになるが、ミリアリアの呪いをベアトリスへ移す!!　やつのステータスが脅威《きょうい》である以上、全ての力を使い抹殺《まっさつ》する!!　本家の者どもは直接的な力で始末する!!」

もはや、手段を考えている余裕はない。得体の知れない力がベアトリスにある以上、早々に始末しなければいかん!!

「了解だ。俺は闇ギルドの連中を使って、なんとしてでもジュデッカたちの居場所を突き止め、始末しておく」

「そっちは任せたぞ!!」

私は私で、積重呪力症をミリアリアからベアトリスへ移行する手段を考えなくてはな。

○○○

あれから約三週間、事態は大きく動く。まず、シンシアを崇拝する過激派どもに命を狙われていたセリカ・マーベットが帰還し、ベアトリスの居場所を突き止め、その目的を国王陛下に告げた。やつはジストニス王国に潜伏し、トキワ・ミカイツと人間族の聖女シャーロット・エルバランを仲間にして、こちらへ向かっている。十中八九、呪いになんらかの手を加えたのは、トキワとシャーロットだろう。

――そこから、ベアトリスの侵攻が始まる。

急遽《きゅうきょ》、国王陛下が王城にいる役職付の貴族たちを大会議室に召集した。そこで、陛下から語られたのは、通常であれば到底信じられないものであったが、情報源はあの英雄『イオル・グランデ』。私たちは信じざるをえなかった。

我々の真の脅威《きょうい》は、英雄トキワやベアトリスではなく、八歳の聖女シャーロットであることが、陛下の口から告げられたのだ。彼女のステータスを聞いたとき、私だけでなく、その場にいる全員が凍《こお》りつく。能力値も脅威《きょうい》だが、ユニークスキル『構造解析』と『構造編集』が強力すぎる。ベアトリスの呪いを無効化したのは、シャーロットだったのだ。イオル自身は、まだベアトリスの呪いに気づいていないようだが、時間の問題だろう。

シャーロットたちは、呪いの発動者が誰であるのかも気づいているはず……いや……『構造解析』の力が本当ならば、間違いなく気づいている。

もしやつらがシンシアと接触すれば、彼女の力も露見《ろけん》してしまう。とてもではないが、王都への入都許可など出したくない……が、この状況下でそんな発言をすれば怪しまれるだけだ。

結局、クロイス女王からシャーロットの話を聞くことで、彼女の力は本物だと裏づけられ、イオルの策に乗るしか方法はなかった。彼の話ではプリシエルに乗せて移動するため、彼女たちは当日中に王都へ到着すると聞いている。

我々に残された時間は、もうわずかしかない。その日の夜、私はヴァリトスを我が家に呼びつけ、地下室に籠《こも》り、全てを明かした。

「兄貴、どうするつもりだ？」

「もう……アレを使うしかない」

私の言葉に、ヴァリトスは目を見開く。

「正気か⁉　アレを使ったら、他の住民も巻き込まれる。大勢の人々が死んでしまうんだぞ⁉」

わかっているさ……だが、それしか手段が残されていない。

「トキワもシャーロットもベアトリスも死亡するだろうが、全て『呪いの暴走』という言葉で、みんなも納得するはずだ」

四日前、私はミリアリアの呪いをベアトリスへ移行する手段を考案し実行に移そうとしたが、またしても謎の力に阻《はば》まれた。そのとき、ステータスにメッセージが流れたのだ。

『一人の人物に同じ呪いを付与することはできません。無理に付与すると、呪力暴発が起こり、ベアトリスを中心に半径五十メートルの生物が死に絶えることになります。それで構わないのであれば移行してください』

無関係な住民を巻き込みたくなかったので、私は実行に移せなかった。

「だが⁉」

「ヴァリトス、ミリンシュ一家の捜索と暗殺《あんさつ》を今すぐ中止しろ。今後、私と一切接触するな。住民に見つからぬよう、妻と子供たちのいる伯爵家に戻れ」

やはり、先の先まで読んでおいて正解だった。ミリンシュ家に対して憎しみを抱いているのは事実だが、どこで綻《ほころ》びが生じるのかわからない以上、私は一つの対策を練《ね》っておいた。

当初の予定を変更して、弟ヴァリトスを婿《むこ》養子として伯爵家に行かせたのだ。たとえ、エブリストロ家が私の代で滅んだとしても、その血はヴァリトスの子供たちへと引き継がれていく。

仮に、この策が成功したとしても、前代未聞《ぜんだいみもん》の大爆発が王都で起きる以上、騎士たちが一斉捜査《そうさ》に乗り出す。そのときに、どこでエブリストロ家の名が漏《も》れるかわからないため、ミリンシュ家からは手を引いた方がいい。祖父たちの野望自体は潰《つい》えてしまうが、ここまでの成果を出せたのなら、三人も許してくれるだろう。

「兄貴……まさか、一人で全てを背負い込むつもりか!!」

「あの通信以降、イオル・グランデがベアトリス自身やシャーロットから呪いについて全てを聞いている可能性がある。もしそうであれば、その時点でエブリストロ家は終わる。また、呪力暴発を成功させても失敗させても、結果は同じとなるかもしれん。いいか、覚えておけ。私が捕縛《ほばく》されたとしても、お前がこの件に関わっていたことは死んでも言わん。ヴァリトス、お前はエブリストロ家の血を絶やさぬことだけを考えておくんだ!!」

弟は、かなりごねた。シャーロットが『構造解析』スキルで全てを知っていたとしても、それを証明するための手立てがなければ、騎士たちも動きようがない。決定的な証拠となる地下室に関しては、魔法で入れない工夫を施している。弟を安心させようと、いくら理由を言っても帰ろうとしなかった。無理もない話だが、ヴァリトスまで巻き込まれてはいかんのだ。なんとか無理やり帰らせた後、私は再び地下室へ戻り、呪力暴発を起こすための移行を実行する。

絶対に成功させる!! エブリストロ家を存続させる可能性が少しでも上がるのなら、ベアトリスを……シャーロットを……トキワを……殺す!!

「なんだ……これは？ 移行しようとしている呪いが跳ね返されようとしている？ いくらシャーロットでも、あの莫大《ばくだい》なエネルギーの塊《かたまり》といえる呪いを反射できるはずがない……が、これは押し返されているだと？ 負けん!!」

……拮抗《きっこう》する力がぶつかってから、どれだけの時間が過ぎた？

相手の力は全く衰《おとろ》える傾向が見えん。このままではこちらが力尽きてしまう。八歳の女の子が主導しているはずなのに、ステータスの力があるとはいえ、なぜ集中力や持続力がここまで保てるんだ？ シャーロット・エルバラン……何者なのだ？

「な……どういうことだ？ 急激《きゅうげき》に押し返す力が増しただと!? そんな……馬鹿な……『積重呪力症』が……これは……ぐ……おおおおお～～～～」

呪いが押し返された瞬間、私の意識が途切《とぎ》れた。

〇〇〇

う……あれから、どうなった？　私は生きているのか？

「ここは地下室のようだな。魔法陣も健在《けんざい》。呪いはどうなったのだ？　さっきから感じる奇妙な気怠《けだる》さは一体？」

念のため、ステータスで自分の状態を確認すると、備考欄に恐ろしい文字が浮かび上がっていた。

『備考欄』
積重呪力症『スキル封印』『魔法封印』『ステータス固定』『怪異「ベアトリスの怪」』

「積重呪力症!?　まさか、呪いが跳ね返された？　それに四つ目の怪異『ベアトリスの怪』とは何だ？　こんな呪いは知らんぞ？」

怪異『ベアトリスの怪』

この呪いを受けし者は、生きとし生けるもの全ての顔がベアトリスに見えるようになる。

その顔から紡《つむ》ぎ出される声も、本人と全く同一のものとなる。


「な、何だ、この呪いは⁉」

生きとし生けるもの全て……だと？　今ここにいるのは私だけだ。だが、一階には執事や使用人たちがいる。

「まさか……そんな馬鹿なことが……」

私は心を落ち着かせ、一階への階段を上がろうとした。

――プ～～～～ン。

「虫か？　今はそれどころではないというのに、ええい、うざったい‼」

一センチにも満たない小さな羽虫が私の正面に来たため、手で叩《たた》き潰《つぶ》す動作を整えたところで、私は気づく。虫の顔がベアトリスであることに……しかも、笑った？

「おわわああ～～～、なんでお前がここに～～～～～」

私は慌《あわ》てて階段を駆け上がり、一階への扉を開け、すぐさま閉じる。

「クォーケス様、突然どうされましたか⁉」

階段を急に駆け上がったせいで、息を切らして視線を床に向けていたが、この聴《き》き慣れた声が誰かはすぐにわかる。

執事のオットルだ。八十年前からエブリストロ家の執事として働いており、私も祖父たちも全幅《ぜんぷく》の信頼を寄せているため、呪いの件も全て知っている。彼にも、今の私の事情を……

「べ……ベアトリス」

私は視線を床からオットルへ向けると……執事服を着たベアトリスがそこにいた。しかも訝《いぶか》しげな目で私を見つめている。

「ベアトリス？　何を言っておられるのですか？」

ば……馬鹿な……姿だけじゃなくて、本当に声もベアトリスと同じなのか⁉　そして……周囲にいる三名の使用人たちを見ると、メイド服を着たベアトリスが私を心配そうに見つめ、こちらに近づいてきている。

「侯爵様、顔色がよくありません。大丈夫でございますか？」

「そうですわ、お部屋でお休みになられた方がよろしいのでは？」

「ヴァリトス様も、体調のことを気にされておりました」

さ、三人全員がベアトリスの顔で、同一の声で私に話しかけてきている。

私の周囲に、四人のベアトリスがいる。頭がおかしくなりそうだ。

「そ、そうだな。少し体調が……芳《かんば》しくないようだ。しばらく部屋で仮眠をとることにする」

なるべく四人の顔を見ずに、私は二階にある自室に行く。

こんなことが起こりえるのか？

ステータスの記載通り、今後他人の顔が全員ベアトリスになるのか？

夜の闇が、外を支配している。これでは、外の連中がどうなっているのかもわからない。

まさか、王城におられる陛下たちもベアトリスになっている？　今は考えないようにしよう。


——翌朝。

最悪の目覚めだ。夢の中に現れた私の知り合いたちも、ベアトリスになっていた。

「はあ～朝から憂鬱《ゆううつ》な気分にしてくれる」

私は普段通りの行動を心がけ、朝食を食べ終えると、王城に出かける準備を整えていく。

「クォーケス様、体調は大丈夫でございますか？」

オットルが私に話しかけているのだが、ベアトリスの顔と声であるせいで、反応がどうしても一拍遅《いっぱくおく》れてしまう。

「あ……ああ、大丈夫だ。今日もベアトリスの件で、帰りは遅くなるだろう。お前たちも無理せず、業務《ぎょうむ》に励むように」

私が箱馬車へ乗り込むと、みんなが静かにゆっくりと上半身を下げていく。普段であれば、私の心を癒《いや》してくれる所作《しょさ》なのだが……全員がベアトリスとなっているためか、癒《いや》されるどころか、怒りで暴れそうになったが、辛《かろ》うじて我慢できた。馬車がゆっくりと王城へ動き出すと、完全に一人っきりとなったので、つい独り言を呟《つぶや》いてしまう。

「問題は、ここからだ。私は耐えられるだろうか？」

この貴族用の箱馬車は、防音処理が施されているから、大声を出しても問題ない。私は勇気を出し、窓のカーテンをそっとめくる。

「うおお……こんな……こんなことが……」

窓から見える人々、世間話で笑い合う主婦たち、鬼ごっこをしている子供たち。一人の女の子が必死な顔で他の子供たちを捕《つか》まえようとしており、その周囲をうろつく小動物が三匹、空を駆け巡る鳥たちが五羽——全てが……全てが……『ベアトリス』だ。

「うおお……やめてくれ……やめてくれ」

家の中でもベアトリス。

夢の中でもベアトリス。

外に出てもベアトリス。

おそらく、王城にいる全ての連中も……ベアトリス。

ここからでも耳を澄《す》ませば、全てが同じ声で耳に届く。

「まずい……まずい……王城では我慢しなければ……どこかでキレてしまい、剣や魔法で攻撃しようものなら、その時点で私は終わりだ」

　これからは……全員がベアトリスとなるのか？　私は、ベアトリスとともに政治を、国を動かさなければならないのか？　相手は祖父を嵌《は》めたミリンシュ家当主ジュデッカの孫《まご》だぞ？　いやだ……いやだ……いやだ……これから一生ベアトリスと話し合う……ありえん……ありえん……ありえん。これでは、彼女と結婚したようなものではないか？

「行きたくない……行きたくない……行きたくない」

　身体の震えが止まらん。今日一番に行われるのが、昨日と同じメンバーでの会議だ。出席者の数は合計十二人。私以外の十一人がベアトリス。そんな状況下で話し合いなどできるわけがない。

「いやだいやだいやだいやだいやだ、行きたくない行きたくない行きたくない行きたくない行きたくない行きたくない行きたくない行きたくない行きたくない行きたくない行きたくない……」

　不意に、馬車が停まる。

　まさか、もう到着したのか⁉　やめてくれ‼

　頼む、扉を開けないでくれ‼　頼む頼む頼む頼む〜〜〜〜‼

　扉がゆっくりと開いた瞬間、そこから見えた景色は一面、ベアトリス一色だった。どこを向こうとも、私の視界に必ずベアトリスが入り込んでくる。私は叫《さけ》びたい衝動を辛《かろ》うじて我慢し、王城へ入るべく、道を歩き続ける。

ただ、一度でも城へ入ってしまうと、そこからは至近距離《しきん》でみんなと……ベアトリスと話さなければならん。心を整えねば!!　庭園にある花々でも眺め、心を落ち着かせねば!!

私は花壇《かだん》のある方へと向きを変え、歩みを進めていく。その際、考え事をしているかのように視線を地面の方へと向けておく。

しばらくすると、庭園の花壇付近に到着したのか、花の香りが漂ってくる。

「花でも眺め、心を落ち着かせよう」

私は花々へと視線を向けると――

「うわあああああ～～～～～～～～～」

こんなことが……庭園に植えられている全ての花々が……小さなベアトリスとなっているだと!!　しかも、笑顔で私を見つめている。

「あ……あ……あああああ～～～～～～～～～」

私の叫《さけ》び声が王城中へ響いたのか、大勢のベアトリスが至るところから駆けつけてくる。

「やめ……やめてくれ……うあああああ～～～～～～～～～」

このとき、私の中にある何かが切れた。

14話　幕間《まくあい》　ユアラと厄浄禍津金剛《やくじょうまがつこんごう》

「毎回思うけど、あの方に報告するときだけは緊張するわ」

私――ユアラは、エルディア王国王都内の喫茶店《きっさてん》で寛《くつろ》いでいる。店内の壁には聖女シャーロットの絵が一点設置されており、その構図が非常にいい。絵の中心には、地面に跪《ひざまず》き両手を組んで必死に祈るシャーロット。そばに小さな可愛《かわい》い妖精……じゃなくて精霊が三体飛び回っており、彼女を心配そうに見つめている。周囲には傷つき倒れた学生たちがいて、痛みで顔を歪《ゆが》めている者もいれば、シャーロットを感慨深《かんがいぶか》い目で見つめる者もいる。

この絵について店員に詳しく聞いたところ、これを描いたのは学園の生徒で、約四ヶ月前に起きた学園でのイムノブースト副作用事件の当事者だという。当時の出来事を自分の心に留めるだけではもったいないと思い、後世に残すべく、当時の状況を絵にしたものらしい。

元々、学園の掲示板付近に飾られていたものらしいけど、学生や教師たちに高評価だったこともあり、エルバラン公爵公認で、当時の事件に関わる絵を三十点ほど何人かの学生に描いてもらった。そして、聖女シャーロットのことを忘れぬよう、学園は個展を開き、その後国民向けに抽選《ちゅうせん》販売することにした。

比較的絵心があっても素人の絵であるため、販売価格も安かった。おかげで予想以上に好評で、購入希望者が何と六百人を超える規模となり、競争率がなんと約二十倍となったらしい。

この店のオーナーが当選し一点購入できたことで、ここに設置されているというわけ。

「聖女シャーロット、この大陸にいないのに凄《すご》い人気ね」

おまけに、ここ最近になって発表された、シャーロットが発明、発見したという『簡易型通信機』と『ミスリルの屑《くず》の再利用化』が、魔導具、繊維《せんい》、冒険者業界に革命をもたらした。

「情報が集まれば集まるほど、不思議に思うわ。シャーロット、あんた何者なの?」

このVRゲーム、私以外がNPCのはずだけど、一人一人が強い自我《じが》を持ち、人として生活している。メーカー特有の強制イベントとかもなく、普通に一つの世界として成り立っている。

このアルバイトを始めてから七年、私の使命は『惑星ガーランドの中を冒険し、自分の思うがままに場を引っ掻《か》き回すこと』だ。

金剛様はゲーム開発者ではなく、開発するにあたっての資金面を融資《ゆうし》する側の方。だからこのゲームの内容を何も知らない。プレイする上でのキーワードは『自由』。基本何をしてもいいと言われている。ただし、ゲーム内で死んだら、バイトもその時点で終了と言われているから、『引っ掻《か》き回す』という行為はかなりきつい。

それでも、月一回その報告書を書いて提出するだけで、基本的に五万ももらえるのだから、破格《はかく》のバイト料よね。とはいえ、報告書の出来次第でプラスマイナスもあるから油断できない。子供の頃、報告書自体を知らないから、変な書き方をしてバイト料が千円というときもあったし、金剛様が喜んでくれて二十万というときもあった。というか、八歳の時点で、バイトすること自体が違法行為なんだけど、VRの中に飛び込むだけでいいんだから、絶対バレない。

三つの大陸にある多くの国々を冒険していると、異彩《いさい》を放つ者はこれまでに少なからずいた。でも、今回エルディア王国で彼女に関する情報を収集していくにつれて、『シャーロット・エルバラン』という存在はあまりにも異質だと思ったわ。彼女には、私の知り得ない何かがある。そしてもう一人、『イザベル・マイン』という女の子も気になったけど、既に公開処刑されているから、そっちは諦《あきら》めるしかないわね。

「あの子、自分の名前がエルディア王国だけでなく、アストレカ大陸の各国に広まりつつあることを知ったら驚くでしょうね」

仮にバードピア王国の『迷いの森』にある大霊樹へ辿《たど》り着き、転移魔法を習得し、何らかの方法でこの地の座標《ざひょう》を入手できたとしても、通常の転移だと多分３０００くらいの消費ＭＰになる。いくらシャーロットでも、そこまでの魔力量は持っていないはず。全世界に八つある霊樹を介した転移方法に気づくことができれば、消費ＭＰも５００程度に抑えられるけど……

「ぶっちゃけ『クックイスクイズ』に参加した方が、ここへ早く戻ってこられるかもね～」

「それなら君が彼女を助けてあげればいいじゃないか？」

え、この声は⁉

私が声の聞こえた右の方を見ると、私の雇主《やといぬし》でもある『厄浄禍津金剛』様がいた。相変わらず、言いにくい名前ね。『金剛様』よりも、『厄ちゃん』の方が似合う気がする。

「厄ち……まったくユアラは相変わらずだね。これまで通り、金剛様と呼べばいい」

フォーマルスーツを完璧に着こなす金髪を長く伸ばした超イケメン、絶対どこかの財閥《ざいばつ》の御曹司《おんぞうし》ね。だけど、ここがゲームの世界とはいえ、どうやって人の思考を読んでいるのかしら？

「私は彼女を助けません。なぜなら、ずっと旅を続けさせた方が、絶対に面白いと思うから」

金剛様は私の理由に、ふっと柔《やわ》らかく口元を綻《ほころ》ばせる。

「確かに、彼女の存在はとても興味深い。私としても、もっと観察したいと思っている。それで、彼女に関わる情報を入手できたかな？」

おっと、早速本題に入るわけね。

「こちらがシャーロットに関わる報告書です」

私は、彼に一通の封筒《ふうとう》を差し出す。

「ふむ、それでは読ませてもらおう」

彼は私の対面に座り、封筒から報告書を取り出して、一枚一枚丁寧《ていねい》に読んでいく。

「なるほど……面白い、実に面白い。偽聖女イザベルとの対立。副作用事件の終盤《しゅうばん》で、イザベルの手によって、ハーモニック大陸ケルビウム山上空一万二千メートルへ転移させられた。やはり、シャーロットの強さの原因には、ガーランドが大きく絡んでいる。大方《おおかた》、あの劣悪環境下で生き残れるよう、何らかのユニークスキルを与えたとみて間違いなさそうだ」

この調子だと、何とか合格点を貰《もら》えそうね。この点数次第でバイト料の金額も変化するから、毎回毎回真剣に臨《のぞ》まないといけない。ちょっとでも誤入力や誤情報といった不備《ふび》があった場合、金剛様はすぐに不機嫌になり、金額を減らされてしまう。だから、この報告書の審査のときだけは、私もかなり緊張する。まあ、こういった経験を子供の頃から積んできたおかげで、観察眼が向上し、テストや無理やり親に手伝わされている仕事で大いに役立っているから、文句も言えないけど。

「現在、彼女はサーベント王国にいます。今回、子供の頃にお世話になったシンシアも関わっていますので、私としてはちょっと遊んであげようかな～っと思っています」

せっかく私の関係者が三人もつるんでいるのだから、私もその場に行って、周囲を引っ搔《か》き回したい。

「待ちなさい。この報告書自体は、非常にいい出来です。だが、肝心のシャーロットの強さに関しては、『詳細不明』としか記されていない。まさかとは思いますが、初めの出会い以降、直接的な接触を一切図《はか》っていない……とは言いませんよね？」

むむ⁉　うわあ～めっちゃ笑顔で私を見ているけど、目が笑っていない。どうしよう。

『試験期間中でゲームをしていませんでした‼』は通用しないよね～。少なくともこの一週間は、学校も休みだったし、仕事に関しては両親の顔を見るのもウザいからさっさと終わらせちゃったし、どう言い訳しよう。こうなったら……はっきり言おう‼

「すみません‼　試験期間を終えて仕事を早々に終わらせた後、ここエルディア王国に来たのですが、その……ここの気候風土が私に合っていて、マクレン領やエルバラン領、ここ王都でのんびり観光しながら情報収集をしていたら、あっという間に期限が来てしまいました。これからサーベント王国に行って、場を引っ搔《か》き回そうと思います‼」

私にとって、このゲームは唯一の憩《いこ》いの場、自分を晒《さら》け出せる場所でもある。試験と仕事のストレスを抱え込んでいたから、そのストレスをここで一気に解放したかった。

ただ、あまりに居心地《いごこち》がいいものだから、金剛様に言われたことを半分くらい忘れていたのよね。慌《あわ》てて情報収集を急いでやったのはいいけど、肝心のハーモニック大陸にいるシャーロットと接触するのを忘れていた。

「まあ、いいでしょう。君の身体が壊れてしまったら元も子もないのですから。今回、私もシャーロットやその仲間たちと接触しようと思います」

え？　今までそんなこと一度たりともしなかったのに、どうして急に？

「私と一緒に、サーベント王国へ行くということですか？」

「その件に関しては、君は観察するだけで構いません。私自身、シャーロットという存在に興味を持ちました。ユアラも、彼女の存在が気になるでしょう？」

「それは……まあ……」

以前、金剛様から教わったやり方でパソコンから彼女をハッキングしても、どういうわけか彼女の情報だけは閲覧できなかった。彼女と関わりの深い従魔に関しても、同じだ。

「一ついい案があります。それを実行すれば、あなたもシャーロットの細部まで見ることができるでしょう」

「え、どんな案ですか⁉」

「な〜に、簡単なことですよ。この世界はＶＲ、君以外はＮＰＣなのだから……」

金剛様が仰《おっしゃ》った案、それは私も思いつかないほどの妙案《みょうあん》だった。これが上手くいけば、確実にシャーロットの正体を知ることができる。

「ただ、これを実行するには、少し時間が必要です。実行場所も今いるサーベント王国ではなく、フランジュ帝国の帝都の方が適当でしょう」

場所ってどこでもいいと思うけど、何か問題があるのかしら？

「ああ、深い意味はありません。そちらの方で実行した方が、より面白いことになるんですよ。シャーロットたちが帝都に訪れるよう、私から誘導しておきましょう。あれから少し勉強をしてね、その程度ならできるようになったんですよ」

へえ～フランジュ帝国の帝都ね、そっち方面はまだ調べていないからわからないけど、金剛様がそう言うのならそれに従いましょう。

……このときの私は知らなかった。金剛様の仰《おっしゃ》った案がどれだけ私とシャーロットを苦しめることになるのか。

そして、フランジュ帝国の帝都であんな悍《おぞ》ましい事件に発展するなんて、夢にも思わなかった。

15話　王城からの来訪者

ベアトリスさんの身に起きた二つの積重呪力症による呪力暴発は、私――シャーロットがみんなの力を借りて、なんとか跳ね返すことに成功する。私一人だけでは、呪いの維持者となるクォーケス・エブリストロの放つエネルギーに押し負けていたと思う。彼自身から感じる魔力量は私よりも圧倒的に低いけど、呪いの本体となる負のエネルギーがあまりにも膨大で、今の私では力を拮抗させるだけで精一杯だった。

でも、アッシュさん、リリヤさん、カムイが、四つ目の呪い『怪異「ベアトリスの怪」』を考案し、イメージとして定着させることに成功。ルクスさん、ミカサさん、ディバイルさんが私を魔力面で大きく支え、そこからトキワさんが合流してくれたおかげもあって、積重呪力症を跳ね返すことができた。

その後、ベアトリスさんの体力を回復させることで、この難局《なんきょく》を乗り越えることができたのだけど、問題はここからだ。

翌朝になってもイオルさんからの連絡はなく、ミカサさんから連絡を入れても、何の反応も返ってこなかった。王城で、何かが起きたのだ。こちらから乗り込む案も出たのだけど、監視者でもあるミカサさんとディバイルさんに止められた。とにかく、王城からの連絡を待とうという意見に落ち着き、それまでは図書館でクックイスクイズ関連の情報を調査することになった。

それから三日後、ベアトリスさんの家族の方にも、朗報《ろうほう》が舞い込んだ。

彼女の両親や妹ミリアリアさんは、リムルベールの貧民街に移住していたらしく、そこで目立たぬようひっそりと暮らしていた。

ただ、ミリアリアさんに限って言えば、六年前にベアトリスさんの呪いと全く同じものが発症したらしい。四つ目の呪いは『忌避《きひ》』といって『他者の視界に入った場合のみ忌《い》み嫌われる』というもので、発症初期の頃はかなり苦労したようだ。

しかし、研究を重ねたことで、この呪いは自分の顔が他者に認識された場合に限り発動することがわかり、マスクを被ることで、なんとか呪いの効果から逃れる術《すべ》を身につけた。これにより周囲の住民からは、薄気味悪がられているものの、この六年で仲を深めることができたらしい。

そして三日前の騒動で、『積重呪力症』が消失したことを知り、マスクを脱ぐことができ、現在ではみんな仲良く暮らせているようだ。

この情報は全て、大図書館館長のニコライ・クラタオス伯爵から寄せられたもの。どうやらミリンシュ一家が行方不明になってから、ずっと彼らを支援《しえん》していたらしいのだ。

私の方はと言えば、この三日のうちにみんなに内緒でとある『お仕置き魔導具』を完成させ、こっそり仲間全員とディバイルさんの下着もしくは肌着に仕込ませてもらった。だけど、使用する機会がないため、まだ実際にどの程度効果があるのかはわかっていない。どうなるかを知っているのはミカサさんただ一人。

ディバイルさんは元々装着《そうちゃく》する予定はなかったものの、女癖《おんなぐせ》が少し悪いようで、いつかお仕置きしたいと、空戦特殊部隊のメンバーたちがぼやいていたらしく、急遽取りつけることになった。威力《いりょく》を確認したいところだけど、取りつけた場所に問題があるため、私もミカサさんもどこで試すか困っている。

そしてあの騒動から四日目の朝、ついに私たちの泊まる部屋に、王城からの使者が訪れた。使者はイオルさんなんだけど、あの英雄が神妙な顔をしているので、それだけで『相当な何か』が王城で起きたのがわかる。彼にソファーに座ってもらい、私とベアトリスさんは彼の対面にあるソファーへ座り、他の面々は自分たちが落ち着いて話を聞ける場所へと移動する。ルクスさんが全員分の飲み物を用意し、全ての準備が整ったところで、イオルさんが口を開く。

「ふう〜何から話せばいいのやら。とりあえずこちらから何も連絡せず申し訳ない。あの二人の今後の処遇と情報の精査《せいさ》をしていたせいで、かなり時間を要してしまった」

彼が溜息《ためいき》を吐《つ》いて話が始まったのはいいけど、あの二人って……

「イオルさん、二人というのは、『シンシア』と『クォーケス』のことですよね？」

私の疑問を、ベアトリスさんが口にする。

「その通りだ。ただ、シンシア様の件に関しては、ここで話すつもりはない。彼女から話を聞いた今でも、私はあの方を尊敬している。そのため、私の先入観が働いてしまい、彼女を擁護《ようご》する言い方になってしまう。これは国王陛下方にもお伝えしている。シンシア様ご自身から、直接事情を聞いてほしい」

イオルさんも、彼女を崇拝する一人なのね。私としてもここで事情を聞くより、シンシアさんから直接伺《うかが》いたい。

「わかりました。私も本人にこれまでのことを直接謝罪したいですし、好感度スキルに関しては直接伺《うかが》います」

よかった、ベアトリスさんも納得してくれた。

「すまないな。私からはクォーケスについて話そう。彼は王城に到着すると、終始挙動不審だったらしいのだが、突然庭園付近で叫《さけ》び声をあげた」

まあ、そうなるだろうね。あの怪異は、人や魔物だけでなく、草花なども含めた生きとし生けるもの全てを、ベアトリスさんの顔に変化させるのだから。

「私はその場にいなかったが、彼は庭園付近でベアトリスと叫《さけ》び続け、あろうことか剣を抜き、使用人や騎士を斬ろうとした。だが、彼自身は大した剣術使いでもないから、すぐに取り押さえ医務室へと運び込まれた。ただ、それでもなお暴れ続けたこともあり、現在は牢獄に入れられている。一時間ほどで落ち着きを取り戻したが、誰かが近づこうものなら、すぐに叫《さけ》び声をあげるため、全員が対処に困っている」

全員の顔がベアトリスさんになっているとはいえ、そこまでのことかな？　う～ん、私自身体験していないから、さすがに彼の心情までは理解できない。

「私が牢獄で魔法『真贋』で彼を確認したら、『積重呪力症』とシャーロットから聞いた『呪い』だけでなく、怪異『ベアトリスの怪』というものが付与されていたんだが……そちらで何をしたのか説明してもらおうか？」

そこは気になって当然だよね。

「わかりました。その件もあって、ミカサさんが何度もイオルさんへ連絡しようとしたのですが？」

私がそう言うと、彼は少し動揺する。

「そうか……それはすまなかったな。二人の件の審議《しんぎ》で忙しく、ミカサに連絡するのを怠《おこた》っていた」

あの日に何が起きたのか、シンシアさんとの再会から呪力暴発に至るまでを、私とベアトリスさんが主導してイオルさんへ伝えていく。話が進むうちに、彼の眉間《みけん》に皺《しわ》が寄っていく。

「呪力暴発……クォーケスめ、追い詰められたからといって、他の住民まで巻き込もうとするとは。シャーロットたちがそれを跳ね返したことで、あの呪いが付与されたというわけか。そうなれば、ベアトリスを含めたシャーロットたちは、王都で起こる災害を未然に防いでくれた立役者《たてやくしゃ》と言える。誰も、文句を言えまいよ」

どうやら納得してくれたようだ。私たちの言い分だけでなく、彼も事情を説明してくれれば、王族側は信用してくれると思う。

「昨日から、クォーケスに関しては牢獄の中でという特殊な形で、事情聴取《ちょうしゅ》を実施している。当初、誰が相手でもベアトリスに見えるものだから、敵意剥《む》き出しで何も話そうとしなかった。そこで彼に見えないよう、尋問官は隣の牢獄へと入ることで、ようやくこれまでの事情を打ち明けてくれた。先にシンシア様の事情も聞いていたこともあって、やつの話の裏づけも取れた」

ということは、王族側はシンシアさんとクォーケスの両方からの事情を聞いたことになる。果たして、どんな結論へと達したのか気になるところだよ。

「ねえイオルさん、それなら六年前に起きたとされる、ミリンシュ家に関わる事件についてはどうなったのかしら？」

ベアトリスさんも、そこが気になるよね。

「その件に関しては、国王陛下方も頭を悩ましておられる。まだ完全に裏を取れたわけではないが、おそらく無罪放免《ほうめん》という形に落ち着くだろう。王族側がミリンシュ家に対し、正式な謝罪を申し入れる予定となっている。……だが、ベアトリスの行《おこな》った犯罪だけは別だ」

彼女はそう言われることをわかっていたのか、平然とした顔をしている。

「まあ、当然でしょうね。私の件に関しては、クォーケスは何もしていないはずです。私が嫉妬《しっと》して、シンシアを虐《いじ》め抜いた。これは事実ですもの。『ユアラ』という小悪党が私とシンシアの心を弄《いじ》ったとはいえ、結局のところ、私たちの心の弱さが原因で、あの諍《いさか》いが起きたのだから」

ベアトリスさんが、ここまで達観《たっかん》した言い方をできるとはね。彼女は王族に復讐すると言っていたけど、その方法を見つけたのかな？

「待て!!　『ユアラ』とは何者だ？　私は聞いていないが？　いや……確かシンシア様に好感度関係のスキルを譲渡した子供の名前が……確か『ユアラ・ツムギ』だったはず。まさかベアトリスの方にも、その子供が関わっているというのか？」

そうか!!　シンシアさんが、ユアラの名前を告げてくれたんだね。それなら話が早い!!

「ええ、全ての発端《ほったん》はその『ユアラ・ツムギ』です。私自身会ったことはありませんが、シャーロットが私の情報を詳しく解析してくれたことでわかりました。彼女が私の心の中だけにある『嫉妬《しっと》』という感情を巧《たく》みに変化させたことで、私はシンシアに異常なまでの嫉妬《しっと》を燃やすことになったんです。そして、彼女は私のあずかり知らぬところで、シンシアに『好感度パラメーター』と『好感度操作』という二つのスキルを譲渡していた」

ここにきてユアラも関わってくるのだから、さすがのイオルさんも、動揺を隠せていない。

「ば……馬鹿な、スキルを譲渡するだけでなく、人の心の一部を弄《いじ》っただと？　そんなことが可能なのか？　そのユアラ・ツムギという女性は何者なんだ？」

イオルさん、それがわかればガーランド様だって苦労しませんよ。

「それに関しては、私もシャーロットもわかりません。ただ、シャーロットは神ガーランド様からユアラの捕縛《ほばく》命令を受けています」

「なんだと⁉」

多分、ユアラが余計なことをしなければ、今頃ベアトリスさんはクレイグ王太子と結婚し王太子妃となり、シンシアさんとも親友同士になっていたかもしれない。ユアラだけは、絶対に許せない。あれから接触してこないけど、今頃どこで何をしているのだろう？

「我々の知らぬ何かが潜んでいたのか。シャーロット、突然で申し訳ないが、今から私とともに王城へ来てもらえないか？　シンシア様やクォーケスの件について、君の『構造解析』で知り得た情報の全てを国王陛下方に打ち明けてほしい。そしてベアトリス、シンシア様が君と改めて話をしたいと言っている」

　とうとう、このときが来たか。いずれ全ての決着をつけないと、と思っていたけど、同日に起きた『シンシアさんとの出会い』と『呪力暴発』の件のおかげもあって、これは早期決着になりそうだね。

「私は構いません。ベアトリスさん、心の準備はできていますか？」

「愚問《ぐもん》よ、シャーロット。とうに、準備は完了済みよ」

　やはり、ベアトリスさんなりに答えを見つけていたんだね。

　それならば事件を解決するため、王城へと行きましょうか!!

16話　バルコニーでの前哨戦《ぜんしょうせん》

　私たちはイオルさん主導のもと、国王陛下との会談のため、二台の箱馬車で王城に向かう。イオルさん、ミカサさん、変異中のリズ（＝ベアトリス）さんとクスハ（＝ルクス）さんの四名が先頭の箱馬車に乗り、私たちの乗る二台目がその後を追っている状況だ。その馬車からずっと街の景色を眺めていると、不意に王城が見えてきた。

　まだ遠いけど、王城自体はジストニス王国の造《つく》りに似ており、地球で例えるならドイツのノイシュバンシュタイン城に似ている。しかも、後方に控える聖峰アクアトリウムと見事に景観《けいかん》が調和している。もしかしたら設計の時点から、聖峰との景観を損なわないよう取り組んでいたのかもしれない。

王城の敷地《しきち》に入り中庭を移動してしばらくすると、正門入口に到着したようで、馬車が停まる。正門自体が巨大で、門そのものに二頭のドラゴンが彫《ほ》り込まれており、圧倒的な存在感を放っている。その正門が大きな音とともに開いていくと、中の景色が見えてきて、二台の箱馬車は改めて前進する。

正門の音を聞いたのか、中庭で訓練に励んでいた騎士や、業務に励んでいたであろう使用人や文官が、次々と私たちの方へ向かってきた。そして馬車が完全に停まると、みんなが馬車の扉に集まり、二列になって王城入口までの道を作っていく。この光景に、私たちは息を呑《の》んだ。

道中、トキワさんから聞いてはいたけど、表向きは『ジストニス王国の聖女と英雄の表敬訪問』ということになっているので、こうして歓待《かんたい》されているのだ。

本当の目的を知ったら、この人たちはどんな反応をするだろうか？

それに『ベアトリスさんの積層雷光砲による脅《おど》しの件』や『クォーケス・エブリストロのご乱心』もあって、本来みんなが不安なはずなんだけど、心強い味方が現れたと思ってくれているのか、全員が安心した顔をしている。このタイミングでイオルさんだけでなく、世界最強の冒険者コウヤ・イチノイの弟子でもあるトキワさん、回復や浄化魔法に特化していると言われている聖女が揃えば、不安もなくなるか。

箱馬車の扉が開かれ、私たちが足を一歩ずつ踏み出し大地へとつけると――

「「「「トキワ様、シャーロット様、ようこそサーベント王国王都フィレントへ」」」」

私の横には、あなたたちも知る二名の人物が控えているんだけど、そんな彼女たちの顔が盛大《せいだい》に引きつっているよ。

全ての決着をつけたとき、最悪王家自体が恥《はじ》をかく場合もあるのだから、こうまで盛大に歓迎してくれると物凄《ものすご》くやりづらい。

私がそんなことを考えていると、一人の男性が王城入口から姿を現す。黒い短髪、褐色《かっしょく》の肌、身体的な年齢は二十五歳くらいかな？　ほどほどに鍛えているようだけど、騎士という感じがしない。そもそもダークエルフの場合、見た目と年齢が合致《がっち》しないから、誰か見当もつかない。

「あれは、クレイグ殿下《でんか》だ」

イオルさんが私の近くに来て、そっと耳打ちしてくれた。クレイグ・サーベント、この国の王太子、つまりベアトリスさんの元婚約者か。彼が私たちのもとへ到着すると、チラッと変異中のリズさんを見る。一瞬、懐かしそうで悲しそうな何とも言えない表情をしたけど、すぐにトキワさんと私を見る。

「トキワ、四日ぶりだな」

「ええ、あなた方の求める成果をあげてみせましょう」

トキワさんのいきなりの発言に、王太子だけでなく周囲の人々も彼を注目する。今の発言が何を意味しているのか、真に理解している王太子は冷や汗をかき、使用人や騎士たちは尊敬の眼差《まなざ》しを向けている。

「あ……ああ、よろしく頼む」

クレイグ王太子はトキワさんとの話を早々に切り上げると、今度は私の方を見る。

「聖女シャーロット、初めまして。私はクレイグ・サーベント、この国の王太子だ」

トキワさんから揺さぶりをかけられ、若干の動揺を見せていたけど、私を見るその目からは、そういった態度を微塵《みじん》も感じさせない。堂々たる立ち振る舞い、爽《さわ》やかな口調、立っているだけで威厳を感じさせるほどの覇気、この人は間違いなく王族で王としての資質を兼ね備えている。

「初めまして、シャーロット・エルバランです。皆様のご期待に沿《そ》えるよう、皆様が幸せになる道を歩めるよう、精一杯頑張《がんば》らせていただきます」

アッシュさんやリリヤさん、リズさんといった他の仲間たちもいるのだけど、この人たちは形式上私の従者もしくは護衛騎士ということになっていて、武器を腰につけている。だから、私やトキワさんがクレイグ王太子と話し合っているときでも、決して口を開かず、終始周囲に気を配《くば》っている。

イオルさんとミカサさんも、私たちを監視する立場のため武器を身につけており、私とトキワさんだけが武器になるものを何も所持していない。一応、今回の主賓《しゅひん》となる立場だから、そんな物騒《ぶっそう》なものを王城敷地内で装備《そうび》していたら人間性を疑われてしまう。

ユアラの性格を考慮すると、この辺りで何かを仕掛けてくると思うのだけど、今のところそんな気配はない。

「ありがとう。そう言ってもらえると、こちらとしても助かる」

これは本音《ほんね》だ。私の場合、ベアトリスさんと王族の方々には是非とも幸せになってもらいたい。そのためにもできる限り情報を渡し、両者を和解させないといけない。私やトキワさんがいるから、間違っても争いにはならないだろうけど、両者が決別するという最悪の形だけは避けなければならない。

「今回、第二王子ザルシムと第一王女アンセミヤは王都にはいないから、欠席となる。そこで、私が君たちをエスコートしよう。まずは四階のバルコニーへ行こうか。王城からの絶景を楽しみ、心を癒《いや》してもらおう」

クレイグ王太子が先導となって、私たちは王城へと入っていく。ユアラがどこかに潜んでいるかもと思うと、どうしても神経過敏《かびん》になってしまう。今回の場合、会談の内容を王都の全国民に知られてしまうことこそが、最も最悪な事態と言えるから、バルコニーや会談場所となる部屋全体を念のため構造解析しておこう。

〇〇〇

会談前に、四階のバルコニーへ連れてこられた理由がわかったよ。

「凄《すご》い……景観」

正面に佇《たたず》む威圧感溢《あふ》れる聖峰アクアトリウム。そこから流れ込んでくる緩《ゆる》やかな風が非常に清浄で、私の心を潤《うるお》してくれる。

山の上空には五頭のドラゴンが悠々《ゆうゆう》と旋回《せんかい》しており、その手前には大きな湖があって、小さな船が四艇《てい》止まっている。多分、漁でもしているのだろうけど、上空に巨大なドラゴンがいるにもかかわらず、船上の人々は全く動じておらず、気ままに漁を楽しんでいた。

しかも天気が快晴のためか、湖の水面には聖峰が映っている。

バルコニーから見えるこの構図が、全てにおいて完璧だった。ここまで計算して建築しているんだ。

「この六年で、王国の持つ魔導具技術は飛躍《ひやくてき》的に進化した。王城の中には、区画ごとに防音の魔導具が設置されている。このバルコニーにもあるから、リズ……いやベアトリスも喋《しゃべ》るといい」

『構造解析』でわかったことだけど、確かにバルコニーの四方には防音用の遮蔽《しゃへい》魔導具が設置されている。さすが王城、セキュリティーがしっかりしている。

「六年ぶりに……ここから聖峰を眺めることができました。……婚約者だったときの思い出が蘇《よみがえ》ってきます」

あのベアトリスさんが……泣いている。六年前まで、彼女はここで王妃教育を受けていた。これまでの日々が、頭に浮かんでいるのだろう。

「思い出……か、今となっては懐かしい日々だ。クォーケスとシンシアから、全てを聞いたよ。『呪い』に関しては気の毒に思うが、『好感度操作』はあくまでベアトリス以外の者たちに放たれたもの。君の仕出かしたシンシアへの行為と無関係である以上、君を許すことはできない」

私もベアトリスさんからある程度の内容を聞いてはいるけど、かなり苛烈《かれつ》な虐《いじ》めだったと思う。いや、最終的には暗殺に手を伸ばしているのだから、虐《いじ》めの域を超えている。六年経過した今でも、『許せない』と言う彼の気持ちも理解できる。

「別に、あのときの行為を許してもらうために、ここへ舞い戻ってきたわけではありません。当時の私は、自分の心をろくに制御できない子供でした……ですが、私は自分の心の違和感をあなた方に訴えていたはず。それをなかったことにして、全ての責任を私にぶつけてきた行為。これってシンシアの弄《いじ》った好感度が影響しているのでは？」

その部分は、好感度が間違いなく影響している。ただ、当時のシンシアさんがベアトリスさんを陥《おとしい》れようとしたわけではない。そういった情報が刻まれていない以上、訴えを無視された原因はおそらく、好感度を弄《いじ》った反動……

「逆恨《さかうら》みもいいところだ。君はこの六年で、何を学んできたんだ？　今更《いまさら》になって、そんな言い訳をしてくるとは」

クレイグ王太子の表情を見るだけで、その言葉が真剣な物言いであることがわかる。好感度の影響が、いまだに続いているようだ。

「正直、呆《あき》れたわ。あなたがそんな言葉を言い出すなんてね。この六年で何を学んできたかですって？　それは、こっちのセリフよ!!」

ベアトリスさんの怒りが、バルコニーの区画を覆う。

「なんだと!?　私とシンシアは王太子や王太子妃という重責《じゅうせき》に耐え抜き、平民や貴族からの評価も高い!!　そんな私が何も変わっていないというのか!!」

違う違う、論点がずれているよ。

彼女が言いたいのは、そんなことではない。

「はっ、スキルの影響が真面《まとも》に出ているわよ。シンシアの一件を聞いても、あの子への好感度は下がらないのね。いいわ、教えてあげる。あのとき、私の訴えを真剣に聞き入れ、科学的または魔法的観点で私の心の内部に探りを入れていれば、黒幕に辿《たど》り着けなくとも、心が何者かに弄《いじ》られたことだけは気づけたでしょうね」

人の心の内部に探りを入れる方法は、私の知る限り二点ある。それは、スキル『催眠《さいみん》』と魔法『ヒュプノ』。どちらも相手を眠らせることで、一定時間操ることができるし、深層意識に眠る記憶を呼び覚ますこともできる。スキルや魔法使用者の技量にもよるけど、彼女の持つ嫉妬心《しっとしん》の違和感に気づけたかもしれない。

「黒幕？　どういうことだ？　私は何も聞いていないぞ？　イオルとミカサは知っているのか？」

クレイグ王太子は少し狼狽《うろた》えながら、イオルさんを見る。

「ええ、私も今朝聞いたばかりです。シャーロットの『構造解析』の力で、ベアトリスの心の一部でもある『嫉妬心《しっとしん》』がユアラ・ツムギによって、通常とは異なるものへ弄《いじ》られていたことが判明しました。しかもその時期が、シンシア様が好感度関係のスキルを譲渡してもらった日と近いようです」

さすがの王太子もこの発言に驚いたようで、冷や汗が浮き出ている。

「ユアラ・ツムギだと？　その人物に関してはシンシアから聞いてはいるが、心を弄《いじ》るスキルなど存在するの……あ……好感度……それに、シャーロット」

彼は、私をじっと見つめる。そう、私もやり方次第で、心を弄《いじ》れちゃうんだな～。そんな行為、絶対しないけどね。私という存在がいる以上、イオルさんの発言の信頼度も大幅に上がる。

「ユアラは自分の病気を治療してくれたシンシアに、お礼も兼ねて、スキル『好感度操作』と『好感度パラメーター』を与えた。私の場合、彼女とは会っていないのに、心を弄《いじ》られたのよ」

真実を打ち明けたことで、王族たちはどう動くだろうか？　ここで一旦《いったん》話を区切らせるのかと思いきや、ベアトリスさんはさらに追い討ちをかける。

「結局のところ、私もシンシアも、心が弱かったのよ。私は弄《いじ》られた嫉妬心《しっとしん》に負けてしまい、シンシアを虐《いじ》めてしまった。彼女は自分の心に自信を持てなかったからこそ、あのスキルに頼って、私以外の人たちの自分に対する好感度を弄《いじ》ってしまった。でも、そこに弊害《へいがい》があるなんて思いもしないでしょうね。強引にスキルで増加させた影響か、シンシアと敵対する者の発言を全く信じないのだから。あのとき、あなた方の持つシンシアの好感度が上昇するにつれて、私の訴えは次第に無視されていったのね。先程のクレイグ様の発言で、それがよ～くわかったわ」

ベアトリスさん、王太子相手にとことん追及《ついきゅう》するよね。彼の方も、言われた内容がストレートすぎて反論の言葉も出ないようだ。

17話　唐突すぎる乱入者

ベアトリスさんは自分の心の弱さを認め、王族を責める。クレイグ王太子がこの猛烈《もうれつ》な責めに対して、どんな反撃に転じるのか待っていた。彼の顔に一瞬怒りの火が見えたような気もしたけど、私やトキワさん、イオルさんに視線を移すとすぐに鎮火《ちんか》してしまい、互いに沈黙の時間が流れていく。

「……しばし、ここで待て。今の情報を陛下方にお伝えして……」

どうしたのだろう？　話している途中で、言葉が途切れ、私たち……というよりも、その後方を見て目を細めたような気がする？

「聖女シャーロット、一つ質問しても構わないか？」

「え？　はい、構いませんが？」

クレイグ王太子の様子が突然変化したものだから、ベアトリスさんも訝《いぶか》しんでいる。国王陛下に伝えに行かなくていいの？　というか、なんで私に質問してくるの？

「ユアラ・ツムギという女性は、人間族で歳は十三歳くらい、青い長髪、青い瞳を持っており、両耳付近に髪を少し束《たば》ねているような少女で間違いないか？」

「え……」

唐突すぎて、言葉が出てこない。クレイグ王太子の話す特徴《とくちょう》が、完全にユアラのと一致していたからだ。なぜ、ここでユアラの容姿が出てくるの？　彼の言葉に、緊張が走る。どんな意図を持って、そんな質問をしてきたのだろう？

イオルさんとミカサさんを含めた仲間全員には彼女の容姿を伝えているけど、現状王族側には何も明かしていない。まさかとは思うけど、王族たちはもう既に彼女の手に落ちているのでは？

私がすぐに警戒態勢をとると同時に、ベアトリスさん、ルクスさん、ミカサさん、イオルさん、トキワさんも動く。一拍遅れて、アッシュさんとリリヤさんも同じ行動をとる。多分、私だけでなく、全員が『魔力感知』や『気配察知』を全開にしていると思う。

「その通りです。クレイグ様は……彼女と面識があるのですか？」

回答次第では、クレイグ王太子や騎士たちと戦う可能性もある。

「いや……ない……が、今バルコニーの外、空中に突然現れた女性が、シンシアから聞いた女の子と似ていたものだから」

え？　彼はバルコニーから見える聖峰の方向をゆっくりと指差す。それは、ちょうど私たちの後方になる。仲間全員が一斉に振り向くと、そこにあの『ユアラ・ツムギ』がいた。初めて出会ったときと同じ格好をしているが、相棒《あいぼう》のドレイクはいない。

それにしても、百戦錬磨《ひゃくせんれんま》のトキワさんとイオルさんがいるにもかかわらず、何の魔力も気配も感じさせず、後方に唐突に出現してくるなんて……あ、転移魔法なら可能かもしれない。でも、どうしてこのタイミングで現れたのだろう？　ユアラは薄気味悪く微笑《ほほえ》みながら、私を見ている。

「シャーロット、久しぶり～。元気にしていたかな？　ナルカトナ遺跡を無事に制覇《せいは》できたようだけど、転移魔法に関してはまだ入手できていないみたいね」

正直、言葉が出てこない。まさか、このタイミングで出現するなんてね。

「久しぶりですね。もっと早い段階で現れるものとばかり思っていました」

何かを仕掛けてくる様子はないけど、それならこの女は何を思い、ここへ登場したのだろう？　私の思いを知ることなく、空中に浮遊《ふゆう》している彼女はバルコニーの内側へと移動して、近くにある椅子に座る。

「この世界でみんなを引っ掻《か》き回し、その様子をモニター越しで毎日高みの見物……と行きたいところだけど、こっちにも事情があるの」

正直、この女に関しては、一生好きになれないかもしれない。自分の犯してきた過《あや》ちを過《あや》ちと思っていないし、それどころか人の不幸を喜んでいる。

「今回、あなたの近くに、昔お世話になったシンシアと、ちょ～っと心を弄《いじ》らせてもらったベアトリスがいたから挨拶《あいさつ》に来たってわけ」

　トキワさんやイオルさんは様子見《ようすみ》しているけど、ベアトリスさんとクレイグ王太子はかなりご立腹《りっぷく》だ。その横にいるルクスさんも顔に出ていないけど、気配で怒りが伝わってくる。

「ふざけないで!!」

「ふざけるな!!」

　元婚約者同士が怒声《どせい》をあげ、ユアラのもとへ向かう。

「あなたが、私の心を弄《いじ》ったユアラ・ツムギね。シャーロットの『構造解析』がなければ、一生気づくことはなかったわ。人の心をよくも弄《いじ》ってくれたわね」

　ベアトリスさんは自分の怒りを何とか制御して、ユアラとの距離を少し詰めただけだけど、問題はクレイグ王太子だ。どんどん彼女の方へ近づいている。まずい、ここにきてあの子の危険性を指摘していなかったことが裏目に出た。

　――バン!!

　彼はユアラの手前にあるテーブルに両手を叩《たた》きつける。

　おかしな行動をとったなら、最悪気絶させよう。

「状況をどこで見ていたのか知らんが、貴様のその行為で二人は苦しんだのだぞ？　諸悪《しょあく》の根源は貴様だろうが!!」

『その怒りはごもっともですけど、少し落ち着いてください』と注意したいけど、相手が王族である以上、不敬と取られてもおかしくない。イオルさんかミカサさんに動いてほしいところだけど、現状二人も見守るだけで精一杯のようだ。相手が何をしてくるのかわからないからね。

「あはは、ベアトリスに言われるのならわかるけど、クレイグが怒ることないんじゃない？」

ユアラは不敵《ふてき》な笑みを浮かべ、クレイグ王太子を見つめる。その表情は、人を小馬鹿にしている憎たらしいものだ。

「なに⁉」

「だって、そうでしょう？　あなたは、私のおかげでシンシアと出会い結ばれた。私が二人に対して何もしなければ、今頃ベアトリスと結婚していたでしょうね。ああ、一応言っておきますけど、私はミリンシュ家の悲劇《ひげき》に全く関わっていないわよ」

これだけの人数がそばにいるのに、よくもまあ平然とそんな言葉を出せるよね。

「な⁉　ベアトリスの心を弄《いじ》った時点で、間接的に関わっているだろう‼」

その言葉に、ユアラは呆《あき》れた表情になる。また、人の神経を逆撫《さかな》でする言葉を放つ気がする。

「はいはい、人のせいにするパターンはもう聞き飽きたわ。これまでにスキルを販売、譲渡したやつらは百人以上いるけど、私はその人の願いを叶《かな》えるキッカケを与えたに過ぎない。でも、九割以上のやつらが、初めこそ喜んでいたくせに、月日が経つごとにスキルや周囲の者に振り回されていき、最後には必ず私を責めながら無残《むざん》な死を遂げる。これって私が悪いわけ？　違うでしょう？　どう考えても、自身の持つ力を上手く制御できなかった本人が悪いわよね？」

くっ、至極《しごく》真っ当な意見なものだから、言い返せない。そもそも、これまでにどんなスキルを人に与えてきたのよ。彼女の言い方だと、残り一割の人々はスキルを有効利用し、幸せな生活を築いていることになるのだけど本当なの？

「まあ、ベアトリスの場合は実験的にやったことだから、私が悪いかもね。心を弄《いじ》られたら、誰だって気づきようがないもの。彼女が悪役令嬢みたいな女だったから楽しめたけど、ごく普通の人の心を弄《いじ》っても、全然楽しめなかったわ。被験者は四名だけ。今はやっていないから安心してね」

そういう問題じゃないでしょ!!

以前の私はこの人をバカにする口調に激怒《げきど》して、無謀《むぼう》な攻撃を仕掛けてしまい、逃亡を許す羽目《はめ》になってしまった。

「シンシアの方は、ちょ～っと驚かされたわ。あの子は自分に自信を持ててなかった。当時、体調不良だった私を助けてくれたからこそ、お礼も兼ねて彼女の願う好感度系スキルを譲渡したの」

そこは、『構造解析』で得た情報と一致している。

「彼女の場合、学園に行ってからが面白かったわ〜。クレイグを手に入れるため、周囲の者にスキルを使ってしまった。たった一度の効果で味をしめてしまい、どんどんどん深みに嵌《は》まり、好感度が些細《ささい》なことで下がったとしても、スキルで無理矢理上げる始末。『当初の目的は、どこに行った〜』って一人で突《つ》っ込《こ》んだわ。本来の自分の目的を忘れ、恋を成就《じょうじゅ》させるべく、周囲の好感度を利用しまくる。清々《すがすが》しいほどの嫌な女に成り果てたわね〜。おまけに、ベアトリスを押しのけて王太子妃となり、現在は人気もうなぎのぼり、強い目的を持った女って怖いわね〜」

「貴様〜〜〜〜」

この軽々しい言葉に対して、ついにクレイグ王太子の堪忍袋《かんにんぶくろ》の緒《お》が切れた。ユアラとの距離は一メートルにも満たない。彼は瞬時に抜剣《ばっけん》して、剣を振りかざす。私もイオルさんたちもユアラの話に聞き入ってしまい、反応が遅れる。止めようと動き出したけど、間に合いそうにない。

このままでは反撃に遭《あ》い、クレイグ王太子が殺される!!

『いけませんね〜。ユアラの言葉に惑《まど》わされ、我を忘れて斬りかかる。そんな行為は王族としていけませんよ』

な、どこからか声が!?　突然、何もない空間から、いきなり左手がニュッと現れ、彼の剣をあっさり受け止めた!!

「腕が⁉　誰だ、姿を現せ!!」

ユアラとクレイグ王太子の間にある左手から、少しずつ全体が鮮明《せんめい》になっていく。これは、転移によるものじゃない!!

「もう変なところから姿を出さないでくださいよ～」

二人の間に割って入ったのは、緑のフォーマルスーツを着込み、長い金髪の人間族のイケメン男性だった。歳は二十～二十五くらいか？　端整《たんせい》な顔立ちをしているけど、目が鋭く、プライドの高い高貴《こうき》な人物に思える。身体付きは華奢《きゃしゃ》に見えても、どこか……得体の知れない……何かを感じる。でも、この感覚は何だろう？　彼からは魔力も気配も伝わってこないのに、それでも別の何かを感じる。超至近距離のため、クレイグ王太子も慌《あわ》てて距離をあける。

「おや、手厳しい意見ですね。私は、あなたを助けたのですが？」

この男性とユアラは、知り合いだ。まさかとは思うけど、この人物こそがガーランド様の敵となる神なのだろうか？

「一応、お礼を言っておきます。でも、姿を現す予定ではなかったでしょう？」

男性は私たち全員から距離をあける。みんなも得体の知れない相手のためか、必然的に私の周囲へ集まってくる。ここで一番の戦力となるのは、私だから仕方ない。イオルさん、トキワさんの二人が私の左右に、ミカサさんがクレイグ王太子のそばへ、ベアトリスさんとルクスさんはアッシュさんとリリヤさん、カムイを守るように三人の正面へと移動する。

「ユアラ、あなたが悪いのですよ？　とっとと本題に入ればいいものを、いつまで話し込んでいるのです？　人の心を惑わせるその言動もいいですが、時と場合を選びましょう」

「う……申し訳ありません」

この男、高貴な人物のはずだけど、まだ名を名乗っていない。雰囲気《ふんいき》から察するに、礼《れい》儀《ぎ》知《し》らずで無知な男とは思えないけど？

「初めまして、ご存知かと思いますが、シャーロット・エルバランと申します」

私は公爵令嬢としての挨拶《あいさつ》を男性にすると、彼は少し驚いた表情をした。

「見事な所作、さすがは公爵令嬢。君はご両親に愛され、きちんと貴族教育を施されていたね。現在事情があって、私は君の前では名乗れないのだよ。どんな偽名《ぎめい》を紡《つむ》ごうが、さすがのやつも私の真名に気づくだろうからね」

間違いない、この男性はガーランド様が探し求めている『黒幕』だ。ユアラ一人でもてこずるのに、ここにきて神様ともいえる相手が出現するなんて……どうやって捕縛《ほばく》すればいいのよ？

「ああ、安心したまえ。私はユアラの雇主に過ぎず、事を荒立てることのないよう、私からは何もしない。ユアラ、さっさと本題を言いたまえ」

雇主？　それじゃあ、この世界を引っ掻《か》き回しているのは、この男の命令なの？

それに本題って何のこと？

「は～い、わかりました。シャーロット、私と勝負しない？」

ユアラから放たれた『勝負』という言葉。私たちの緊張がさらに増した。

18話　和解なるか？

突然ユアラから持ちかけられた勝負、その内容が気になるところだけど……

「あなたと勝負をして、私に何のメリットがあるのですか？」

今の私にはこの二人を同時に捕縛《ほばく》する力はない。簡単に、誘いには乗らないほうがいい。

「それが、あるんだな～。私に勝った暁《あかつき》には、『長距離転移魔法』と『全世界にある各都市の座標』を進呈《しんてい》してあげる」

それは、今の私が一番求めているものじゃないの⁉

いけない、いけない、喉《のど》から手が出るほど欲しい賞品だけど、必ず何か裏があるはず。

「私が負けた場合は？」

私の返答が想定した通りだったのか、ユアラは人を小馬鹿にした笑みを浮かべる。

「ぷぷぷ、別に何もないわよ？　これまで通り、『長距離転移魔法』と『座標』を正規のルートで入手して、ここからアストレカ大陸までは自力で行けばいいんじゃない？　今のあなたなら、空を飛んで旅を続ければ二年くらいで到着すると思うわ。あ、ちなみに勝負を拒否《きょひ》した場合、アストレカ大陸に住むあなたの家族を何らかの方法で殺すから。マリルの心を弄《いじ》って、彼女の手で実行してもらったら面白いかもね～」

こいつ!!　最後の言葉だけ声を低くし、私を醒《さ》めた目で見つめてきた!!　この女、そんな言葉をよく平然と言えるわね!!　そんなことを言われたら、勝負を受けるしかない!!

腸《はらわた》が煮《に》えくり返りそうになるほどの怒りが、私の心を支配していく。落ち着け。殺意を出したらダメ。彼女のペースに呑《の》まれるな。そもそも、アストレカ大陸の家族に手を出されたら、今の私では護《まも》る手立てがない。

「そちらの男性がいなければ、今この場であなたを殺したい気分ですよ」

「お～怖い怖い。それでどうするの？」

「勝負をお受けします。今からやるのですか？」

この女は突拍子もないことを平然と言うから、そう告げられてもおかしくない。トキワさんたちは、黙ったまま私とユアラの会話を聞いているけど、いつでも攻撃態勢に入れるよう準備している。

「まっさか～～。内容だって、まだ決めていないわ。でも、いくつか決まったことがあるから先に伝えておくわね。場所は『フランジュ帝国の帝都』。まだベアトリスとシンシアとの和解もされていないし、私の方も準備が整っていないから、日程は今から三週間後にしましょう。それだけ期間を置けば、あなたも準備万端《ばんたん》で臨めるでしょう？　私の方も、その日程の方が都合がつくのよ。時間は、いつでもいいわ。ただし、その日より早くても遅くても駄目。約束を破らないでね。そうそう、私のモットーは何事も正々堂々なので、途中で何かをけしかけたりしないから安心してね」

どの口がほざくかな？　今更、正々堂々と言われても信じられないね。

「なぜ、勝負の場がフランジュ帝国の帝都に？　街のど真ん中よりも、平野などにした方がいいのでは？」

大体想像つくけど、みんなもそこは気になるはず。

「私も詳しく知らないけど、こちらにいる私の雇主様が言うには、その地点で勝負をすることに意義があるんですって」

つまり、この勝負はあの金髪男性がユアラに持ちかけたということ？　私が勝負を断らない賞品を用意して、ここへは挨拶《あいさつ》として来ただけってこと？

「わかりました、三週間後ですね、必ずフランジュ帝国の帝都へ行きます。先程、時間はいつでもいいと仰《おっしゃ》いましたが、連絡手段はどうするのですか？」

「それは大丈夫よ。あなたが帝都に入った時点で、私の方からあなたにメッセージを送るわ。どうやって送るかは考えていないけど、楽しみにしておいて」

ユアラやその雇主は、少なくともここで事を荒立てる様子はなさそうで安心したけど、帝都で何を持ちかけてくるのだろう？

「さて、あまり長居していると、やつが何か仕掛けてくるかもしれませんから、我々はそろそろお暇《いとま》しましょう。『シャーロットと愉快《ゆかい》な仲間たち』、帝都で待っていますよ。全員が結託して挑んでも構いませんから、私を楽しませてください。それでは」

金髪男性は、丁寧な所作でお辞儀《じぎ》し、ユアラの手を掴む。

「それじゃあね〜〜〜〜」

ユアラは、ベアトリスさんを見ることも謝罪することもなく、私を見つめたまま、その場から消えていった。金髪男性がいなくなったせいか、場の雰囲気《ふんいき》が元に戻った。

「あの女にとって、私は眼中にないようね。絶対に許せないわ!!」

ベアトリスさんがそう言った直後、トキワさんとイオルさんが床に片膝をつく。顔色も悪いし、大量の汗を流しており息も荒い。まるで、何かと戦い敗北したみたいだ。

「イオル隊長!?」

「ちょっとトキワ、どうしたのよ!?」

ミカサさんがイオルさんのもとへ、ベアトリスさんがトキワさんのもとへと駆けつける。アッシュさん、リリヤさん、カムイの三人は、彼らの異様さを見てもキョトンとしており、なぜそうなったのか理解できていなかった。

「シャーロット……本当にユアラと勝負する気か？」

「家族を人質《ひとじち》にとられている以上、やるしかありません。それよりもトキワさん、大丈夫ですか？」

彼の体力がかなり消耗《しょうもう》している。

「あの男は……ヤバイ。見ただけで足が竦《すく》み、攻撃態勢に入るだけで精一杯だった。イオルさんは、どうだ？」

「トキワと同じだ。あんな男がこの世に存在していたとは……これが恐怖……いや畏怖の類《たぐい》か？　ここにいる全員で戦っても一瞬で消されるだろう。あれは、そういう存在としか言えん。どうやらやつの力を微《かす》かにでも感じ取れたのは、シャーロット、私、トキワしかいないようだな」

畏怖？　そうか、あの感覚が『畏怖』なんだ。私たち三人以外の人たちは戸惑っているだけで、別段消耗している様子はないから、畏怖を感知できていないのか。

「私は彼を見ても、特に何も感じなかったけど？　ルクスは？」

「ベアトリス様、私も特には？」

多分、あの男はガーランド様の言う『神』だ。だからなのか、一定以上の強さを持つ人しか、男の内に潜む『何か』を感じ取れないのかもしれない。

「ねえねえ、結局国王との会談はどうなるの？　このまま続けるの？」

カムイの一言で、みんなが現実に引き戻される。今の騒動も魔導具の効果により、別の区画にいる人たちには聞こえていない。ここにいるクレイグ王太子が、相当怒っているのか、ずっとユアラのいた場所を睨《にら》み続けている。

「すまないな、今起きたことを陛下方に伝えてくる。メイドたちに飲み物を持ってくるよう手配しよう。しばらくの間、ここで休憩《きゅうけい》してくれ。ミカサ、ついてこい」

クレイグ王太子はそう言うとすぐに、ミカサさんとともにバルコニーから出ていく。彼自身も混乱しているから、情報を整理して陛下方に理解できるよう伝えるのは時間がかかるかもね。

〇〇〇

正直、私の心の中は、ベアトリスさんとシンシアさんの和解よりも、ユアラと謎の金髪男についてでいっぱいだ。勝敗次第で、私の未来が大きく変化するのだから。でも、今のままでは敗色濃厚《はいしょくのうこう》。ユアラ一人だけなら勝利を収め捕縛《ほばく》も可能だと思うけど、あの正体不明の謎の金髪男が神なら私に勝ち目はない。たとえ勝負に勝ったとしても、そのまま殺される場合もありうる。やっと渡り合える力があれば、対抗手段があれば……この三週間で見つけるしかない。

アッシュさんとリリヤさんも、あの金髪男の謎の畏怖に関してはよく理解していないもののの、ユアラとの面識があるため、事の重大さは痛いほど理解している。

「ベアトリスさんのことを第一に考えたいけど、どうしてもユアラの顔が頭に思い浮かぶ。相手に関係なく人を小馬鹿にするあの言い方、想像しただけでも不愉快だよ。シャーロットはあの言い方を目《ま》の当たりにしたせいで、直情的に動いてしまったのか。あんな喋《しゃべ》り方をされたら、僕だって怒るよ。リリヤに対しても、あんな感じだったのか？」

「うん、私の場合は短い会話だったけど、それだけでも怒りを覚えたわ。あの男は『みんなで挑めばいい』と言っていたけど、どんな内容であっても正直勝てる気がしない。白狐《びゃっこ》童子《どうじ》も、あの男の中に潜む何かに怯《おび》えていたもの」

あの子は、金髪男の中に潜む畏怖に気づいていたんだ。トキワさんはイオルさんたちとあの男の話をしている。ベアトリスさんですら自分の心配よりも、ユアラとあの男の関係性を気にしている。

もしかして、これが狙いなの？　さっきまでは、シンシアさんとの和解を考えていたのに、もう誰もそれを考えていない。この状況下で、国王陛下方と会談して大丈夫だろうか？　全員が心に不安を抱えたまま、時間だけがゆっくりと流れていく。

――三十分後。

一人のメイドがバルコニーに入ってきて、私、トキワさん、イオルさん、ベアトリスさんの名を呼び、この四名だけで王家専用の執務室へと案内されることになった。残りの人たちは、バルコニーで待機だ。人数の多さを考慮すれば、仕方ないことだと思う。会談に必要なのは私たち四人。イオルさんがいれば王族の護衛にも繋がる。

この三十分で、『心の乱れ』をある程度鎮《しず》めることはできたけど、全員が雑念を抱いたまま国王との会談が始まろうとしている。執務室へと到着し中へ案内されると、そこには四人の王族たちが立っていた。少し離れた窓際には、ミカサさんもいるのだけど、護衛に徹するのか、視線は私たちを見ているけど、外からの敵襲に備え力を注いでいる。

四人の王族、一人目はクレイグ王太子、先程の騒動の影響か、あまり緊張していないように思える。二人目はシンシアさん、変異を解いているため、黒髪で褐色《かっしょく》の肌となっている。こちらはクォーケス・エブリストロとの件もあって、身体が明らかに強張《こわば》っており、少し挙動不審かな。ベアトリスさんの方を見たいけど、必死に我慢しているように思える。

残り二人は私の知らない人だけど、イオルさんから王族の容姿を事前に聞いていたため、国王陛下と王妃様であるとわかる。二人とも、三十歳くらいの容姿で、『アーク・サーベント』国王様はクレイグ様とよく似ており、長髪で威風堂々《いふうどうどう》とした出《い》で立ちだ。国王だけあって、その風格《ふうかく》と存在感はクレイグ様以上で、あの騒動の内容を聞いてもなお、自信に満ち溢《あふ》れた表情をしている。

『アレフィリア・サーベント』王妃様は国王様と同じで長髪だけど、漂う雰囲気《ふんいき》が全く違う。全てを包み込むような温かい微笑《ほほえ》み。美人でベアトリスさんみたいな鋭さは感じとれないけど、存在感は彼女以上だ。

互いに軽い挨拶《あいさつ》を済ませても、王族側がその場から動こうとしなかった。この場で何かを言おうとしているのかな？　私がそんなことを思っていると、国王陛下が口を開いた。

「ベアトリス、君がシンシアに対して犯した大罪を、我々王族はクレイグからその事情を聞いてもなお、許せそうにない……」

おお、国王陛下はストレートに言うね。ユアラに心を弄《いじ》られたとはいえ、自分自身の弱さが原因で犯した事件でもあるから、それは仕方ないと思う。ベアトリスさん自身も、クレイグ様に話していたからね。

「……『あれ』を聞くまではな」

うん、どういうこと？　国王陛下は、懐《ふところ》から小さな魔導具を取り出した。

19話　ユアラの真意を探れ

国王陛下が、懐《ふところ》からスマートフォンよりも小さな物品を取り出したけど、何だろうか？

「これは、ミカサが所持していた魔導具『音声記録』だ。周囲の音声を一定時間記録することができる。騎士たちが、いつ、どこで、どんな事件に巻き込まれるかわからん以上、全員に配付している。まあ、聞くといい」

国王陛下がボタンを押すと、流れてきた声は、あのときのユアラと金髪男のものだった。

う〜ん、一度聞いた声とはいえ、聞けば聞くほどムカつくよね。他の人たちも私と同じことを思ったのか、みんなの顔からは怒りが浮かんでいる。

「これを聞いてしまうと、我々はこのユアラという女の掌《てのひら》の上で転がされていた錯覚《さっかく》を覚えてしまう。ベアトリスは心を弄《いじ》られ、シンシアはスキルを譲渡され、そのスキルと自身の心を制御できずに振り回された。我々もシンシアに好感度なるものを弄《いじ》られ、ベアトリスへの不信感が芽生《めば》えてしまい、卒業パーティーでは一切庇《かば》わずに全責任を被せ、危うく公開処刑にするところだった」

う〜ん、これって誰が悪いことになるのだろうか？

責任を負うべき人物って、全員になるんじゃないの？

でもこの内容を全て公《おおやけ》にしたら、とんでもない不祥事《ふしょうじ》と見做《みな》され、最悪国が滅びる気がする。

「現在、第二王子ザルシムと第一王女アンセミヤは領内の視察に行っており不在だが、今この場で君に謝罪したい。ベアトリス、すまなかった」

王族全員が、素直に頭を下げる。今の言葉、王族総意と考えた方がよさそうだね。

「み、皆様、頭をお上げください。元々、私がシンシア……様に無礼を働いたことから始まったんです。謝罪すべきは、私です。シンシア様、皆様、誠に申し訳ございませんでした‼」

ベアトリスさんも慌《あわ》てて、王族たちへ頭を下げる。六年ぶりに再会したその場から、謝罪を受けるとは思わなかったのか、彼女もかなり慌《あわ》てている。王族側が頭を上げると同時に、彼女も同じ所作をとるのだけど、国王陛下はそこからさらに驚きの行動をとる。

「ベアトリス、我々が謝罪すべき点はもう一つある。クォーケスが乱心し全てを明かしたことで、ミリンシュ家の冤罪《えんざい》が確定した。まだ全てを精査したわけではないから、現時点で正式に公表できないが、おそらく一ヶ月以内にはミリンシュ家の身分を元の侯爵へ戻し、以前受け持っていた領を担当してもらうことになるだろう」

ミリンシュ家の再興に関しては公にできるけど、問題はベアトリスさんの件だ。私なりに案はあるけど、国王陛下はどう対処するのだろう？

「それを聞けて、私としても嬉しい限りです。早くお父様やお母様にお伝えしたいですわ」

「その様子だと、両親の行方を掴んでいるようだな？」

冤罪《えんざい》が確定し、身分が回復するのなら、陛下方に伝えてもいいよね。ベアトリスさんも同じ考えなのか、両親の居場所が『貿易都市リムルベールの貧民街』であることを話した。

「リムルベールの貧民街にいたとはな。ミリアリア嬢の呪いも解かれているようで安心したぞ」

ある意味、ユアラが登場してくれたことで、話が円滑《えんかつ》に進んでいる。もしかして、わざとここへ現れて和解しやすい環境にしたってことはないよね？　……まさかね。

「ありがとうございます。全ては、シャーロットのおかげですわ。彼女がいなければ、私たちはユアラの存在にすら気づけず、私もミリアリアも死んでしまい、エブリストロ家は夢を叶《かな》えていたでしょう。クォーケスに関しては、自業自得《じごうじとく》ですわ。やつには、みんなと協力して作り上げた『呪い』を付与しましたから、これから一生私と向き合うことになります」

「怪異『ベアトリスの怪』か。恐ろしい呪いを付与したものだ」

アッシュさんたちが考案してくれたものだけど、自分以外の命あるもの全てがベアトリスさんに見えてしまうのだから、今頃もう外に出たくないと思っているだろう。まあ、エブリストロ家の地下にある魔法陣を壊してしまえば呪いも消失するから、反省したところで消せばいい。それに関しては、国王陛下やベアトリスさん次第かな。

「アーク、当初の予定はどこに行ったのかしら～？　このまま立ったまま会談を進めるつもり？　ここはこの人数だと手狭《てぜま》ですから、隣接《りんせつ》している会議室で話を再開しましょう……いいわよね？」

ここで初めてアレフィリア王妃が喋《しゃべ》ったのだけど、明らかに怒気が混じっているし、冷たい目で国王陛下を見つめている。ず～っと国王陛下が立ったまま話を進めていくものだから、いい加減うんざりしていたのかもしれない。

「あ……ああ、そうだな。シャーロットやベアトリス、トキワに失礼だな。会議室へ移動しよう」

この会話だけで、国王陛下が王妃様の尻に敷かれていることがわかる。どこの世界でも、女性って強いよね。

隣の会議室には、楕円形《だえんけい》のテーブルがセッティングされており、人数分の椅子と飲み物が用意されていた。軽い挨拶《あいさつ》を交わした後、元々ここで会談を進める予定だったんだね。国王陛下も緊張していたのか、あの場で話を進めてしまったということか。初めから、ここでベアトリスさんと再会すればよかったのに。ユアラの件もあって、戸惑っていたのだろう。

王族たちが入口から離れた窓側の席に座り、私たちはその対面となる壁際《かべぎわ》の席に座っていく。ミカサさんは王族側の端《はし》へ、イオルさんは入口となる扉の方へ移動した。護衛と監視の両面もあるから、この態勢なのだろう。

メイドが冷めてしまった飲み物を回収し、新たに熱いレモンティーの入ったティーカップを人数分テーブルに置き、お辞儀《じぎ》を済ませると部屋を出ていく。これで会談の準備が整ったわけだけど……誰が一番に話し出すの？　私がそんなことを思っていると、終始緊張状態にあるシンシアさんが重い口を開く。

「ベアトリス様、申し訳ありませんでした!!　私は学園でクレイグ様と知り合い愛してしまいました。どうやったら私に振り向いてくれるのか考えあぐねた結果、ユアラから貰《もら》った『好感度パラメーター』と『好感度操作』を使い、周囲の人たちの好感度を少しずつ弄《いじ》りました。彼女の言った通り、好感度を少し上げただけで、みんなの対応が変化し、私を褒《ほ》めてくれるようになったので、必要以上にスキルを使い続けました」

図書館で聞いてはいたけど、ここであえてもう一度言うのね。好感度を人為的に上げたとはいえ、彼女は努力を怠《おこた》らず、その数値を維持するどころか、さらに上方へと向上させた。その行為は、感嘆《かんたん》に値する。

「クレイグ様との仲がある程度進展してきたある日のこと、クォーケス様がボルヘイム邸に訪れ、『君の後ろ盾となってあげるから、ベアトリスの品位を落としていけ』と言われました。あのとき、私は誘惑に負け頷《うなず》いたのですが、結局あなたの好感度に関しては怖くて何もできませんでした」

この話を改めて聞いたことで、ベアトリスさんはどんな展開へ持っていくのだろう？

「その話は、図書館で聞きました。簡単に言えば、シンシア様が周囲の人たちの自分の好感度を上げていき、私があなたを徹底的に虐《いじ》めていく。私の好感度はその二つの相乗効果《そうじょう》で下がっていき、私は全てを失った。婚約破棄《はき》については、全て私が悪いのよ。シンシア様、学園で散々無礼を働いてしまい、誠に申し訳ございませんでした」

みんながいる目の前で、互いに謝罪の言葉を口にする。

問題はここからだけど、二人はどう動いていくのだろう？

「成人しているとはいえ、あのときは私たちはお互い子供だったのよ。その証拠に、今のあなたは政治面でもスキルを使いこなしているし、私も自分の心と感情を制御することで、こうして平然とあなたと会話もできる」

子供……か、確かにそうかもしれない。大人でも恋愛で感情を制御できず、殺人という短絡的《たんらくてき》な手段を取る馬鹿もいるけど、二人とも多くの経験を重ねたことで成長し、今に至っている。

「私は『復讐する』とみんなに豪語していたけど、王族方の真意を知りたかっただけのようね。実際、全ての真実が明るみに出たことで、復讐の炎は消えているもの。まあ、家族の誰かが死んでいれば、全てを国民たちに明かしていたかもしれないけどね」

それが、ベアトリスさんの本音なんだね。

エブリストロ家によって滅茶苦茶《めちゃくちゃ》にされたけど、幸い家族の誰も死んでいない。学園での騒動でも、死者が出ていないから、彼女自身は誰からも強く恨《うら》まれていない。シンシアさんを深く傷つけたという行為だけで、その印象が非常に悪いだけだ。私が思いに耽《ふけ》っていると、シンシアさんが突然立ち上がる。

「それだと、ベアトリス様があまりにも惨《みじ》めに終わってしまいます!!　セリカさんの件で公開処刑は免除《めんじょ》されても、ずっと王家からの監視状態が続いてしまいますし、ミリンシュ家からも……」

ベアトリスさんの場合、家族のことを第一に考えているから、自分から除籍《じょせき》してほしいと言い出すんじゃないかな？　爵位が戻っても、ベアトリスさんがいる以上、その汚名《おめい》は少なからず影響してくるもの。彼女一人を犠牲《ぎせい》にすることで、みんなが幸せになる結末もある。

「それに、私も自分の罪を償いたいのです。……だから」

彼女が何を言おうとしているのかを察したのか、ベアトリスさんも突然立ち上がる。

「待ちなさい!!　あなた、まさかクレイグ様と離縁《りえん》するとか言わないわよね?」

「なに!?」

　ベアトリスさんの発言に、クレイグ王太子も驚きの声をあげる。

「だって……私がみんなの私に対する好感度を上げなければ……」

「馬鹿ね、関係ないわよ。あなたが何もしなくても、私自身があなたを虐《いじ》め抜き、同じ結末になっていたわ。それに……あなたのクレイグ様への愛はその程度のものなの?」

「え?」

　ベアトリスさん、まさか本当に自分を犠牲《ぎせい》にするつもりなんじゃあ……それは嫌だ。私としては、彼女にも幸せになってもらいたい。こうなったら、話が落ち着いたところで進言してみよう。

「ここに来るまでに、あなたの功績は調べさせてもらったわ。どれもこれも素晴らしいものだった。仮に、私が王太子妃になったとしても、同じ功績をあげられるかと問われれば、正直難しいでしょうね。それだけあなたのクレイグ様とこの国へ捧げる愛は本物ということよ。自分の罪を償いたいというのなら、その愛を死ぬまで貫き通しなさい!!」

「ベアトリス様……」

　シンシアさんの両目から、一筋の涙が滴《したた》り落ちる。これまで苦労して積み上げてきた自分の功績を褒められた。しかも、罪の償い方も導いてくれたのだから、当然か。

「あの〜ベアトリスさんを幸せに導く案が一つあるのですが？」

このタイミングで手をあげてみよう。この案が、国王陛下や王妃様にどう評価されるかわからないけど、ここで言わないとまずい展開になりそうだもの。

「シャーロット、君の案を聞こう」

国王陛下が許可を出してくれた。

「『スケープゴート』を用意するんです」

「『スケープゴート』だと？」

みんなが、私に疑問の目を向ける。

「ユアラが関わってきたことでややこしい事態になりましたが、今回のことを簡潔《かんけつ》に言えば、一つ『エブリストロ家が怨恨《えんこん》からミリンシュ家を呪い、冤罪《えんざい》でその地位を落とした』。二つ『ベアトリスさんはシンシアさんを苛烈《かれつ》に虐《いじ》めてしまい、婚約破棄された』。三つ『シンシアさんはクォーケスの命令もあり、スキルでみんなの好感度を弄《いじ》った』」

あえてクォーケスを強調したから、みんなも察してくれると思うけどどうなるかな？

「そうか、クォーケスか!!」

国王陛下も、私の意図に気づいたようだ。

「はい。彼は『呪い』というあやふやな魔法を使っていますから、これを利用するべきです。ベアトリスさんは呪いに侵されてしまい、そのせいでクレイグ王太子に近づくシンシアさんに悪感情を抱くようになったことにするんです。そして、全ての責任をクォーケス・エブリストロ一人に押しつける。彼の目的は、エブリストロ家の復興《ふっこう》ですから、動機としても十分です。ただ、後々の反乱のことも考えて、クォーケス自体は処刑などではなく平民へ格下げし、その血縁者《けつえんしゃ》に関してはお咎《とが》めなし。最後にエブリストロ家自体を貴族の位《くらい》から抹消《まっしょう》する。いかがでしょう？」

クォーケス一人が惨《みじ》めになってしまうけど、その親類がお咎《とが》めなしと聞けば、王家や返り咲いたミリンシュ家に対し、大きな恨《うら》みを抱くことはないと思う。

「はは、なるほどな。その案、採用させてもらおう。ベアトリス一人が国のために犠牲《ぎせい》になるのもやむをえないと思っていた。ありがとう、助かったぞ」

「シャーロット、ありがとう。私も王妃として、彼女を犠牲《ぎせい》にする判断を下《くだ》すところでした」

やった!!　国王陛下と王妃様から言質《げんち》をとった!!

「ベアトリス、今日中に国王の私自らがクォーケスと面会し説得する。取引材料として、『呪いの魔法陣』の消滅がいいだろう。二日三日ほどで、君の犯罪はなかったこととなり、侯爵令嬢として復帰《ふっき》できる!!」

ベアトリスさんも目を瞬《またた》かせ、その発言に驚きを隠せない。自分が無罪放免となるのだから当然だよね。

「よろしいの……ですか？」

「私も、王太子として全力で君を支援する。そして……すまなかった、ありがとう」

「いえ……こちらこそ許していただき……ありがとう……ございます」

ベアトリスさんの両目からも涙が溢《あふ》れてくる。彼女は一頻《ひとしき》り泣くと、シンシアさんのもとへ行き、そっと右手で握手を求める。

「ベアトリス様？」

「シンシア様、これからは友達……いえ親友としてともに過ごしていきましょう」

「あ……はい!!」

ベアトリスさんは何もかも吹っ切れた清々《すがすが》しい表情をしており、シンシアさんはその発言が相当嬉しかったのか、涙を流して笑顔で握手に応じた。その後、シンシアさんのスキルを『構造編集』すべきか相談したけど、今の彼女ならばスキルに振り回されずに制御できると判断し、私は何も手を加えなかった。

これでいい。これで私も心置きなく、次の舞台へ進める。

20話　神ガーランド、シャーロットに切り札を授《さず》ける

その日の夜、ささやかなパーティーが催《もよお》された。参加者は私、トキワさん、アッシュさん、リリヤさん、カムイ、ベアトリスさん、ルクスさんの七名と、国王陛下、王妃様、クレイグ王太子の三名、合計十名だ。

イオルさんとミカサさんは、このパーティーに不届き者が乱入しないよう、周囲の警戒にあたっている。本来は王城の騎士が行うものだけど、ユアラたちが介入してくる可能性もわずかながらあるため、特別な警戒態勢となっている。

ルクスさんは元々メイドであるためか、配膳《はいぜん》のお手伝いをやりたがっていたけど、ある理由により却下《きゃっか》された。パーティー前は国王陛下も理由を明かしてくれなかったものの、途中参加してきた三名の人物が紹介されたことで、全員が理由を察した。

その三名とは、ベアトリスさんの両親と妹さんだ。

三人の姿を見た瞬間、ベアトリスさんは一瞬キョトンとしていたものの、すぐに大粒の涙を流して両親に抱きついた。ルクスさんも慌《あわ》てて駆け寄る。

家族との感動の再会、これを演出するために何も言わなかったんだね。というか、リム

ルベールからここまでかなりの距離があるのに、よく間に合ったものだ。もしかして、プリシエルさんのようなドラゴンが、ここまで運んでくれたのかもしれない。

感動の再会を果たした後、ベアトリスさんが私たちを紹介し、これまでのことを話していくのだけど、そのときの表情は屈託《くったく》のない純粋な笑顔で、みんなが見惚《みと》れるくらいだった。復讐心を持たない本来の彼女は、これほどに美しい女性だったのかと改めて思い知らされたよ。

妹のミリアリアさんを初めて見て思ったことは、姉妹のため顔も似てはいるけど、鋭さを感じ取れないことだね。よくよく観察してわかったのは、ベアトリスさんは父親似で、ミリアリアさんは母親似だってこと。家族仲良く話しているので、私やアッシュさん、リリヤさんは、あえてその中に入ろうとはしなかった。

しばらくして、シンシアさんや国王陛下たちと話をすることにした。といっても、せっかく労《ねぎら》いの場として用意してくれたパーティーのため、ユアラの件についてはお互い尋《たず》ねることはせず、主にアストレカ大陸関連の話をした。

パーティー終盤、国王陛下が『君と話していると、話が弾《はず》むし、なによりも楽しい。君は転生者で間違いない。ここまでの言動で、よくわかった』と言い、王妃様も『本当ね。まるで同年代と話をしているかのようだわ。精神年齢的には、私と近いかもしれないわね。ふふ、あの件のことも考慮して、ここには二週間ほど滞在するはずよね？　私の話し相手になってくださいな』と言われてしまった。

ちなみにアッシュさんとリリヤさんは、そんな私を見てかなり驚いていたようだ。私たち用の客室に戻ったときに聞いたけど、一国の王と王妃に対して、かなり馴《な》れ馴れしく話していたらしく、自分たちは一生できそうにないとまで言われてしまった。

お返しとして、「お二人もクロイス女王に対して、かなり馴れ馴れしく話していますよ?」と言ったら、ひどく驚いていた。

楽しい時間というものはあっという間に過ぎてしまい、私は部屋のメンバーでもあるカムイ、アッシュさん、リリヤさんにお休みの挨拶《あいさつ》をすると、精神的に疲れていたのか、すぐに寝入《ねい》ってしまった。

○○○

ああ、ここはいつものあの部屋だ。私の目の前には、ソファーで寛《くつろ》ぐガーランド様がいる。以前と同じように、夢の中の私をここへ呼び寄せたんだ。あの金髪男が現れた時点で、こうなると思っていたよ。

「君も、この空間にかなり慣れてきたね」

「何度も訪れれば、誰だって慣れてきますよ」

今回のガーランド様は、すこぶる機嫌がいいようだ。彼の目の前にあるテーブルには白ワインとつまみのチーズが用意されている。私の前にはオレンジジュースとチーズケーキ。私の事情を全て把握《はあく》しているくせに、完全に子供扱いしている。

「実際、今の君は子供なんだから、私と同じものはいけない。それよりも、お手柄だよ、シャーロット。やつの真名まではわからなかったが、どの惑星に住む神なのかがわかった」

なんですと⁉　いや、なんとなくだけどわかる気がする……

「そう君の予想通り、やつの出身地は地球だ。おそらく、日本の神だ」

「日本ですか⁉」

そこは予想外だよ‼　よりにもよって日本、あ、でも日本の神々って確か八百万《やおよろず》って言われているくらいだから……

「そう、無数にいる」

ふと思ったけど、心を読まれても普通に返しを入れるようになってしまった。慣れたこともあって、全く不愉快さを感じないや。

「ということは、まだ特定は？」

ガーランド様は、首を横に振る。でも、残念な表情をしていないから、強力な味方が援《えん》護《ご》してくれているのかな？

「その通りだ。転生を司《つかさど》るミステラルと、私の師でもある天尊輝星《てんそんかがほし》様が地球側で犯人の追跡調査をしている。ただ、二人は神としての業務もある忙しい身の上なので、すぐには特定できないだろう」

『天尊輝星』――確か鬼を司《つかさど》る神様だったよね。それがガーランド様の師匠なんだ。

「……そうなると、ユアラの言う勝負にきちんと挑めば、時間稼ぎができるのでは？」

今から三週間後の予定だから、それまではあの金髪男もユアラも私の状況を逐一《ちくいち》ではなくとも、時々は観察してくると思う。

私が勝負に勝てるよう、みんなと真剣に対策を立てていけば、相手側の注意を向けられるはず……いや、あの男のことを考慮すると、むしろ意外性を狙った対策を立てた方が、私に注目して、地球側の動きに気づかないかもしれない。私の心を読んで、ガーランド様の顔つきが急に真剣になった。

「シャーロット、君のその案はいいと思う。だが、もっと重要なのは、君自身があの男と戦う可能性もあるということだ」

予想していたこととはいえ、私が神と戦う？

「いやいや無理ですって。相手は神ですよ？　今のままでは、絶対に勝てません!!」

いくら私が強くなったと言っても、地球の神に勝てるわけがない。

「そうだね。君は人としての域を大きく外れているものの、所詮《しょせん》は人だ。神には勝てない。

そこで、君に『あるスキル』を授けようと思う」

スキル？　スキルを貰《もら》ったところで勝てるの？

「このスキルがあれば、今よりも勝率が大きく上がるだろう。今の強さを得て以降、正常でいられる君ならば悪用しない。これは……」

ガーランド様から授かった新たな二つのスキルの効果、そしてあの神との戦い方、子供の私にとってピッタリなものだった。

「面白いですね。その方法で、私がやつを捕縛《ほばく》さえできれば、勝利は揺るがないでしょう。ただ……」

全てが噛み合えば勝てると思うけど、これらには重大な欠点がある。相手が神である以上、私がスキルの練習として一度でも地上で使用すれば、確実に気取《けど》られてしまう。つまり、地上ではぶっつけ本番で実行しないといけない。

「無論、君にそんな危ない橋を渡らせたりはしない。これから毎日就寝《しゅうしん》後、ここで練習すればいい。私が指導してあげよう」

「おお、ありがとうございます‼」

ここでなら、私も安心して練習できる。ただ、ガーランド様は上機嫌なだけあって気前もいいのだけど、なんか下心があるような気もする。あの金髪男とユアラの件以外で、何か頼まれるのだろうか？

「あはは、深い意味はないよ。本来であれば、私自らが下界へ降りてその男と戦えばいいのだけど、以前話したように、神は無闇に下界へ降りてはいけない。君も知っていると思うが、私は一度だけ分身体を送り込み、鬼人族に壊滅的被害を与えた」

ああ、それは知っている。でも、あれは鬼人族が悪い。妖魔族を倒し地上最強の種となったことで、天狗《てんぐ》になっていたのだから。

「そうだね。ただ、問題はその後に起きた。数百年後、宇宙から巨大隕石《いんせき》が飛来し、大気圏突入の衝撃《しょうげき》でいくつかに分断されたものの、それぞれが海や全ての大陸に衝突して、未曾有《みぞう》の大災害が発生し、この世界の全人口の約七割が死亡した。これにより、文明は急速に衰退《すいたい》したんだ。これが、今から三千年前の出来事だよ」

バザータウンで初めて知ったけど、その隕石って本当に宇宙から飛来したものなんだ。てっきり、ガーランド様が召喚し、自然災害であるかのように見せかけたものとばかり、内心思っていたよ。

「それだ!!」

「ふぁ？」

急に大声を出すものだから、私も素《す》っ頓狂《とんきょう》な声を出してしまった。

「そこなんだよ。あの大災害から間もなく、私の師『天尊輝星』様が休暇がてら私のもとへ観光へやって来たのだが、星の悲惨《ひさん》さを目の当たりにし、自らの力で過去を見てしまった。そして、君の言うように早とちりしてしまい……」

凄《すご》いタイミングで来たものだ。どんな理由であれ、分身体のガーランド様が地上で暴れた時点で、大きなマイナスだよね。その後、鬼人族がどんな生活を送ったのか知らないけど、内容次第では『まさか、この隕石もガーランドの仕業《しわざ》か!!』と早合点《はやがてん》してもおかしくない。

「あの……その後、どうなったのですか?」

ガーランド様の顔色が、どんどん悪くなっていく。一体、何をされたのよ⁉

「ああ、思い出すだけでも恐ろしい。あの方の怒りは、凄《すさ》まじいものだった。私の顔が原型を留めないくらい殴《なぐ》られ、心を削《けず》られる罰が何日も何日も続いた。『誤解《ごかい》です!!』と訴え続けたが、怒りのため聞いてもらえなかった。結局、お仕置きは一週間ほど続いたかな」

「一週間も⁉」

怖⁉ 怒り狂う神、怖いよ!! ガーランド様をボコるって天尊輝星様、強!!

「まあ……最終的には誤解も解け謝罪されたが、今回の件に関しては間接的に関わっている以上、地上へは迂闊《うかつ》に降りられん」

降りたら最後、どんな理由であれ、お仕置きされるのは確定かな。でも……あ、考えるのはやめておこう。

「だからこそ、君に最大限のサポートをしようと思っている!!　仮に、ユアラとの勝負に負けたとしても、私は長距離転移魔法の眠るダンジョンの場所を教えよう。そして、転移魔法を見事習得できたら、現在存在している全ての街の座標を君に進呈することを誓おう」

「ええ、本当ですか⁉」

おお、それって勝敗に関係なく、私が得することばかりだよ。ユアラと金髪男との戦いに勝ったら、見事ハッピーエンドな展開になる。仮に勝負に負けたとしても、あの二人との最終決戦を先延ばしにすれば、長距離転移魔法の方へ力を注げる。

ただ、勝負の内容が気にかかる。私の生死に関わるようであれば、絶対に勝たなくてはいけない。

「例のごとく、シャーロットの言う『金髪男』は、私から見れば、『私』に偽装されていた。だが、地球で何か進展があれば、私もやつを正確に認識することができるだろう。今、地球やここでも大きく動いている以上、絶対に気取《けど》られるわけにはいかない。そこで、君に一つ頼みがある」

あ、それに関しては、どんな内容なのか見当がつくよ。

「さっき君が考えていたように、やつの気をできる限り引きつけてほしい。これは私からの提案だが、王都内で『ミニクックイスクイズ』を開催してはどうだろう?」

「ミニクックイスクイズですか？」

これは意外な提案だ。でも、なんでクイズイベント？　クックイスクイズが約一ヶ月後に控えているんだよ？

「だからだよ。シャーロットたちのクイズ参加は、場所と日数的な面を考慮すると不可能だ。そこで、君自身が王族のシンシアたちと組み主催者《しゅさいしゃ》となって、参加者たちにクイズを仕掛ける。そして、君が罰ゲームを考え、参加者たちを徹底的に面白く苦しめていけばいい。シャーロット自身も、ある意味でユアラの愉悦《ゆえつ》を理解できるだろう」

なるほど、それは面白そうだ。あの金髪男も、私がどんな罰ゲームを考えるのか気になるはずだ。人を間接的に散々苦しめてきたユアラの愉悦なんて知りたくもないけど、そういうやり方なら私も是非やってみたい。準備期間を二週間くらいにして、クイズイベントを実施してみよう。王都も盛り上がるだろうから、国王陛下方も喜んでくれると思う。

「ふふふ、あははは、面白いです。やってやりましょう、あははは」

私が、つい悪役じみた笑い方をすると、ガーランド様も私の企みに気づいたのか、同じように笑ってくれた。私たちのいる空間に、二人の不気味な笑い声が木霊《こだま》する。

21話　ミニクックイスクイズ開幕

　僕――アッシュはリリヤやトキワさんとともに、王都フィレントにある公園に辿《たど》り着いた。この公園は広く、『遊具エリア』『訓練施設エリア』『露店大道芸エリア』『広場お花見エリア』の四つに分かれており、僕たちは『広場お花見エリア』へと向かっている。このエリアの用途《ようと》は季節限定で、今は時期外れらしく普通の広場となっているらしい。

「うわあ～アッシュ見て見て、大勢の人たちがいるよ。これって、みんな参加者なのかな？」

　リリヤが周囲をキョロキョロと見るのもわかるよ。大勢の人たちが至るところにいる。

今、僕たちのいる場所は『遊具エリア』。周囲には幼児用の小さな遊具もあれば、大人でも楽しめる『フィールドアスレチック』と呼ばれる巨大遊具もある。

　クイズイベントの準備期間中、僕とリリヤとカムイはここで目一杯楽しませてもらった。シャーロットがスキルを使わず、基本の身体能力だけで遊んだ方がより楽しめると言っていたけど、その意味がわかった。スキルを使ってしまうと、身体が強化されてしまい、面白さが半減してしまう。

自分の身体に備わる体幹《たいかん》などの基礎能力を高めるため、僕たちはスキルを使わず楽しんだ。カムイの場合はドラゴンなので、状況を楽しんだという表現が正解かな。

そんな遊具が数多く設置されているエリアでも、ここから見た限り、優《ゆう》に百人を超える人々がいる。八割近くが大人だから、みんなクイズ参加者の可能性もある。

『ミニクックイスクイズ』の企画者は表向き『聖女シャーロット』となっているけど、実際は『神ガーランド様』なんだよな。そのことを知っているのは極めて少数で、和解終了後に催《もよお》された小規模パーティーの参加者のみ。『クイズ担当』がシンシアさんとミリアリアさんの二人、『宣伝・罰ゲーム担当』がシャーロットとベアトリスさんとカムイ、『宣伝・イベント担当』がミリンシュ夫妻、『総指揮』が王族たちとなっている。

この二週間で、様々な出来事があった。国王陛下は新聞記者たちを王城に召集し会見を執《と》り行い、そこでベアトリスさんの起こした事件の裏を公表。全ての黒幕はエブリストロ侯爵家であったことを明るみに出す。そして、記者たちの前にミリンシュ一家を呼び寄せた。

さらに、変異を解きダークエルフに戻ったベアトリスさんが、シンシア様に働いた所業《しょぎょう》がたとえ呪いによるものであっても許されるものではないと言い、『私は全てを受け入れる所存です』と宣言すると、記者は全員驚いていた。

結局、国王陛下はベアトリスさんを無罪放免とした上で、貴族の身分を剥奪《はくだつ》したミリンシュ家にも謝罪の言葉を入れ、侯爵位が再び与えられた。

この会見に参加していた記者たちは、急いでこの内容を新聞の一面にまとめる。そして、その日の夕刊には国王陛下とミリンシュ侯爵様が互いに笑顔で握手する瞬間と、ベアトリスさんとシンシア様が和解し抱き合う瞬間の写真が掲載された。

これで、六年前に起きた事件に終止符を打ったことになるのだけど、その事件解決の功労者となったのが聖女シャーロットであると公表されたため、彼女も一躍《いちやく》人気者になる。後日、ミニクックイスクイズの罰ゲーム担当として設置場所を探すべく、三人で出掛けたときは大騒ぎになった。

それを理解した上でなのか、シャーロットもミニクックイスクイズの宣伝を始めた。イベント担当のミリンシュ夫妻も、知り合いの新聞記者を集め、自分たちの六年間について詳しく話す代わりに、ミニクックイスクイズを国中、いや大陸中に広めるよう伝える。

そういった宣伝効果もあり、参加者の人数がかなり多そうだ。人数が多いということは、王都もそれだけ賑《にぎ》やかとなり、その経済効果も計《はか》り知れないだろう。

ちなみに、僕、リリヤ、トキワさんは参加者のため、クイズの内容も罰ゲームも一切知らされていない。

「凄《すご》い人数だな。この人たちと予選で戦うことになるのか」

これから実施されるクイズ、まずは予選で参加者の人数を大幅に減らすと聞いているけど、やはり気になるのは、昨日聞いたシャーロットのあの言葉だ。

『三人の中で最も早く脱落《だつらく》した人には、イベントのどこかで私の新型魔導具「お仕置きちゃん」の餌食《えじき》になってもらいます。性別や強さを問わず、必ず苦しむので覚悟してくださいね』

可愛《かわい》く笑顔で言うものだから、僕もトキワさんも寒気《さむけ》を感じた。彼女の開発した魔導具についてベアトリスさんに質問すると、なぜか不気味に笑い、「女もきついと思うけど、男どもにはかなり酷な罰になるわよ」と言い放つ始末。そういえばあの質問をしたとき、ベアトリスさんの隣には父親でもあるミリンシュ侯爵がいて身震いしていたけど、まさか試し撃ちでもされたのだろうか？

「あ、アッシュ‼　あの人って、もしかして……」

リリヤが前方にいる女性を見ているけど、あの人って……まさかルマッテさん？　でも、以前と比べ、随分《ずいぶん》と雰囲気《ふんいき》が違うような？

「トキワさん、あれってルマッテさんですか？」

「ああ、あれはルマッテだな。あいつの職業は『暗殺者』だから、前は変装していたみたいだな。今のあの姿が、『素』なんだろうさ」

今の彼女は、軽快な冒険者服を着ていることもあって、ただの高ランク冒険者という印象を受ける。僕の知る彼女は、顔が前髪で少し隠れていたせいもあり、どこか挙動不審な危なかっしい貴族のご令嬢だったけど、今はそんな雰囲気《ふんいき》を微塵《みじん》も感じさせないほど、凛々《りり》しく大きな存在に見える。前髪を切っていることで、顔の全体がよく見え、職業柄《がら》なのか、美人だけど少し怖い印象だ。

ルマッテさんも僕たちの視線に気づいたのか、「げ!!」と声をあげ、唐突に周囲を見渡す。そういえば、バザータウンではカオルさんをオバさん扱いしたせいで酷い目に遭《あ》っていたはず。だから、多分カオルさんを捜しているんだな。

「ルマッテさん、お久しぶりです。カオルさんは、ここにいませんから安心してください」

「本当か!?　……って、なんで私だと……トキワがいればわかるか」

僕がそう言うと、彼女はあからさまにホッと胸を撫《な》で下ろす。この人の力量はベアトリスさんと同じくらいのはず。そんな人をここまで動揺させるとは、改めてカオルさんの凄《すご》さが感じられる。

あ、そういえば真っ先にルマッテさんの存在に気づいたのは、リリヤじゃないか!!　これだけ印象の異なる女性を、すぐに見つけ出せるなんて、僕も負けていられないな。

「ベアトリスさんから聞きましたけど、あなたにとって印象深いのはカオルさんなんですね」

「当たり前だろう!!　公衆の面前で、顔面往復ビンタをかます女だぞ!!」

それは、あなたに原因があるのでは？

「あはは。そういえば、あなたもこのクイズイベントに参加するんですか？」

「まあね。企画者が聖女シャーロットで、王族も関わっていると聞いて、面白そうだと思ったのさ」

そのシャーロットがカオルさんなんだけどね。リリヤもトキワさんも僕と同じく、ツッコミを入れたそうな表情をしている。

「噂によると強弱に関係なく、かなりきつい罰ゲームがあるそうですよ？」

「はっ、余計面白そうじゃないか‼」

シャーロットを甘く見ていると、手痛いしっぺ返しをくらうことになるのだけど、言わない方が面白い展開になりそうだ。

「せっかくですから、一緒に参加しませんか？　ベアトリスさんもあなたのことを気に入っていますし、途中で会えると思いますよ？」

僕の言葉に、ルマッテさんはどういうわけか少し呆《あき》れて不思議そうな表情をしているけど、すぐに元に戻る。

「私は暗殺者だってのに、酔狂《すいきょう》な女もいたものだね。いいよ、一緒に行動してやる」

これで四人行動となったわけだけど、目的地に進むにつれて人もどんどん多くなっていく。この人数を相手に、予選をどうやって進行させるのだろう？

○○○

「想像していた以上に、参加者が多い」

目的地『広場お花見エリア』に到着したものの、参加者の数が多い。ダークエルフ族が半分以上を占めているけど、魔鬼族や人間族、エルフ族、鳥人族もそれなりにいる。

元々、この広場自体はお花見用だから、周囲には遊具エリアのようなものはない。だから、階段上に連《つら》なる観客席と、そこから少し離れた場所には主催者用の大きなテント、観客のために用意された露店などがあるだけだ。

「アッシュ、私は参加者よりも、あの巨大な二つの舞台が気になる」

うん、リリヤの言う通り、広場中央付近に設置されているあの巨大舞台に関しては、僕も気になっている。

「左の舞台の壁には○、右には×と大きく描かれているから、○×クイズ用なのはわかるけど、地面から舞台の上まで三メートルくらいの高さがあるのが気になる。あの間には、何かある。トキワさんは、何か聞いていますか？」

彼を見ると、不敵に笑っている。

「いいや、ただ面白そうじゃないか。クックイスクイズにも○×クイズはあるが、ああいった舞台はなかった。シャーロットなりに、何か考えがあるようだ」

考え……ね、絶対ろくでもないことのような気がするけど、正直先が読めない。

「へえ、参加して正解だったね。何か仕掛けがあるみたいだけど、私たちには見せない工夫をしているわけか。聖女様も面白そうなことをするね」

ルマッテさんはワクワクしているけど、僕には嫌な予感しかない。予選は○×クイズなんだろう。でも、それだけじゃあ絶対に盛り上がらない。主催者側の方を見ると、シャーロットはルベリアさん、ベアトリスさん、ミリアリアさんと話し合っている。その近くには警備《けいび》の騎士たちもいて、周囲を警戒していた。

そういえばミカサさんの話では、ルベリアさん＝シンシア様と知っているのは、ごくわずかな限られた人たちだけと言っていた。多分、あの騎士たちはシャーロットやミリアリアさんを守っているのかもしれない。ベアトリスさんについてはあの積層雷光砲の件で、強さを十分に認識しているはず。

僕たちの上空には、魔導具『飛翔高感度カメラ』が飛んでいる。これもサーベント王国で最近になって開発されたものらしく、地上にいる操縦手《そうじゅうしゅ》がプロペラのついた魔導具を操縦することで、本体は空を自由に飛翔することができる。

しかも、あのカメラと呼ばれるレンズ部分で景色を捉《とら》えることで、もう一つの魔導具『飛翔高感度投影機』を経由し、遠方でもここの景色を映すことができるらしい。

その経由のために空間属性の魔石を使用して、見えない魔力のネットワークを形成しているらしく、最低でもこの王都中に設置されている魔導具『高感度投影機』にまでは届くようだ。魔導具大国と呼ばれるだけあって、技術レベルがジストニス王国とかなり違うから、僕も正直驚いたよ。

「クックイスクイズの罰ゲームなどを参考に設計していると言っていたから、俺やルマッテでも厳しい罰かもしれないな」

『など』……ね。絶対前世の知識を活用する気だ‼

シャーロットの話では、ユアラのそばにいた神は地球出身らしい。魔法が存在しない代わりに、科学が発展した世界。だからなのか、シャーロットもカメラや投影機を見てもさほど驚かなかった。なんでも、地球には全世界を覆うネットワークというものがあるらしく、どこにいてもパソコンという機械を通すことで、誰とでも連絡が可能らしい。

先ほど言った二つの魔導具も、より高性能なものがあるそうだ。ミニクックイスクイズの企画会議中にそれを聞いた国王陛下やアレフィリア王妃は目を輝かせ、地球に存在する技術を頻繁《ひんぱん》にシャーロットに尋《たず》ねていたな。彼女も、王国に存在する技術レベルで再現可能な機械について話していたよな。

「へえ、余計面白そうじゃん‼」

リリヤが僕の服の裾《すそ》を引っ張ったので、ルマッテさんから少し離れた場所に移動する。

「リリヤ、どうしたの？」

「ルマッテさんに、企画メンバーの中にカオルさんも加わっていますよって教えてあげようか？」

ああ、そういうことか。それを言えば、さすがの彼女も取り乱し、罰ゲームについて深く考え出すと思うけど……

「それはやめよう」

「え、どうして？」

リリヤは、やっぱり優しいな。一時期敵だったルマッテさんにも、気を遣っている。でも……あの鳥啄《ついば》み地獄《じごく》で見た愉悦に浸る彼女の顔が今でも忘れられない。僕の持つリリヤへの感情。これは恋愛的な意味合いでの『好き』なんだと思う。彼女に告白するのなら、心の全てを受け入れないといけない。そうでないと、後々になって彼女を傷つけてしまう。

「警戒されるからだよ。ルマッテさんも他の参加者と同じなんだから、そういった余計な情報は与えないでおこう」

「それもそっか」
○と×の描かれた二つの舞台の間には、もう一つ同じ高さの小さな舞台がある。今、そこにシャーロットとルベリアさんが階段から上っていく。
ミニクックイスクイズ、いよいよ開催だ‼

22話　予選第一問、敗退するメンバーは誰？

舞台に上がったシャーロットとルベリアさんが、みんなの注目を浴びる。先程まで賑《にぎ》やかだった参加者たちも会話をやめ、周囲に静けさが漂う。どこからかジュ〜ッと肉が焦《こ》げる音が聞こえてくるほど静かだ。シャーロットが舞台に設置されている拡声魔法の付与されたマイクを持って喋《しゃべ》り出した。

「皆様、新聞などで既にご存知かと思いますが、私がシャーロット・エルバランです。第一回ミニクックイズクイズに参加していただき、誠にありがとうございます。初回ということもあって、もしかしたらどこかに不備が生じるかもしれませんが、そのときはご容赦《ようしゃ》ください」

シャーロット、大勢の人がいるためか、普段よりも聖女らしく感じる。アストレカ大陸エルディア王国で起きた事件のせいもあって、現在でも彼女の称号には聖女がない。だからなのか、自己紹介時に聖女という言葉を滅多《めった》に使わない。それにしても不備……か、仮にクレームが発生したとしても、『初回だから罰ゲームの加減がわかりませんでした』とか言うような気がする。

「さて、雷精霊様が主催するクックイスクイズのような『本人の願いを叶《かな》える』という賞品まではご用意できませんが、決勝まで進んだ方々には必ず何らかの賞品を進呈することだけはお伝えしておきますね」

そういえば、その件で結構みんなが悩んだと言っていたけど、どんな賞品かは僕も聞いていない。

「ふふふ。中には、浮気《うわき》する男性女性を罰するために開発された新型魔導具もありますので、楽しみにしていてください」

はあ、それは、どんな魔導具なんだ？　周囲もその言葉を聞いて少し騒《ざわ》つく。

「それでは、第一回ミニクックイズを開催いたします!!　ここから先の司会進行は、隣にいるルベリアさんが務《つと》めます。ルベリアさん、よろしくお願いしますね～」

彼女が司会⁉　王太子妃に、そんなことをさせていいのだろうか？

「みなさ～ん、司会進行役のルベリアで～す。初回ということもあって、派手《はで》な演出を用意できませんでしたが、公園内の四箇所に意見箱を設置しています。名前の記載は必要ありませんので、クイズ終了後にはどんどん皆さんの感じた意見をお寄せくださいね～」

図書館で出会ったときもそうだったけど、シンシア様のときと性格が違いすぎる。それに人間族に変異しているからなのか、ただのソックリさんにしか見えない。

確かに、この印象ならルベリア＝シンシアとは誰も気づかないと改めて思い知らされるけど、これって俗に言うところの二重人格に近くないかな？　それとも、スキルか何かで使い分けているのだろうか？

「それでは、予選を開始いたしま～す。挑戦者たちの目の前には、二つの舞台装置があります。左側が○舞台、右側が×舞台、これから私が出題するクイズは、全て過去のクックイスクイズで出題された○×問題です」

え、それなら知識さえあれば、誰でも正解できるけど？

「ただし、一つ注意事項があります。過去に出題されていても、かなり年数が経過しているので、現在において、それが正しい答えとは限りませ～～ん」

はあ⁉　あ、でも言われてみれば、その通りだ。クックイスクイズは五十年くらい前から開催されているから、それだけの期間があれば、事実とされていた内容も変化してくるはず。僕と同じようなことを考えているのか、周囲の人たちも明らかに動揺している。

「ちなみに、ここにいる聖女シャーロット様はスキル『精霊視』を持っていて、精霊の方々と話せるため、今の正解も知ることができま～す」

やられた‼　僕たちを含めた参加者はこのイベントに合わせて、過去のクックイスクイズの問題を図書館で勉強してきたけど、今は正解が変化していることまでは考えてなかった。

「アッシュ、どうしよう？」

リリヤが不安そうな目で、僕を見つめてくる。

「完全に見落としていた。たとえ、知っている問題が出題されても正解だとは限らない。リリヤ、ここまできたらぶっつけ本番で頑張《がんば》るしかない。もし迷ったら、二手《ふたて》に分かれよう」

僕……いやここにいる全員が、ミニクックイズクイズを甘く見ていた。緊張感が急速に増していく。

「うん、わかった」

シャーロットたちは僕たちにこういった緊張感を味わわせるため、本気でクイズを作成している。こっちも遊び半分で参加していたら、一問目で敗退するかもしれない。

「今回の参加者は、なんと四百八十二名です!! これから皆さんには、◯×クイズを出題します。出題後、◯か×どちらかの舞台の上に立ってもらいます。正解ならば、次の問題に進めますが、不正解だった場合、その場で罰ゲームを執行します。◯の方の舞台下にはベアトリス様とルクス様、×の方の舞台下にはミリアリア様とシャーロット様の従魔カムイがいます。この中の誰かの右手が真上に上がったとき、不正解側の立っている床が消えます。三メートル下にはシャーロット様の考案した罰ゲームが待ち構えていますよ〜」

予想していたから、罰ゲーム自体は問題ないけど、その内容が気になる。そして、どのタイミングで落とされるのか。それはあの四人次第になるわけか。いつ、落とされるかわからない恐怖、底に何が待ち受けているのか……二重の恐怖がある。

「そしてそして～、挑戦者全員が舞台に上がり、正解が発表されたとき、間違った方の舞台側面四つの壁が開放されて、見学者にはどんな罰ゲームなのかがわかります。不正解となった挑戦者は、罰ゲームが執行されるまでに、彼らのリアクションを見て推理してくださいね～」

くっ、ルベリアさん、ウィンクしながら満面の笑みで、凄《すご》いことを言ってくる。

絶対推理している間に落とされるに決まっている!!

「決勝へ進出できる人数はきっかり五十名、それでは皆さん、第一問いっくよ～～～」

〇〇〇

いよいよ第一問か。

「リリヤ、トキワさん、ルマッテさん、ここにいる四人でクイズの正解を考えましょう。互いの答えを聞き、数の多かった方を選ぶ。同数ならば、二手に分かれる」

これなら一人で考えるよりも、正解に近づけると思う。

「へえ、いいね。それでいこうじゃないか。こうしてトキワたちと一緒に行動している以上、あんたらは私の仲間でもあるのだし、誰か一人でも決勝に進めたら御《おん》の字だね。通過人数が五十名だから、最悪全滅《ぜんめつ》だけどね」

ルマッテさんの言っていることももっともだ。四百八十二名もいるのだから、全滅する可能性の方が高い。ただ、規定人数の五十名に到達するまで、問題に何個正解する必要があるのだろうか？

「ねえアッシュ、通過人数は五十名だけど、もし正解の舞台に三十名しか通過者がいなかった場合、残り二十名はどうなるのかな？」

「リリヤ……あまり考えたくないけど、きっちり五十名になるまで、敗者は何度も何度も挑戦し続けるんじゃないかな？」

シャーロットやベアトリスさんの性格上、絶対そうなると思う
「おい、それって最悪、何度も罰ゲームを受けるかもしれないってことじゃないのか⁉ 聖女のくせに、いい性格しているよ‼」

ルマッテさんも僕と同じく、リリヤに言われて気づいたようだ。トキワさんは取り乱していないことから、すぐに察していたのかな。

「シャーロットやベアトリスは、それを狙っているんだよ。挑戦者が何度も罰ゲームを受けることで、見学者が笑い、大きく場を盛り上げることができる。しかも、ルベリアはそのことに触れていない。多分、そうなったときに言うつもりだ」

トキワさんの言う通り、見学者の視点から考えれば、クイズよりも罰ゲームの方が楽し

みかもしれない。シャーロットら主催者は全てのことを考え、このイベントに着手しているわけか。

「それでは第一問。『現在、称号「聖女」を持つ女性はこの世界に三人いる』。制限時間は一分間、さあ〜みんなで〜考えよう〜〜〜〜」

やられた、いきなりわからん!!

新聞記事で、シャーロットは称号『聖女』を持っていないことを公言している。聖女は各大陸に一人と言われているから、普通に考えれば三人なんだけど、僕たちはエルディア王国における転移後の状況を詳しく聞かされていない。イザベルが表向き処刑された後、称号が消失した可能性もあるし、その後新たな聖女が現れた場合もありうる。こんなの誰にもわからないぞ!!

案の定、全員が混乱している。

「アッシュ〜〜、全くわからないよ〜」

リリヤ、泣きそうな顔をするなよ。僕も、正直困っているから。

「おいアッシュ、アストレカ大陸出身のシャーロットから何も聞いていないのか？」

ルマッテさんも困惑している。トキワさんを見ても、彼女と全く同じ反応だ。

「すみません、これに関しては全く聞いていません。それに、ランダルキア大陸の方で、何か起きていることも考慮したら……正直正解が読めません」

予選第一問で、いきなりこんな問題が出題されるなんて夢にも思わなかった。〇か×、どっちが正解なんだ？　僕らが深く悩んでいるとき、ルベリアさんから無慈悲《むじひ》な一言が告げられる。

「残り三十秒だよ〜〜。舞台に上がらなかった人は強制失格だからね〜〜」

「「「「えーーーーーーー」」」」

挑戦者全員が、驚きの声を叫《さけ》ぶ。

相談している暇もないじゃないか〜〜〜〜!!

あ、やばい!!　みんな混乱状態となって、一斉に二つの巨大舞台の方へ走っていく。

「アッシュ、私たちも行こう!!　急がないと強制失格になる」

リリヤも走り出した!!　行くって、どっちに⁉

「あ〜もうクソッタレ〜〜、私は〇に行くからな〜」

あ、ルマッテさんも勝手に決めて走り出した!!

「俺は……×に行く!!　お前らも急げよ」

トキワさんは、×へ走り出した!!

「あ〜〜〜〜もう知らん。リリヤ、〇に行こう!!」

「ええ⁉　根拠《こんきょ》は？」

「勘《かん》!!　走れ〜〜〜〜」

無我夢中《むがむちゅう》で○の舞台の方に走る。いつの間にか、トキワさんと別れることになったけど、どちらが正解なんだ？

「はい、時間切れだよ〜〜シャーロット様、人数は？」

「○が二百六十一名、×が二百二十一名です」

速い‼　『構造解析』だと、そんな一瞬でわかるのか⁉

「おっと、○が多いですね〜〜」

×には二百二十一名いるのか。どちらの巨大舞台上にも、大勢の人がひしめき合っている。この人数が一気に落とされて、罰ゲームをくらうのか。

正解は、どっちなんだ？

「おお、挑戦者たちの表情、いいですね〜〜。本物のクックイスクイズでも、こんな感じで正解を待っているんですね〜。それでは正解を発表しましょう。正解は…………」

おい、間が長いよ‼　早く言ってくれ‼

「○‼　称号『聖女』を持つ女性は、三名います。したがって、×の人たち、罰ゲーーーーム‼」

助かった〜〜〜。とりあえず、一問目からの敗退だけは回避できた。

「アッシュ、正解が発表されるまでの緊迫感《きんぱくかん》が凄《すご》いよ。まだ、胸がドキドキするもの。トキワさんは一問目で敗退だから残念だね」

そうだ!!　あの人は、×の舞台へ行ったんだ!!

「まずは罰ゲームの内容を、見学者と正解した挑戦者にお見せしましょう。記念すべき第一問の罰ゲームは………これです!!」

あ、さっきまで真っ白だった四方の壁が真ん中から左右に折りたたまれていき、罰ゲームの全体像が露《あら》わになった。周囲から、『え、あれが罰ゲーム?』『あれって何だ?』『白い固体?』などなど、みんなわかっていないのか、抽象的《ちゅうしょうてき》な発言しかしていない。僕もいまいちピンと来ない。でも、あんな簡単なものが罰になりえるのだろうか?

「まずは○を選んだ皆さん、おめでとうございます。その位置からでは見づらいでしょう。舞台から下りて、×舞台の方へ来てください」

この罰は、誰が考えたんだ?　敗者の真下にあるのは……氷……いや、違う!!　水の表面が薄い氷に覆われているだけで、深さ一メートルほどの氷水だ!!

「ふふふ、これって罰ゲームかと思うでしょう?　皆さん、この中に入った経験はありますか?」

周囲を見渡しても、ルベリアさんに答える人は誰もいない。そもそも、誰が好きこのんで、氷水の中に入るんだ?　そういえば、罰ゲームを試験的に試させられた新聞記者がいたよな?　その人の書いた記事に『あんな簡単な行為で、人の精神が追い詰められるなんて』とあったけど、もしかしてこれのこと?

「この罰は、シャーロット様が考案したものです。人を瞬時に混乱へと陥《おとしい》れ、追い詰めることが可能な方法だそうです。敗者にはここへ入ってもらいますが、三十秒間は絶対に外へ出ることはできません。その理由は、後ほど明らかになりますよ〜。そうそう、この罰は予選の中でも、一番優しいものですよ」

経験がないから、これがどれだけ酷いものなのかがわからない。このイベントのポスターには、『全員普段着で参加するように!!　これを守らないと死にます』と掲載されていたけど、あれはこういうことを指していたのか。深さが一メートルとはいえ、鎧《よろい》を着込んだ状態で氷水に入るのは、命の危険があると僕でもわかる。

「ルマッテさん、氷水に入った経験はありますか？」

「あるわけないだろが!!　あれだけで、簡単に人を追い詰めることが可能なのか？」

経験豊富なこの人でも、わからないのか。

「私も、入ったことがないからわからないけど、そんな酷い罰とは思えない。今の外気温は二十度くらいで、氷水は〇度くらいだよね？」

奴隷を経験しているリリヤでも、氷水に入ったことはないのか。

どれほどの酷さなのか、直《じか》に見るしかないな。

あ、トキワさんがいた!!　見るからに顔色が悪いし、英雄と呼ばれているせいか、周囲からも注目を浴びている。彼はシャーロットの強さと性格を熟知《じゅくち》しているからこそ、罰ゲームに怯《おび》えているのだろうか？　普段の彼からは、想像できないほど頼りない姿だ。

他の参加者たちは、楽しんでいる人もいれば、不安がっている人もいる。彼らがどんな姿を見せるのか、ここでその行く末を見守ろう。

「さあ、カムイ～ミリアリア様～どちらかが右手を上げてください」

……あれ？　なぜ、手を上げないんだ？

あ、手を上げた⁉　て、左手かよ⁉

ミリアリアさんもカムイも面白がってないか⁉

「おい、頼むから早く手を上げてくれ‼」

敗者の誰かが、切実な思いで声を荒《あら》らげる。

あ、ミリアリアさんの右手が上がった‼

その瞬間、敗者たちの床がカパッと中央から左右二つに開き、彼らは真下にある氷水のプールへ落ちた。

……この絵面《えづら》は酷い。

二百二十一名全員が地獄で暴れまわる亡者のようだ。ドボーーーーーンと大きな音を立てて全員が氷水のプールに落ち、一瞬消えた。そして……

「うわあああぁぁぁぁ～～冷た～～お前らどけ～～～～」

「うおおおぉぉぉ～～～寒い寒い寒い寒い寒い寒い寒い寒い」

「きゃあああぁぁぁ、なんなのよ〜〜〜この寒さは〜〜早く出ないと〜〜」

「嘘だろ〜〜〜壁がないはずなのに、壁があるだと〜〜出られね〜〜」

「「「「司会者〜〜〜」」」」

トキワさんも初めての経験なのか、叫《さけ》びまくっている。ルベリアさんは三十秒間外に出られないと確かに言っていたけど、全員が寒さのせいなのか、そのことを完全に忘れているようだ。どんな人であれ、人は混乱すると直前に聞いた忠告を忘れるのかな？

「『集団心理』ってやつか」

「え、ルマッテさん、どういうことですか？」

「一人だけならすぐに冷静になる事態であっても、それが集団で、かつ誰かが混乱状態に陥《おちい》ると、全員に連鎖《れんさ》する現象のことさ。あの氷水の中に、二百人以上の人がいるから、もう阿鼻叫喚《あびきょうかん》の嵐《あらし》だろうね」

『集団心理』は初めて聞く言葉だけど、あのトキワさんですらあれほど叫《さけ》びまくるのだから、これに嵌《は》まったらと思うとゾッとしてくる。

「それにあの舞台の大きさ、どうやっているか知らないけど、正解者の人数と絶妙《ぜつみょう》に合っている。一人一人の隙間《すきま》がある程度あるものだから、混乱も生じやすい」

シャーロットは参加人数と正解者の数を予想して、舞台の設計をしたのか？　そこまで力を入れるとは思わなかった。

「あれれ～私はきちんと言いましたよ～～。ここにいる全員には見えていませんが、三十秒だけ壁はきちんとありますよ～～透明な風の壁が～～」

ルベリアさん、一瞬だけ極悪《ごくあく》な笑みを浮かべたぞ⁉

彼女の声が届いていないのか、敗者たちの怨嗟《えんさ》の声がここまで響いてくる。

トキワさんを含めた全員が、必死の形相《ぎょうそう》で『出せ出せ‼』と叫《さけ》び喚《わめ》き、透明な壁を叩《たた》いている。みんな、なんて形相《ぎょうそう》をしているんだ。

この罰ゲーム、多分誰も動かなければ、全員が最小限のダメージで済んだ。でも、一人が大声をあげてしまい、それが連鎖して混乱し、大勢が暴れまわる事態に陥《おちい》った。僕が見た限り、あの見えない風の壁は簡単に壊せる弱いものだ。でも、全員があまりの寒さで判断力を鈍《にぶ》らせてしまい、正常な行動をとれていない。たかが氷水で、あの屈強《くっきょう》な冒険者たちがここまで取り乱すなんて……

「悲惨《ひさん》な光景だな。私も×に行っていたら、ああなっていたのか」

あ、そうだよ‼　ルマッテさんが言ったように、今後ここにいる全員が、似たような罰を受けるかもしれないんだ。

「ひっ、ルマッテさん、アッシュ‼　シャーロットの笑顔が怖いんだけど⁉」

リリヤに言われ、シャーロットの方を見ると……『計画通り』と言わんばかりの邪悪《じゃあく》な

笑みを浮かべている!!　この状況を見て、どうしてそんな顔ができるんだよ!!　八歳の子供が浮かべる笑みじゃないから!!

「はい、終～～了～～。敗者の皆様、お疲れ様でした～～～」

終わった……のか？

風の壁が消えると同時に、氷水も消えていく。そして、敗者たちは一斉に外へと出てきた途端、その場にぐったりと倒れ込んでしまった。

「さて、今回の挑戦者の中には、状態異常耐性スキルを持った人もいるはずです。ですが、『状態異常耐性』というのは、毒や麻痺《まひ》や凍傷《とうしょう》や火傷《やけど》などになりにくいだけであって、痺《しび》れや寒さや熱さなどは、普通の人たちと同じ感覚になるのです。ですから、今回の罰ゲームに関係ありませ～～～ん」

今、それを言うのかよ!!

「なんか、ルベリアを殴《なぐ》りたくなってきた」

ルマッテさん、何を言っているんですか!!

「私も彼女を殴《なぐ》りたい」

え、リリヤも同じ気持ちなの!!

「ちょっと二人とも、気持ちはわかるけど抑えて!!」

ベアトリスさんやミリアリアさんを見ると、シャーロットと同じ顔をしている。

あれは、この光景を見て楽しんでいるような？

僕たちは、主催者の掌《てのひら》で動かされているのか？

「さあ、続いて第二問に行きましょう〜〜〜」

ああ、トキワさんを含めた敗者たちが、冷えきった身体のままズルズルと観覧席へ去っていく。彼らはそこへ行ってもいいけど、満席の場合、ここから少し離れた第二広場か第三広場の観覧席に行くよう、開催前に主催者に言われている。

トキワさんが、『お前らは頑張《がんば》れよ』という視線を向けてくれた。

彼の死を……じゃなくて、敗北を無駄にしてはいけない。

23話　決勝へ進めたのは誰？

あのトキワさんが、一問目で敗退か。

クイズには、強さが全く関係しないと聞いてはいたけど、こうやって目の当たりにすると、実感が湧《わ》いてくる。敗者が氷水に落ちた瞬間、はじめは観客たちもじっと見守っていたものの、みんなの戸惑い具合が相当面白かったのか、途中から爆笑《ばくしょう》していた。僕たちは罰を免《まぬが》れたとはいえ、五十名になるまでクイズは続く。次は、この中の誰かが餌食《えじき》となる。みんながそれを理解したせいか、当初より真剣になっている。あの氷水が一番優しい罰ゲームとなると、次は何になるんだ？

「さあ皆さん、第二問に行きますので、少し離れてくださいね～～」

なぜだろうか？　僕たちはこれだけ真剣になっているのに、優しげでお気楽な言葉が聞こえてくると、無性《むしょう》にイラついてしまう。みんなが無言でルベリアさんの言葉に従い、舞台から少し離れると、早速第二問が出題される。

「いくよ～～、ハーモニック大陸における『空の帝王』は、魔物の頂点でもあるエンシェントドラゴンですが、ここ最近になって『大地の帝王』と呼ばれる強者が出現し、魔物たちの心を震撼《しんかん》させています。その者は魔鬼族である。さあ～みんなで～考えよう～」

大地の帝王？　そんな話、聞いたこともないけど？

「アッシュ、これは○だよね？　大地の帝王と言えば、コウヤ・イチノイのことだと思う。噂でしか知らないけど、大陸最強と言われているもの」

『コウヤ・イチノイ』は、トキワさんの師匠だけど、まだ一度もお会いしたことがない。

僕も○とは思うけど、何かが引っかかる。

「ちょい待ち!!　リリヤ、自分の仲間のことを忘れてるだろ」

僕らの仲間……あ!!

「え……あ、そうでした!!　シャーロットのこと忘れてたわ!!」

ルマッテさんがなぜかコケそうになる。シャーロットのことを言っているんじゃないの？

「どうして、そこに聖女様が出てくる!!　カオル・モチミズのことだよ!!　あの女の強さは普通じゃない。明らかに、トキワよりも上だ。多分、コウヤ・イチノイよりも強い」

え、カオル・モチミズ？　あ、ルマッテさんは敵だったから、こっちの事情を知るわけがない!!

「そ……そうでした。カオルさんがいましたね。あはははは」

リリヤも僕と同じことを思ったのか、慌《あわ》てて言い繕《つくろ》い、無理に笑っている。

「答えは×だ、ほらアッシュもいくよ!!」

ルマッテさんが先頭になって、僕たちは×の舞台へ走り出す。他の挑戦者たちの多くが、○の方へと走っている。おそらく、大陸の帝王はコウヤ・イチノイのことだと思っているんだ。

「終了〜〜〜。シャーロット様、人数は？」

「○が百八十九名、×が七十二名です」

○を選ぶ人が多いけど、僕たち以外の×の人たちはなんの根拠があって選んだのだろう？

「ほっほ～～正解が×ならば、一気に人数が減りますね～。それでは正解を発表しましょう。正解は…………」

だから、その間が長いんですよ!!

なんでもいいから、早く言ってくれ!!

「×だ～～～～、〇の人、罰ゲーーーーム」

よし、正解だ!! それにしても、ルベリアさんのテンションが異様に高い。一問目の罰ゲームで挑戦者から反感を買っていると思うけど、このまま司会を続けても大丈夫なんだろうか?

「さあ、×の勝者たち～～舞台から下りて一緒に敗者の叫《さけ》びを聞きましょう～」

……やっぱり、ルベリアさんは敗者に喧嘩《けんか》を売っているような?

いや、司会だから、あえてそういう口調にしているんだよ……な?

とにかく、これで次の問題に正解すれば、おそらく決勝進出だ。

「ふふふ、次の罰ゲームは、氷水より少しきついよ～～。ただ、この罰ゲームに限り、風の壁はつけませんから、皆さん逃げられますよ～～」

怪しい。この時点で話すということは、逃げられるものなら逃げてみろってことか?

「罰ゲームは、これだ!!」

舞台から下りて見えたのは……え、また水?

いや、湯気《ゆげ》が出ている……ということは、まさか熱湯？

さすがに、熱湯はまずくないか？

「皆さん、安心してください。我々も、そこまで非道《ひどう》ではありません。ちょっと、そう感じるだけです（約四十八度に設定しているから大丈夫）。時間的にも問題ありません。そこに、『とあるもの』を付加していますが」

舞台上の敗者たちには、言っている意味がわからないだろう。でも見えている人たちから言わせてもらうと、これもかなり酷い罰ゲームだ。火傷《やけど》まではいかなくとも、少し熱いレベルで済むのか？　そこに、『とあるもの』を付加？

「さあ、ベアトリス様かルクス様、どちらかが右手を上げてください‼」

さっきのミリアリアさんは、少し申し訳なさそうな顔をしつつ、遊びながら右手を上げた。その仕草のせいか、どこか憎めない印象があった。ベアトリスさんとルクスさんは、どうするのだろう？

指名手配が解除されてから、二人は舞台製作などで王都内を歩いていたけど、シャーロット以上に注目を浴びていた。完全解決したこともあって、平民たちからは同情の視線を浴びるようになったものの、貴族として復帰したこともあり、みんな近づこうとしなかった。

そこへ、逆にベアトリスさんが気さくに話しかけていったことで、みんなの中にある悪役令嬢『ベアトリス』のイメージは木っ端微塵《こっぱみじん》に粉砕《ふんさい》された。さらに、彼女の性格を真に理解したことで、平民からの人気はどんどん上昇していき、今ではシンシア様を陰《かげ》で護《まも》る最強女騎士として有名になっている。どちらが、手を上げるのだろうか？

「敗者の皆さん、ごめんなさい」

あ、ルクスさんが一言言ってから右手を上げよう……としたけど、すぐに引っ込めてベアトリスさんが右手を上げた。これ……完全に遊んでいるよな？

床がパカっと開き、敗者が一斉に熱湯へと落ちていく。

「熱い!!　今度は、熱湯かよ〜〜〜ってあれ？　痛い痛い痛い痛い痛い痛い痛い痛い痛い痛い痛い」

「熱い熱い熱い、ぐえええええぇぇ〜〜なんだ〜〜身体が〜〜〜」

「熱い痛い熱い痛い、このピリピリするものは何よ〜〜〜〜」

「逃げたいのに…………逃げたいのに…………身体が〜〜〜〜」

「動けば動くほど、身体が〜〜痛い〜〜司会者〜〜〜〜、何を入れやがった〜〜〜〜〜〜〜」

うわあ〜、敗者の断末魔《だんまつま》の叫《さけ》びが凄《すご》いな。ただ、さっきの氷水と違い、何かがおかしい。みんなの動きがかなり鈍《にぶ》い。『とあるもの』って何なんだろう？

「ふふふ、今度の罰ゲームは、『弱小雷熱湯風呂』だよ〜〜〜。風呂の温度は、人が入る適正温度よりも、ちょーーーっと熱くしているだけ。ただし、そこに威力を大幅に抑えた雷が入っていまーーーーーす」

「「「「はああああぁぁぁぁぁーーーーー」」」」

威力を抑えた雷だって⁉　雷魔法の最も弱いものは、『ショックボルト』だ。ただ、あれでも人に当たれば、気絶するくらいの威力はあるはず。勝者や観客も爆笑しながら不思議がっている。

「みんなの言いたいこともわかるけど、雷魔法を一定の威力にして放たれるのが、ショックボルトやライトニングといった魔法なの。でも、威力をきちんとイメージしていれば調整が可能で、魔法名のないくらい威力の弱いものでも魔石に付与することが可能なのだ～!!　そして、大幅に威力を落とした雷魔法と少し熱いお湯を浴びせるだけで、人を混乱させ動きを鈍《にぶ》らせることができるのだ～～。これが、その実例だよ～～」

うん、原理はわかったけどさ、一言ツッコミたい。敗者が湯の熱さや弱小雷のピリピリを受けて、大声で叫《さけ》び、おかしな動きで暴れているのに、なぜ平然と実況を続けていられるのかな？　ルベリアさんのその精神力が凄《すご》いよ!!

「はい終了～～、敗者の皆さん、お疲れ様でした～～」

まるで、実験に付き合わされているかのようだ。

暴れ回って熱さでのぼせてしまい、ピクピクと痙攣《けいれん》している敗者たちが気の毒すぎる。

怪我《けが》とかはないようだけど、これはこれで悲惨《ひさん》な光景だ。人は、こんな仕掛けだけで精神を追い詰められるものなのか。

……僕が見たあの罰ゲームについての新聞記事は、大袈裟《おおげさ》でもなんでもなかった。ただただ真実を書いていただけなんだ。多分、新聞記者たちはあの記事を書くために、予選と決勝の罰ゲームを全て体験しているんだ。ある意味、尊敬するよ。

「シャーロット様~敗者たちが邪魔なので退《ど》かしてね~」

その言い方はないだろう!!　ほら、勝者たちもルベリアさんを見てイラついているよ!!

「わかりました。敗者の皆さん、本番のクックイスクイズだと、罰ゲーム後、回復させずそのまま遺跡入口へ強制転移されるそうなので、ここはあえて何もせず、そのまま全員をウィンドシールドで囲い、第二広場へ移動させます。敗者に対して、かなり無礼な行為であることをお許しください」

ヒールを一切使用することなく、ぐったりしている敗者たちをウィンドシールドの中に入れて移動させる。シャーロットもルベリアさんも、本番のクックイスクイズのルールに則《のっと》って動いているわけか。敗者に容赦《ようしゃ》ないな。負けた者は、さっさと去れということか。

「それじゃあ、第三問にいってみよう~~」

次を正解すれば、おそらく決勝に進める。絶対に正解するぞ!!

○○○

さて、舞台から離れた位置へ戻ってきたけど、決勝行きは次の問題に残った人数に大きく左右される。シャーロットはどういうわけか、敗者を第二広場へ連れて行ったあと、テントの中に入っていった。

「アッシュ、ルマッテさん、次を正解すれば予選突破だよ、頑張《がんば》ろうね!!」

「だと、いいけどな」

「リリヤ、まだ確定じゃない。次の問題次第では人数が偏《かたよ》るかもしれない」

一問目は完全な運、二問目に関しては僕たちにとってひっかけ問題だった。次は、どんな問題がくるだろうか？　ルベリアさんは主催者用の舞台から、挑戦者たちを見渡す。

「さあ、次の問題で予選突破者が現れるかもしれません。第三問『約千年前、ホリック・マーカーの実験失敗によって発生した転移事故。これによりハーモニック大陸にあった一つの国がたった一日で滅亡しました。当時の資料から推察《すいさつ》するに、多くの人々があらゆる土地へ転移させられたと思われます。その生き残った子孫《しそん》が、現在でもアストレカ大陸で生きている、○か×か、制限時間は一分だよ～～」

これは……

「私、この問題は覚えてるよ!!　過去問にあった！　確か、×が正解だったよね。生きていないのだから、どれだけの年月が過ぎようともゼロのままだよ」

「リリヤ、お手柄だね!!　さあ、×へ行くよ!!」

……本当にそうか？　何か引っかかる。確かに、出題当時の時点で生き残りはいないとされていたから、答えは×のままだと思う。だけど、シャーロットたちがこんな簡単な問題を出すか？

焦《あせ》るな、問題の真意を探るんだ。多分……だけど、あの可能性がある。けど、これが本当に正解か？

「あと十秒〜〜」

くそ、考えている余裕がない!!　二人が×へ進もうとしているところ、僕は呼び止める。

「リリヤとルマッテさんは×に行ってくれ。僕は、◯に行く」

「ええ!?」

「アッシュ、正気か!?」

二人ともかなり驚いているようだけど、僕は本気だ。理由を説明したくても、もう時間が残されていない。

「嫌な予感がするんです。ここは二手に分かれましょう。時間がない、早く行って!!」

これは、一か八《ばち》かの賭《か》けだ。

「わかった。リリヤ、私たちは×に行くぞ」

僕は、急いで○の舞台に駆け上がる。

さあ、どうなるか？　予想が当たっていればいいけど、外れたら罰ゲームだ。
○の舞台に上ったのは、十五名だけか。
「おっと〜これは大きく分かれました〜。○が十五名、×が五十七名です。正解が○ならば、十五名は決勝進出となります。それでは発表します。正解は………」

毎回毎回、この間はなんなんだ？

挑戦者側も見学者側も、緊張感に満たされていく。

「○だ〜〜」

よし!!　よし!!　よし!!　決勝進出だ!!

僕以外の人たちも、喜びを分かち合っている。

「ルベリア〜〜答えは×のはずだぞ〜〜理由を言え〜〜」

×舞台にいるルマッテさんが猛抗議《もうこうぎ》している。いや、彼女だけじゃない。リリヤを含めた全員が納得のいく説明を用意しろと訴えている。

「みんなの抗議はわかるよ〜。私だって、シャーロット様に問い詰めたんだからね。精霊様によると、この問題が出題された後、ランダルキア大陸の南西端にある地方で、とある戦いが勃発《ぼっぱつ》したらしくて、転移させられた魔人族の子孫が北や東に逃げることができず、やむを得ず小さな船で海を渡り、アストレカ大陸に移住したんだって〜〜。彼らの子孫が現在も隠れ住んでいるらしいよ〜〜」

「そんなのわかるわけねーだろが〜〜!!」

ルマッテさんの雄叫《おたけ》びが、広場に響く。確かに、これは予想しにくい問題だけど、距離的に近いランダルキア大陸から移住してくる可能性もあるんじゃないかと思って、僕は○を選んだのさ。

「○の十五名は問題の真意を探って、その可能性に辿《たど》り着いていたんだな〜〜。○の勝者たち、おめでとう〜〜決勝進出だよ〜〜」

「よっしゃ〜〜〜」

「やったわ〜〜〜〜〜」

「決勝だ〜〜〜」

「シャーロットたちの問題に打ち勝った〜〜〜〜〜」

僕を含めた挑戦者たちが、次々と喜びの声をあげていく。僕もそれに倣《なら》い、目一杯叫《さけ》んだ。

『アッシュ〜〜前もって言ってほしかったよ〜』

これは、簡易型通信機からのリリヤの声だ。

『ごめんごめん、時間ギリギリまで悩んだけど、自信がなかったんだ。その……罰ゲーム、頑張《がんば》れ』

『いやあああぁぁぁーーーー、シャーロットが考案した罰なんだよ。嫌だよ～～～～』

リリヤ、ごめん。こればかりは、僕にも対処できない。

「次の罰ゲームには、プレゼントがあります。この私のいる舞台の前に、一本の剣が突き刺さっています。名鍛冶師カイエンが試作したもので、ミスリルとアダマンタイトを科学的な力で融合させた新規金属で製作されています。その性能は非常に優《すぐ》れており、アダマンタイトの硬度を持ちながら、ミスリルと同等の魔力伝導性を有しており、なにより軽いのです!!　今回、この試作品を賞品として譲渡してくれました。今から行う罰ゲームに耐え、三十秒以内にこの剣のもとへ辿《たど》り着いてください。一位の人に、この剣を差し上げます!!　もし、辿《たど》り着けなければ、決勝の賞品となります」

カイエンといえば、ダークエルフきっての凄腕《すごうで》鍛冶師だ。試作品とはいえ、この剣は、みんな欲しがるぞ。×の敗者たちも、やる気が漲《みなぎ》っているのがわかる。ただ、この罰ゲームに限り、賞品を用意しているのが怪しい。シャーロットのやつ、絶対何か企んでいるに違いない。

『アッシュ、ルマッテさんがあの剣を凄《すご》く欲しがっているようだから、私も頑張《がんば》るよ』

『リリヤ、気をつけろ。シャーロットが考案した罰ゲームなんだ。必ず、何かある』

『……うん、そうだね。怖いから、通信機を繋げておくね』

三十秒以内……通常ならば、余裕で辿《たど》り着ける。おそらく、かなり厳しい罰ゲームのはずだ。

リリヤ、ルマッテさん、頑張《がんば》れ。

「○の人たちは、舞台の上で待機してくださいね。そこからでも、罰ゲームを見学できますので。それでは罰ゲーーーム、決行!!」

え、ミリアリアさんの右手が、すぐに上がった？

あ、壁もすぐに折り畳《たた》まれた!!

『ひ⁉』

リリヤが落ちた!!

×舞台の下はここからでも見えるけど、これはどうなっているんだ？

『うえ、何これ⁉　落ちたらイスがあって、全員の手足が強制的に拘束《こうそく》されたわ!!』

『なんだって⁉　五十七名もいるのに？　こんなことができるのは、テントにいるシャーロットしかいない』

げ、彼女の方を見ると、また悪どい笑みを浮かべながら、両手を敗者たちに向けている。

『ひい、動いた!!　なんか、舞台の外へいくみたい』

何が始まるんだ？

「今回の罰ゲームは、ズバリ回転だ〜〜〜」

回転？　イスに固定された五十七名が、空中に浮いたぞ？　そして、三メートルほどの高さで止まった？

「さあ二十秒間、回ってもらいましょう。二十秒後、拘束《こうそく》が解かれてから三十秒以内に、剣まで辿《たど》り着いてくださいね〜」

あ、全員がイスごと少しずつ回り出した。

『アッシュ、なんか速度が上がってきたし、目が……』

イス自体は、その位置から変わっていないけど、あらゆる方向に回転し出した。しかも、速度がどんどん上がっている。

『ヒイイ〜〜〜速いよ〜〜〜目が〜〜〜目が〜〜〜助けて〜〜〜』

ここから見た限りでも、回転速度が結構速い。

あれだと、平衡《へいこう》感覚を保てるわけがない。

こんな罰ゲームを考案するとは……

リリヤの通信が途切れた。魔法を維持する力を失ったんだ。

「終了〜〜〜さあ、イスが着地しました。拘束《こうそく》解除!!　さあ、みんな〜〜ここまでおいで〜〜」

明らかに、全員の歩き方がおかしい。これは、全員辿《たど》り着けないかもしれない。

「う〜〜、剣〜〜〜、俺が取るんだーーーー」

あ、あの人、叫《さけ》びながら観客席に飛び込んだぞ。

「ルベリア〜〜、剣を貰《もら》うぞ〜〜」

ルマッテさん、フラフラ状態で右往左往《うおうさおう》している。ダメだ、完全に方向感覚も平衡感覚も失っている。他のみんなも、様子がおかしい。リリヤも、周辺をフラついている。まるで、酒を飲んで酔《よ》っているかのようだ。なんか全員が吐《は》きそうにしてないか？

『アッジュー〜〜ハギゾウ〜〜ダズゲテ〜〜』

『え、吐《は》く⁉』

『もうダメ〜〜〜〜』

げ⁉　リリヤが吐《は》いたと同時に、残りの人たちもそれに釣られて一斉に吐《は》き出した‼

……なんてことだ。一面、嘔吐物《おうとぶつ》の海になってしまった。

「あの〜〜お食事中の皆様、大変お見苦しいところをお見せして申し訳ありません。ちょーーーっと、回転速度が速すぎたようです。すぐに片づけますので、少々お待ちください」

やらかしたよ。ルベリアさんが……じゃなくて、シャーロットがやらかしたよ。

あの回転速度は、速すぎる。シャーロットも、全員に平謝《ひらあやま》りしている。

結局、この罰ゲームは中止となり、賞品でもある『カイエンの剣』は決勝の賞品になった。でも、この敗者は、たとえこの罰ゲームが再開することになったとしても、剣欲しさに再挑戦するんだろうな。

リリヤ、ルマッテさん…………頑張《がんば》れ。

24話　リリヤとルマッテ、予選突破なるか？

はあ～～、憂鬱《ゆううつ》だよ。

あの罰ゲームのせいで、私――リリヤは、胃の中のものを全部吐《は》いちゃった。

あの後、『嘔吐物《おうとぶつ》の海となった広場を掃除すること』と『残った敗者たちの体力を回復させること』を理由に、クックイスクイズではこういった想定外の事態が起きても、普通に進行するためも、みんな回復魔法の使用を控えている。そんな中で私たちだけが、回復魔法を使用するわけにもいかない。こういった事態に慣れておく必要もあるよね。もしかして、シャーロットはわざと回転速度を速くしたのかな？

……違う。さっきの私たちへの謝罪は、本気だった。素でやらかしたんだ。クイズの経験者が多数いてくれて助かったわ。

　彼らは、未経験で文句を言っている人たちを宥《なだ》めてくれたばかりか、色々と私たちにアドバイスもしてくれた。あの人たちだって悲惨《ひさん》な目に遭《あ》っているのに、顔色こそ悪くしていたけど、怒っている様子はなかった。

「クックイスクイズのチェックポイントの過酷さは、こんなものじゃない。最悪、強化された魔物に殺される危険性だってある。ここの主催者は、クックイスクイズの資料をよく読んでいる。遺跡で実施される予選の罰ゲームに合わせているんだ。予選の場所よりも狭い空間だが、簡単な方法で人の精神を追い詰める罰ゲームを次々と編み出している。司会者ルベリアや聖女シャーロット様が、問題や罰ゲームの抗議に関して、きちんと説明してくれたこともあって、ここにいる経験者全員が納得している。それと、問題の真意を探ること、これはとても大切なことなんだ」

　問題の真意を探ること……か。予選を通過できても、決勝で上手く答えられるかな？

　アッシュが私とルマッテさんを心配してくれたのか、そばにやって来る。

「リリヤ、大丈夫か？」

「大丈夫に見える？　頭はグルグル、身体はフラフラ、気分は最悪だよ」

　アッシュは正解したからいいよね。この気持ちは、同じ敗者にしかわからないよ。

「その……ごめん。もっと早く気づいていればよかったんだけど」

「ううん、アッシュは悪くない。問題の真意を探らなかった私たちが悪い」

今思えば、シャーロットたちが過去問題をそのまま出題するわけないもの。

「ああ、アッシュは気にするな。私たちも、まだ可能性はある。残り五十七名中三十五名に入ればいい。ただ、さっきの罰だけは勘弁《かんべん》してほしい。あれで、体力をごっそり持っていかれた」

ルマッテさんですら、顔色をまだ悪くしているわ。ただ、敗者をイスに座らせ、空中で縦横無尽《じゅうおうむじん》に高速回転させただけで、こんな有様《ありさま》になるなんて夢にも思わなかった。あの魔法を個人に使用するだけなら、多分私でもできるんじゃないかな？

『アッシュさん、リリヤさん、先程は本当にすみませんでした。ルマッテさんにも、伝えておいてください』

『『シャーロット!!』』

私とアッシュに、簡易型通信機を繋げたんだ。

『シャーロット、あの回転速度は速すぎるよ』

私が文句を言うと、すぐに彼女から謝罪の言葉が返ってくる。

『う、すみません。子供が遊ぶくらいの回転速度では遅すぎると判断したんです』

あ、そうか!!　あの罰ゲーム、どこかで見た覚えがあると思ったら、私がジストニス王国の王都にある貧民街で子供たちと遊んでいたゲームだわ!!　棒をオデコにくっつけて、地面に固定した状態でグルグルと三十回くらい回って、指定した時間内に目的の場所に辿《たど》り着くというルールがあったはず。あれの大人版だわ!!

『う……シャーロット、まだ気持ち悪い。こんな感覚、初めて』

『リリヤさん、本当にすみませんでした。次回から気をつけます。あと十五分ほどで再開しますので、それまでに回復しておいてください。それでは、準備を続けます』

回線が切れた。

「アッシュ、今のはシャーロットからのテレパスか？」

ルマッテさんは簡易型通信機を知らないようだけど、テレパスと思わせておいた方がいいかな。

「ええ、真摯《しんし》に謝っていましたよ。それと、あの罰ゲームの発想は、子供の遊びからきています。子供の回転速度だと遅すぎるからと……」

アッシュも、アレを覚えていたんだ。

「あれか!!　あの遊びなら、昔私も遊んだことがある。だからって、あれは速すぎるだろ!!」

ルマッテさん、私も同意見です。

「おそらく、大人の場合の加減を知らなかったんですよ」

「なるほど……大人が遊ぶわけないから、加減を知るわけないか。あ～気持ち悪」

ここから先、アッシュからアドバイスをもらえない。テレパスや簡易型通信機でやろうと思えばできるけど、それだとクックイスクイズでは反則とみなされ、即失格となっちゃう。他の挑戦者たちはどうなのかわからないけど、シャーロットたちはそう言ったことも想定して、クイズを作成しているはずだわ。

「リリヤ、ここからは君とルマッテさんだけで切り抜けるしかない」

「うん、わかってる。あと一問か二問に答えられれば、決勝に行ける。頑張《がんば》る」


——十五分後。

私もルマッテさんもなんとか体調を回復させて、ややふらつきながらも主催者用舞台付近へ歩いていく。

「皆様、先程は大変申し訳ありませんでした。今後、こういったことが起こらないよう、我々主催者側も注意していきたいと思います。現在、決勝進出者は十五名しかいないので、これより敗者復活戦を行います。本来ならば、これまでの敗者全員で行いたいところですが、時間の関係で、今回は先程の三問目で敗退した五十七名の皆様のみ、復活の権利を与えます。敗者復活戦も先程の○×問題で行います。間違えた者には、当然罰ゲームです。それでは五十七名の皆様、所定の位置に移動してください」

よかった、○×問題だわ。多分、初回だから準備期間も少なかったし、敗者復活戦の内容を考える余裕がなかったんだわ。

「全員、用意が整ったようですね。それでは敗者復活戦を行います」

お願い、どうか私でもわかる問題でありますように!!

「第四問、惑星ガーランド以外にも、ザウルス族が住んでいる惑星が存在する。さあ～みんなで～考えよう～」

あれ？　この問題は勉強して知ってる……けど、おかしい。

「今の問題、どこかおかしいぞ」

ルマッテさんも、違和感に気づいているのね。

「知ってる問題だと思いますけど、言葉のどこかがおかしいですよね？」

どこだろう？　惑星ガーランド……ザウルス族…………あ⁉

「過去の問題では『ザウルス族』じゃなく、『人間族』でした!!」

「あ、思い出したぞ!!　確か、あのときの答えは○だったよな？」

「はい、でも今回はザウルス族…………」

人間族とザウルス族となると、姿も全然違うから、意味がかなり違ってくる。

「リリヤ、どうする？　答えは、誰にもわからない。私は……○に行く。人間がいるなら、ザウルス族だっているだろ？」

この問題、なぜ人間族をザウルス族に変更したのかな？　別に、人間族と似ている魔鬼族でもダークエルフ族でもいいはず、これって、何か意味があるよね？　ザウルス族が住んでいる惑星……もしかして……でも、私の予想が違うときだってあるし……この空の上は宇宙と呼ばれる空間……だったらいるかもだし……

「ルマッテさん、私は×に行きます」

「マジかよ!!　問題の真意を探れか。……と言われてもわからんから、ここは今の自分の直感を信じて、リリヤと同じ×に行く」

私もルマッテさんと同じく、自分の直感を信じるわ!!　私たちは、×の舞台上へと駆け上がる。

「はい、時間切れ～～。シャーロット様、人数は？」

「〇が二十二名、×が三十五名です」

×が三十五名!?　正解すれば決勝進出、不正解なら罰ゲームだわ。

「おっと～×が三十五名ピッタリとなりました～。うんうん、皆さんの緊張が、こちらにも伝わってきますよ～～。シャーロット様、アレやるから制御、お願いね。今度は、失敗しないでね」

「大丈夫です。新聞記者の人たちで、何度も試しました。任せてください」

アレ？　この後の罰ゲームの話をしないで、先に正解を言ってよ～。

「ふふふ、今のやり取りをどう解釈《かいしゃく》するかは、お任せします。それでは、正解を発表します。正解は……」

また、この長い間だ。うー早く言って～～。

「×だ～～‼　精霊様によると、遥《はる》か昔にザウルス族が住んでいた惑星があったらしいけど、現在では絶滅《ぜつめつ》しており、ザウルス族はいません。×のみんな、決勝進出決定～～～～」

うそ、正解なの⁉

「やったーーアッシュ～～決勝進出だよ～～」

「よっしゃ～～」

アッシュも、見学席から喜んでくれてる。

アッシュ、私、ルマッテさん、三人で決勝進出だ‼

「ふふふ、〇の敗者に待ち受ける罰ゲームはこれだーーーー」

あ、〇の側面の壁が消えたけど、アレって何かしら？　大きな細長い筒《つつ》らしき物体が、二十二名の真下にある。あのまま落下したら、筒の中にすっぽり入るわよね？　周囲の人たちも、何が始まるのかわからないから、みんな好き勝手言ってる。

「第二広場のみんな～～広場中央には行かないでね～～。約束破った人は、衝突死するからね～～～～」

衝突死⁉　え、これから何が起こるわけ？

「今回に限り、敗者の皆様には、罰ゲームを前もって言います。名称は、『人間大砲』だーーーー」

人間大砲？　なにそれ？

「「「「…………………」」」」

〇の敗者たちも、意味がわからないから何も言わない。

「これは、シャーロット様が発案したものだよ。みんな、土魔法の『ロックマシンガン』は、知っているよね？　あれは、固められた土の弾丸を両手から解き放つ魔法なんだけど、威力を高めるために石を回転させたり、硬度や射出速度を向上させるために魔力を溜《た》め込んだりするでしょう？　アレの人版だよ〜〜。つまり、あなたたちが弾丸となって射出されまーーーす。あ、回転はしないから安心してね」

「「「「はあああぁぁぁぁーーーーーー」」」」

シャーロット、どうしてそんな罰ゲームを発案するかな？　黒幕の目をこちらに向かせるためとはいえ、少し過激すぎるんじゃないかな？　とにかく、あの大きな筒は人を射出するための魔導具なんだ。×に行ってよかった〜〜。

「ちなみに〜射出された後、全員スキルか魔法を使って自力で地面への激突《げきとつ》を防いでね〜〜。試運転したら、新聞記者さんの顔面が危うく地面とキスするところだったの〜」

ルベリアさんの何気《なにげ》ない一言により、沈黙が周囲を支配する。

訓練とかしていない普通の新聞記者さんたちは、どうやって助かったのだろうか？

『くく、やはり我が主人は面白い。あれだけ人の心を惑わせる罰を考えるのだからな』

『白狐童子《びゃっこどうじ》、喜ぶのはいいけど、優勝しない限り、こういった罰が私たちにも与えられるかもしれないんだよ？』

『さすがに……それは勘弁《かんべん》だな。あの回転速度は我にとっても脅威《きょうい》だった。たったあれだけの行為で、全ての感覚が一時麻痺《まひ》するかのような錯覚《さっかく》に陥《おちい》ったからな』

白狐童子《びゃっこどうじ》でさえも、あの罰に惑わされたんだ。

「それでは、罰ゲーム執行だーーーーー」

あ、今度はルクスさんの右手がすぐに上がり、床がパカっと開くと、敗者全員が悲鳴をあげるとともに綺麗《きれい》に大砲の中へ入る。そして大砲が動き、第二広場の方へ向けられる。

「シャーロット様〜〜、これはどういうこと〜〜話が違〜〜〜う」

これはルベリアさんの声だけど、どこから聞こえてくるの？　まるで、どこかに閉じ込められているかのような響きのある声だよね？

「おい、いつの間にかルベリアが消えて、大砲の数が一つ多くなっているぞ」

ルマッテさんに言われて気づいたけど、確かに大砲の数が一つ多くなっているわ。

「お〜っと、申し訳ありません。間違えて司会者のルベリアさんも大砲に入れてしまいました。もう面倒くさいので、このまま発射態勢に入りま〜〜〜〜す」

シャーロット〜〜そんなミス、起こりえないでしょ!!　絶対、わざとだ!!　他のみんなも唖然《あぜん》としている。

「観客と決勝進出者の皆様は、前面のモニター映像からこの罰ゲームの状況をご確認ください」

あ、『飛翔高感度カメラ』と『飛翔高感度投影機』が飛んできて、上空に大きな映像が現れた。映像には、大砲と私たちが映っているわ。手際《てぎわ》がよすぎる!!

「それでは、発射〜〜〜〜」

ドーーーーーーーンという轟音《ごうおん》が鳴り響き、二十二名の敗者とルベリアさんが一斉に大砲から射出された。あ、空高く射出されたけど、速度はそれほど速くないわ。あれなら私でも対処可能……でも、心を乱された敗者やルベリアさんに対処可能かな？　『飛翔高感度カメラ』も同じ速度で動いて、みんなの様子を映し出している。

「お、これぐらいの速度なら対処できるぞ」

「私もできるわ」

「俺も!!」

「おい、風属性を持ってるやつら、エアクッションで全員を助けるぞ!!」

さすが、敗者の中に冒険者もいることもあって、対処が速い。

あれなら間に合う。よかった、今回は少し驚くだけで済みそう。

「おっと〜、敗者の皆さんが一斉に魔法を詠唱しはじめました〜〜。そろそろ、第二広場が見えてきましたよ〜。ルベリアさんも自力で対処できるかな〜？」

シャーロット、実況するのはいいけど、ルベリアさんと同じく楽しんでないかな？

魔法のタイミングが絶妙だわ。ルベリアさんを含めた全員が速度を急減させて、着地体勢に入ろうとしている。

「「「「エアクッション!!」」」」

「シャーロット様～、私だってこの身体を鍛えてきたんだから、これくらいの動揺なんてすぐに制御できるのよ。綺麗《きれい》に着地を決めて……え、足が～～～ぎゃあああああ～～～～～」

……開いた口が塞《ふさ》がらない。他のみんなも、同じ状況だ。

敗者の人たちが地面へ着地しようとした瞬間、硬い地面と思っていたその場所は、なんと『泥』だった。そのせいで全員が足をとられ、泥へヘッドスライディングをすることになり……全身泥だらけとなってしまう。映像として見ている側も、着地地点が泥だなんて誰も気づけなかった。だって、周囲の地面と全く同じ色合いだったのだから。あれは、土魔法で表面上そう見えるように偽装していただけなんだ。これって、シャーロットの発案なの？　主催者側のテントを見ると、シャーロットだけでなく、ベアトリスさんもカムイもミリアリアさんも、邪悪な笑みを浮かべているわ。

ルベリアさん以外が、全員グルなんだわ!!　これってベアトリスさんの復讐なのかな？

まさか……そんなわけないよね？

しばらく沈黙が続いたけど、哀《あわ》れな敗者たちの泥まみれの姿を見て誰かが笑いはじめた。それがどんどん連鎖していき、やがて私のいるお花見広場や第二広場、ううん、公園全体から大きな大きな笑い声があがる。人ってここまで、同じことで笑えるものなんだ。

「うぺ、土が口の中に!!　ぺっぺっ、シャーロット様～酷いよ～～。この服、気に入っていたのに～～」

泥だらけのため、泣いているのかわからないけど、ルベリアさんが文句を言っているわ。

「ルベリアさん。初めての仕掛けのため、時にはこういったハプニングも起こりえるんです」

「いやいや、絶対起こりえないでしょう!!　だって、私のいる舞台の床が突然パカっと開いて、真下に大砲がセットされていたんだよ!!」

あ、全員が敗者の方を向いていたせいか、誰一人その瞬間を見ていなかったわ。

「あれは……そう予備の大砲です」

「そんなわけないじゃん!!」

文句を言いダダを捏《こ》ねるあの人が『シンシア王太子妃』って言われても、誰も信じないだろうな～。もしかして、正体が判明しないよう、あえてあんな事故を起こしたのかな？

「うわーーーん、仲間に裏切られた～～」

「いいえ、裏切っていません。あれは、事故です」

……あくまで、事故と言い張るんだ。

「そんなことよりも、勝ち上がった五十名の皆様、予選突破おめでとうございます。そして敗者の方々、私たちが考案した罰ゲームはいかがだったでしょうか？　人は簡単に混乱し、精神が追い詰められることがわかったと思います。また、今回出題された問題には、過去の問題も一部ありましたが、必ずしも過去の正解が今の正解とは限らないのです。敗者の皆様、本番のクックイスクイズでは頑張《がんば》ってくださいね。今から二時間後に、勝ち上がった五十名による決勝を行います。内容は、『豪華賞品争奪戦《そうだつせん》早押しクイズ』となります。露店のお食事などで英気を養い、身体を休めてください。それでは、一旦映像を終了させていただきます」

「うわーーーーん、それ全部司会の私が言うセリフなのに〜〜〜〜」

あ、映像が切れた。泥だらけのルベリアさん、悲惨《ひさん》だわ。

「なんか予選の最後の最後で、シャーロット様が美味《おい》しいところを全部持っていったな。あの子、場を盛り上げるために、あえてあの事故を装《よそお》ったんだろう。まったく、末恐ろしい子供だよ」

場を盛り上げる？

「え、ルマッテさん、全部、ルベリアさん以外の人たちが仕組んでいたってことですか？」

復讐とかじゃなくて、みんなに笑ってほしくてやったたってこと？

「ああ、ただこの罰ゲームの執行が、予選最後になるとは思わなかったはずだよ。それに、ルベリアの実況は面白いんだけど、ちょっと腹の立つ場面もあったからね。これで、敗者たちの鬱憤《うっぷん》も消えたんじゃないか？　さ、舞台から下りて、私たちも昼飯だ」

「あ、はい」

ルベリアさんの実況のおかげで見学者は凄《すご》く笑ってくれたけど、罰ゲームを与えられた敗者にとっては、結構屈辱的《くつじょくてき》なことだもんね。私だって、さっきの回転でフラフラの状態で歩いていると、指を差されて笑われ、かなり精神的に落ち込んだもん。あの不気味な笑いが気になるけど、シャーロットたちは敗者の不満や鬱憤《うっぷん》を晴らしてくれたんだ。さっきの映像だって、ルベリアさんを見て笑っている人はいたけど、怒っている人はいなかった。

私たちは舞台を下りて、アッシュとトキワさんのいる場所へと歩いていく。

「リリヤ、ルマッテさん、お疲れ様」

「アッシュ、生き残れたよ!!」

アッシュは明るい顔で私たちを迎えてくれたけど、トキワさんは暗いわ。

「結局、トキワだけが敗退か。あんたが敗退するなんて、正直驚きだよ。クイズって面白いね。本当に強さとかは関係ないようだ」

ルマッテさん、バザータウンでは私たちと敵対していたのに、トキワさん相手にもはっきり言うわ。

「この結果は、俺もショックなんだよ。正直、かなり凹《へこ》んでいる」

あの英雄と呼ばれているトキワさんが予選一問目で敗退。これって新聞の記事になる気がする。でも他の冒険者から見れば、逆に気を引き締められる事態だわ。今回の予選、罰ゲームはきつかったけど、凄《すご》く勉強になった。私もアッシュに頼っていた面があったから、次の決勝では今の自分の力を全て出し切って、後悔《こうかい》しないように頑張《がんば》ろう。

25話　束《つか》の間の休息

予選が終了した。私――シャーロットは主催者のテントの中で、運営メンバーでもあるベアトリスさん、ミリアリアさん、ルクスさん、カムイと一緒に昼食を食べながら、反省会をしている。

アッシュさんは、全問正解で決勝進出。

リリヤさんとルマッテさんは、一問間違えたけど決勝進出。

敵だったルマッテさんと一緒に行動している理由は謎だけど、仲良く話しているようで安心した。

トキワさんだけが、まさかの記念すべき一問目で間違え、予選敗退。『ステータスの強さは一切関係しない』というフレーズ通りの結果となってしまった。私は主催者側だから、彼らと会えないけど、一問目で敗退したトキワさんは間違いなく落ち込んでいるだろう。おそらく、時間を持て余しているから、決勝の賞品となるあの魔導具の紹介をする際、彼自身に実験台になってもらい、あの衝撃を体感してもらおう。上手くリアクションしてくれれば、みんなから高評価を得られるはずだ。

この昼食時、最もむくれていたのは案の定ルベリアさんだ。最後のあの罰ゲーム、あれはルベリアさん以外の人たちと相談して設置したもの。あの広場には、大勢の新聞記者が紛《まぎ》れ込んでいて、ほとんどがクイズや罰ゲーム関係の記事を書こうとしている人ばかりなんだけど、少数ながらスクープを狙う記者もいた。

この人たちの狙いはルベリアさん。彼らはルベリアさんの正体が実は王族のシンシアさんではないかと疑い、どこかでボロを出さないかと、決定的瞬間を狙っていたのだ。王族貴族聖女が主催しているのだから、そこに平民のルベリアさんが司会として抜擢《ばってき》されるのはおかしいと踏んだのだろう。

表向き、明るく快活、クイズマニアで話術にも長《た》けており、貴族とも繋がりのある平民ということで選ばれたのだけど、やはり怪しむ人はいる。なにせ、耳が短く肌の色が違うだけで、顔は非常に似ているのだから疑われて当然だ。

だから、あのドッキリを敢行《かんこう》した。まさか、聖女らが王族相手にあんなことを仕出かすとは思わないだろう。私の想定した通り、スクープを狙う記者たちは呆然《ぼうぜん》とし、ルベリアさんから離れていった。

今回、罰ゲームで多くの参加者が汚《よご》れることもあって、王城の騎士たちと協力して、公園内の六箇所に簡易型温泉施設を建設しておいた。

温泉兵器に関しても宣伝のため、八セットほどを王家へ献上《けんじょう》している。ルベリアさんにはそのうちの一施設で汚れを落としてもらい、戻ってきた本人に事情を説明したことで、一応納得はしてくれたけど、いまだむくれたままだった。

「ちょっとルベリア、いつまでも拗《す》ねているんじゃないわよ」

「だって、私だけ何も聞いていなかったもの」

ベアトリスさんがルベリアさんを宥《なだ》めると、少しずつ機嫌もよくなっていく。

「仕方ないでしょう？　そんな重要事項を事前に話したら、あのあざとい新聞記者たちに気取《けど》られる可能性もあったのよ。決勝以降、もうそんなドッキリはないから安心して。それに、あなたが楽しみにしているアレをトキワで試すことになったわよ」

その言葉を聞いた瞬間、さっきまでの不機嫌さはどこに行ったのか、急にご機嫌となる。

「え、アレをトキワさんで試すの⁉」

アレとは、私の開発した魔導具『お仕置きちゃん』を指している。みんなの衣類に仕込んでおいたけど、洗濯などにより故障する恐れもあるため、より強化すべく気づかれぬように全て回収した。

そして、罰ゲームの内容を相談するのに王城へ出向き、客室でシンシアさんとベアトリスさんを待っていると、遊びに来たアレフィリア王妃様に『お仕置きちゃん』を見られてしまう。事情を話したら急に怖い笑顔となり、そこから新たに二台製作する羽目になってしまった。初めの犠牲者《ぎせいしゃ》はなんと国王陛下。二番目がクレイグ様。誰もいない自室で試したから恥こそかいていないものの、悲惨《ひさん》な声をあげていたのが記憶に新しい。

そのときは、私と王妃様だけが隠れてそれを目撃していて、声が周囲には届かないように調整した。そして、王妃様の気の済むまでアレをやらされた。王妃様も、国王陛下や息子に対してストレスを抱えていたんだね。

後になって二人に事情を説明したら、戦慄し、王妃様に『アレ』を外してくれと切実に訴えていたけど、可哀想《かわいそう》なことに却下《きゃっか》されてしまった。しかも……

『うふふふ、今後あなたたちが私やシンシアに対して、不義を働いた場合に備え、全ての衣服に仕込んじゃおうかな～』

と小悪魔的な笑みを浮かべ、二人を困らせていた。結局、あの魔導具の威力を実際に知っているのは、この四人だけで、あれ以降再調整をしたけど一度も試していない。

「アレって、トキワで試すんだ!!　僕はドラゴンだからわからないけど、男にとってかなりきついものなの？」

　う～ん、それは答えづらい質問だよ。ここにいる女性陣が顔を少し赤くし、質問したカムイから目を逸《そ》らしている。

「カムイ、それは見てからのお楽しみということで」

「あ、そうだね!!　それにしても、罰ゲーム時のトキワの顔が面白かったな～。僕は姿を消して、ずっとトキワだけを見ていたんだ。氷水の中に落とされて慌《あわ》てふためき、『うおおお、寒い寒い寒い、凍《こご》え死ぬ～～』と叫《さけ》んでたよ。トキワなら、風の壁なんか簡単に壊せるのに、全然頭が回ってなかった。他のみんなも同じだった」

　それは、そうだろう。外気温二十三度の状態から〇度の氷水へ落とされたら、どんな強者でも慌《あわ》てふためく。

「カムイったら、私が手を上げた瞬間から姿を消していたけど、ずっとトキワ様を観察していたのね」

　ミリアリアさんとは、この二週間話したおかげで完全に打ち解け、今では楽しく笑い合える仲となった。ベアトリスさんと同じく、平民に対する忌避感を持っておらず、アッシュさんやリリヤさんとも対等に話してくれる。こうして話し合ってわかったことだけど、彼女は若干シスコン気味だ。長期間会えなかったこともあり、今では姉のベアトリスさんにピッタリとくっついて行動している。

「そうだよ。あんなに笑ったのは初めてだ。ミリアリアだって、みんな苦しんでいる顔を見てクスクス笑っていたでしょ？」

「それは……まあ……失礼だとは思ったけど、あの暴れっぷりを見たら我慢できなかったわ。そのせいで、せっかく張った風の結界が危うく消えるところだったから、少し焦《あせ》ったもの」

罰ゲームの中でも、氷水で使用した風の壁をミリアリアさんが、弱小雷熱湯風呂をベアトリスさんが担当している。練習していただけあって、制御は完璧だったけど、まさか挑戦者たちの醜態《しゅうたい》で惑わされていたとはね。そこまで深くは考えていなかったよ。

「ルクスさんは、あの敗者たちの苦しみを真近《まぢか》で見ても慌《あわ》てず、罰ゲーム中のみんなに労《ねぎら》いの言葉をかけていましたよね。さすがです」

ベアトリスさんは、堂々と相手を指差して大笑いしていたけどね。挑戦者たちも脱出に必死だったせいか、誰一人文句を言わなかった。

「前もって聞いていましたから、なんとか慌《あわ》てずに対処できました。ただ、私とベアトリス様が目の前にいるのに、誰も助けを求めず、必死に熱湯風呂から逃れようとしていて……正直、気の毒と思う反面、笑いそうになりましたよ」

「私の場合、あの積層雷光砲の件もあって、むしろ避けられていたわね」

いえいえ、大笑いするあなたを見て不気味に感じたんですよ。侯爵令嬢に戻ったのだから、もう少し品位を身につけましょうね。私の場合、敗者たちが計画通りに動いてくれるものだから、テントに戻った後、ついつい笑ってしまったんだけど、誰にも見られていないよね？

「皆さん、三問目の罰ゲームに関してはすみませんでした。記者の人たちと違って、挑戦者たちは屈強な冒険者ですから、回転速度を上げても問題ないかなと、独断《どくだん》で上げてしまったのですが、まさか全員吐《は》くとは思いませんでした」

「あれね、私から見ても速すぎると思ったわ。シャーロットも調子に乗りすぎ」

う、ベアトリスさん、ごもっともな意見です。

「お姉様の言う通りですよ。シャーロット様は、もう少し加減というものを知るべきです。観客席の中にも、吐《は》いている人がいましたわ」

回転している人たちをずっと見ていたせいで、酔ったんだ。地球のバラエティー番組での回転速度は知らないけど、屈強な冒険者だから日本人よりも、方向感覚や平衡感覚が優《すぐ》れているだろうと、勝手に思い込んでしまった私のミスだ。リリヤさんとルマッテさんにも、悪いことをしてしまったよ。

「本当に申し訳ありません。今後は気をつけます」

決勝の罰ゲームでは、あそこまで酷いことにはならないと思う……でも、ちょっと心配になってきた。例えばアレは、一応アッシュさんとリリヤさんも経験済ではあるものの、少し工夫しているから、かなり怖いと思う。

ここまでの時点で、観客たちは楽しんでくれている。でも、ユアラとあの金髪男の方はどうだろう？　面白いと思ってくれるといいのだけど。準備期間の少なさ、王都内の限られた場所でしかできない以上、どうしても罰ゲームも大掛かりにはできない。

でも、決勝に関しては、公園の区画全体を覆うほどの規模のものを用意している。今は魔法で見えないようにしているけど、全貌《ぜんぼう》が露わになったとき、観客もユアラも金髪男も驚くはずだ。

評価が上々であれば、金髪男が地球へ戻ったとしても、私たちのことを考えてしまい、周囲の警戒を緩《ゆる》めてくれるんじゃないかな？　ユアラも一週間後の勝負に向けて、何らかの準備をしているだろうから、それを少しでも遅らせることができればいい。

次はいよいよ決勝、最高の成果をあげてみせる!!

26話　魔導具『お仕置きちゃん』、最初の犠牲者《ぎせいしゃ》は？

休憩時間中、僕――アッシュは決勝進出者たちに、クックイスクイズの罰ゲームについて聞いてみた。共通した話題で盛り上がるものといえば、それしか思い浮かばなかったからだ。

一番驚いたことと言えば、クックイスクイズの中でも、『バンジージャンプ』などの命綱のある罰ゲーム類は絶対に助かるから、自分が挑戦することになったら幸運だと思えというものだ。『精霊様の用意した命綱』。これほど頼もしいものはない。

今回の決勝の罰ゲームが、どんなものなのか、今リリヤがヒントをもらうべく、人のいないところで簡易型通信機を使って、シャーロットに聞いている。たとえ、どんな罰ゲームであろうとも、僕たちに必要なのはそれに飛び込む勇気だろう。リリヤが、僕たちの方へ戻ってきた。本来、主催者に聞くのは反則だとわかっていても、どうしても聞いてみたかった。

「リリヤ、どうだった？」

僕が彼女に尋《たず》ねると、浮かない顔をしているから、相当酷い罰かもしれない。

「うん……内容に関しては、二つのヒントをもらえたわ。『命綱はない』『私とアッシュが体験したことのあるもの』。これだけだよ」

それって、ヒントになっていないのでは？

「え……と、それだけ？」

「あと……誰であっても事故はつきもの。死者が出ないよう工夫しているから安心してね……だって」

余計怖いんだけど？　まるで、事故が起こるかのような言い方だ。どんな罰ゲームが用意されているんだ？

「リリヤ、僕たちだけが体験しているものなの？」

「Cランク冒険者なら、一度は必ず体験しているものだとも言っていたわ」

それだけだと、何もイメージできないな。少し離れた位置にいるルマッテさんや他の冒険者に聞いても同じだろう。

「みんなに言うと、余計不安がると思うし、これは僕たちだけの秘密にしよう」

「うん」

決勝の罰ゲームを体験した新聞記事を休憩時間中に見たものの、やはり内容は漠然《ばくぜん》としたものだった。

『速すぎてはみ出るかと思った』『死ぬかと思った』『やつに食べられた』『腰が抜けた』など、全てが抽象的なものばかり。誰もがどんな罰ゲームなのかイメージできなかった。

もうすぐ決勝の時間だ。もう覚悟を決めて挑むしかない。ここまできたら、絶対に優勝を目指す!!

「リリヤ、ここからは君もライバルだ。絶対に負けないからね」

彼女は少し驚いた顔をしたけど、すぐに表情を引き締める。

「それはこっちのセリフかな」

予選の罰ゲーム、あれらは人を精神的に苦しめるものばかりだった。でも、決して死ぬようなレベルではなかった。そのせいか、挑戦者たちの中には気楽な気分で決勝に挑む者もいるようだ。こういった人たちは、罰ゲームで真っ先に後悔することになるだろう。

〇〇〇

広場には合計五十台の魔導具が、横に十台、縦《たて》に五列となって階段状に設置されている。少し前にルベリアさんが僕に言っていたけど、これが魔導具『早押し機』なんだ。

そこから少し右に離れた位置に、一台の早押し機が置かれている。賞品獲得《かくとく》のための最終問題に挑戦するときは、あそこへ移動するわけか。そういえば、罰ゲームはどこに設置しているのだろう？　ここから見渡した限り、そういったものは見当たらないけど？

「さあ、皆さん、いよいよ決勝の始まりです。五十名の挑戦者は、五十台の早押し機の好きな場所に座ってください。また、早押し機に貼られている番号は、賞品獲得と一切関係ないので気にしないでください。決勝に限り、挑戦者には拡声魔法が付与された魔導具を身につけてもらいます。早押し機に置いてありますので、必ず身につけてくださいね」

ルベリアさんは予選と同じく、主催者用の舞台から出題するのか。そのすぐ近くには、白いシートで覆われた何かがある。見たところ、複数のものを覆い隠しているようだけど、もしかして賞品なのかな？

僕とリリヤとルマッテさんは、互いに隣同士となるよう、階段の一段目、司会者側から見て左端の三つに座った。ここからだと、賞品がよく見えるからだ。

「皆さんが座席に座ったところで、ルールを説明しましょう。決勝は早押しクイズです。問題の出題後、答えがわかった人は、座席の上に置かれている魔石に魔力をあててください。五十個全てが連動していて、最も速く魔力をあてた人の魔石が光り、同時に音も鳴ります」

おそらく、光属性と雷属性の魔石を組み合わせたんだな。この短期間でそんな優秀《ゆうしゅう》な魔導具を製作するとは、サーベント王国の魔導具技術者って凄《すご》いな。

「挑戦者は早押しクイズに答え、三ポイント先取した者は、賞品獲得のための挑戦席へと移ってもらいます。そこで欲しい賞品を選択し、早押しクイズに正解すれば、選択した賞品はその人のものです。ただし、それも全員参加です。挑戦席に座っている人以外の方が正解した場合、または挑戦席の方が誤答《ごとう》した場合は、即罰ゲームとなります。今回、通常のクイズで三回誤答したら、その方も罰ゲーム行きとなりますからね」

なるほど、それだと賞品をもらえなかった人全員が、罰ゲームを受けるわけじゃないのか。それを聞いて、少し安心したよ。

「次に、決勝の罰ゲームについてですが、既に設置されていますが、最初に脱落者が出るまでは隠しておきますね。一体何であるのか、皆さん新聞記事で推測していると思います。ヒントとしては、『命綱はない』とだけ言っておきましょう」

やっぱりそれ、ヒントになってないよね⁉

挑戦者たちが焦《あせ》り出したぞ。

「ルベリア、もう少しヒントを出せ‼　それじゃあ死ぬかもしれないだろ‼」

ルマッテさん、ありがとう‼　僕自身、ルベリアさんとほとんど話したことがないし、シンシア王太子妃と知っているから、問いかけづらかったんだ。

「あなたの意見もわかりますよ。それでは第二ヒント。バンジージャンプではありません。そして、新聞記事を書いた記者本人が命綱なしで挑戦して生還《せいかん》していますので、安心してください」

安心できるか⁉

「お前は、挑戦したのか？」

ルマッテさん、聞きにくいことをズバッと聞くな。

「……罰ゲームのリタイヤだけは、絶対に許しません。必ず、成し遂げてもらいます。それでは、次に賞品をご紹介しましょう」

この人、ルマッテさんの一言をさらっと流したな。

「賞品は全部で十種類、中には複数用意しているものもあります。一つずつご紹介していきましょう。ベアトリス様、ミリアリア様、シートを退《ど》けてください」
ここで賞品の発表か。どんな賞品なのか、僕もワクワクする。

一）鍛冶師カイエンの試作品の剣×1
二）鍛冶師カイエンの試作品の軽鎧×1
三）エリクサー×1
四）英雄イオル・グランデとのドラゴンフライトツアー×1
五）空戦特殊部隊副隊長ミカサ・ディバイランとのドラゴンフライトツアー×1
六）カイエンの弟子が製作したアダマンタイトの槍×1
七）カイエンの弟子が製作したミスリルの薙刀《なぎなた》×1
八）有名デザイナー、リリー・マルエンが手掛けた新作ドレス×1
九）リリーの弟子が手掛けた新作ドレス×1
十）聖女シャーロット作、新作魔導具『お仕置きちゃん』×3

十種類だけど、数にすると全部で十二個もあるのか。カイエンの剣と軽鎧は、人工の合成金属で製作されたもの。冒険者の狙いはそれだな。エリクサーは、誰が提供してくれたんだ？　もしかして王族？　あと有名デザイナーのドレスと言われても、僕にはわからない。冒険者が獲得した場合、オークションに出品するんじゃないかな？　恋人にあげても、着る機会自体がないだろう。リリヤなら、喜んでくれるかな？　新作魔導具は一種類。名称が『お仕置きちゃん』で、シャーロットが製作したもの。正直恐怖しか湧《わ》かないんだけど？

この短期間で、よくこれだけの品々を集められたよな。多分、ドレスなどは採寸《さいすん》の関係上、後から製作されると思うけど、有名デザイナーだったらスケジュールも空《あ》いてないだろうに。王族が主催だからか、無理に都合をつけてくれたのかもしれないな。

「ルベリア、最後の『お仕置きちゃん』は、聖女様が製作したようだが、ちゃんと発動するんだよな？」

王族が主催である以上、ほとんどの人たちがこの場で文句や質問を言おうとしない。それにもかかわらず、ルマッテさんは積極的《せっきょくてき》に質問している。まるでみんなを指揮してくれているかのようで僕としてもとても助かる。

「当たり前です。いかに八歳であろうとも聖女様なんですから、とある方々に試してもらっています。私自身、誰に試したのか知りませんが、かなりの効果があったと聞かされています。ちなみに、設計はシャーロット様ですが、製作に関しては魔導具製作を目指す魔具士の卵の方々が担当しています。みんな、『お仕置きちゃん』のおかげで、スキルレベルが上がったと喜んでいたそうですよ。五十名中、女性が十七名もいますから、この魔導具を欲しがる人がいるかもしれませんね。シャーロット様、知り合いの方に『お仕置きちゃん』を着用した人がいるんだよね？」

え、シャーロットの知り合い？　それって、まさか僕たちのこと？

「はい、いますよ。入浴中、こっそりと仲間全員の衣服類に仕込みました」

げ、いつの間に⁉　しかも、仲間全員って、僕やリリヤも含まれているじゃないか⁉

「残念なことに、一人は予選で敗退していますので、その方で試しましょう」

あ、思い出した‼　初めに敗退した人には、お仕置きが待っているとシャーロットも言っていた。そのときに『お仕置きちゃん』という言葉が出ていたけど、既に仕込まれていたのか‼　というか、予選で敗退となると、該当するのはトキワさんしかいない‼

「トキワさん、私たちのいる舞台近くに来てください」

やっぱり、トキワさんだ‼

「アッシュ、私たちは決勝に行けてよかったね。もし敗退していたら、ここで呼び出されていたよ」

リリヤの言う通り、予選で敗退していたら、あの魔導具の餌食《えじき》になっていたのは僕だったかもしれない。

「あ〜あ、トキワも災難《さいなん》だな。まあ、予選一問目で敗退という結果を考えると、聖女様のお仲間である以上、お仕置きされても文句を言えないな」

……決勝に行けて、本当によかった。

トキワさんは、観客席の最前列にいた。

本人も顔を真っ青にしながら、シャーロットのいる舞台上へと歩いていく。観客席から少し離れているせいもあって、舞台近くには『飛翔高感度カメラ』が、広場中央には『飛翔高感度投影機』がいて、空中にトキワさんの姿が大きく映し出されている。

「シャーロット、冗談《じょうだん》だよな？」

僕も、そう思いたいです。

「トキワさん、冗談《じょうだん》なのかどうかは、これでわかります。私が指に嵌《は》めている『お仕置きちゃん』専用の指輪。これに少量の魔力を込めると、衣服に縫《ぬ》いつけた小さな雷属性と空間属性の魔石が反応して、弱小の雷魔法を発生させるのです。婚約者のいる男性が不貞《ふてい》を働いている場合にお仕置きするため開発しました。まあ、その逆もありですが。それでは、今からその威力をお見せしましょう」

弱小の雷程度なら、僕でも我慢できるんじゃないのか？　僕だけじゃなく、みんなも同じことを思っている気がする。

「アバ⁉」

え、突然トキワさんが内股《うちまた》になった⁉

「イタタタタ……まさか衣服類って……オボオオグオオォォォ〜〜〜アデゥアババ

バ～～」

内股になったと思ったら、今度は両手で股間を押さえつつ、地面を転げ回っている。なんというか、男でも引く。ルマッテさんもリリヤも、顔をしかめてドン引きしている。観客も笑っている人も一部いるけど、顔が引きつっている人の方が多い。シャーロット、衣服類って下着のことを指していたのか。弱小雷が、急所でもある股間だけを痺《しび》れさせているのか。あの場所なら、強者弱者は関係ないよな。

「なんつーかこのお仕置き、これまで培《つちか》ってきた男のイメージをぶち壊すぞ。あのトキワが……あんな……」

ルマッテさん、それ以上は言わないでください。

僕自身、尊敬するトキワさんのイメージが崩れていくんですよ。

「アバイバイバ、止めてくれ～～」

十秒ほど続いているけど、トキワさんは地面を転げ回ったままだ。そこまでの激痛《げきつう》が、アソコを襲っているのか。

「シャーロット様、終了～～。これ以上は、さすがに可哀想《かわいそう》です。この魔導具、指輪に魔力を送ると、下着につけられている魔石が反応して、最大三十秒間お仕置きされます。また、一度魔力を送ると、十分は間隔《かんかく》をおかないといけません。有効範囲は、指輪の持ち主の『魔力感知』スキルに多少影響されますが、最大十メートルほどとなっています」

お仕置きは止まったけど、トキワさんが股間を押さえたまま起き上がらないんだけど？

「なお、この魔導具は試作品です。今後、発売したいとは思いますが、どれだけの需要《じゅよう》があるのかわかりません。そこで、この魔導具を望む人がいる場合、紙に書いて、公園の各エリアに入口に設置した意見箱に入れてくださいね」

ルベリアさんはああ言うけど、需要あるのか？

「(欲しいかも)」

「リリヤ、何か言った？」

「ううん、なんでもないよ‼」

周囲を窺《うかが》ってみると、リリヤだけでなく他の女性陣も、賞品の『お仕置きちゃん』をじっと見つめている。え、あれが欲しいの？

「トキワさん、ありがとうございました。実験に付き合っていただいたお礼に、この『お仕置きちゃん』を進呈します」

シャーロットは指輪を外して、トキワさんに手渡す。セットとなっているもう一つの魔導具は彼の下着に縫《ぬ》いつけられているのだけど、正直いらないんじゃないか？

「……やっと立てそうだ。俺はいらんが、一応貰《もら》っておくよ」

もしかして、ジストニス王国王都にいる『恋人のスミレさん』にプレゼントするのかな？　でも、自分がお仕置きされるかもしれないものを自分で渡すかな？

「シャーロット様、もう一つお仕置きちゃんの指輪を右手に嵌《は》めていますよね？」

ルベリアさんが何気《なにげ》なく言った質問に対して、嫌な予感が僕の心に芽生える。

「あ、これはアッシュさん用です。トキワさんと同じく、第一問で敗退していたら、ここへ呼び出す予定だったのですが、もう必要ありませんね。せっかく下着に縫《ぬ》いつけたのに残念です」

やはり、僕用のお仕置きちゃん!!

今、僕が穿《は》いている下着には、あのお仕置きちゃんが仕込まれているの!?

「シャーロット、それは俺が預かっておく。今から決勝をやるのに、誤《あやま》って作動させたら最悪だからな」

「そうですね。今でも魔力を込めようかなという誘惑に駆られているので、後でアッシュさんに渡しておいてください」

トキワさんは僕用の指輪も受け取ると、少しぎこちない歩き方ではあるものの、観客席の方へ戻っていく。有効範囲が十メートルだから、あそこなら起動させても不発に終わりそうだ。トキワさん、ありがとう。

「(やった!!　これなら敗退しても、私が貰《もら》えるわ!!)」

「リリヤ？」

今、ボソッと何か口走ったような？

「はいはーい、それでは決勝の第一問目を出しますよ〜〜。ここからは、早押しクイズだから、みんな集中しないとダメだよ」

そうだ‼　『お仕置きちゃん』のせいで、早押しクイズのことを忘れてた。

イカンイカン、集中だ集中‼

○○○

他の挑戦者たちも早押しクイズと聞いて、視線をルベリアさんに向けた。早押しクイズ、図書館で練習しておいたけど、どこまで通用するかな？

「それでは第一問、基本スキルと言われているのは『魔力循環』『魔力操作』…………」

——ピコン！

え⁉　まだ聞き終わってないのに、音が鳴った‼

「はい、三十四番の男性」

「『魔力感知』‼」

「正解‼　『魔力循環』「魔力操作」、残りは何？』という問題でした。正解は、『魔力感知』となります」

シャーロットが言っていた通り、問題を聞き終えてから答えるのはダメなのか。

「第二問、足技の…………」

おい、もう音が鳴ったぞ⁉　これは早すぎるだろ‼

「四十一番の男性」

「『縮地《しゅくち》』」

「ぶーーーーハズレーーー。『足技の最高峰スキルは縮地だけど、初期スキルは何？』でした。正解は、『足捌《あしさば》き』です。少し焦《あせ》ってしまいましたね」

誤答は二回までは大丈夫だから、僕も気にせず押していかないといけない。

「第三問、今から百年前、女性用に開発された新規武器、突き刺すことに特化した剣……」

え、僕のすぐ横で音が鳴ったぞ。

「一番の女性」

一番というとリリヤだ‼

「レイピア」

「正解だよ‼」

リリヤも頑張《がんば》ってるな。

……それから五問を終えたとき、三十四番のダークエルフ族の男性が、ミカサさんとのデート権を獲得した。どうやら彼女に相当惚《ほ》れ込んでいるようで、デート後の告白も真剣に考えているらしい。ルベリアさんも彼の気持ちは本物だと知り、真剣に話を聞きながらアドバイスを送っていた。その当の本人はここにいないのだけど、デート自体が成立するのだろうか？

その後、僕は一ポイント、リリヤは二ポイントとなったところで、四十一番の人間族の男性が三回誤答してしまい、罰ゲーム行きとなってしまった。

あの人は、問題の途中でボタンを押すのはいいけど、タイミングがまずいんだよ。さっきの問題だって、『銅、鉄、鉛、ミスリル、オリハルコン、魔力伝導性が……』という箇所で押してしまい、誤答していた。

ただ、自分が誤答しやすいことはわかっていても、あえてそれを貫くタイプなのか、罰ゲームが決定したのに、悔《く》いはないという顔だ。僕的には、好感の持てる男性だよな。僕的には、好感の持てる男性だよな。まだ、幼さが少し残っているところをみると、十五歳くらいかな？

「四十一番の男性、罰ゲーーーム決定〜〜」

「あの〜〜ルベリアさん、命綱は？」

「ありません。四十一番、お名前は？」

「トーマスです」

「トーマスさん、決勝の罰ゲームの第一の犠牲者《ぎせいしゃ》になってもらいます。罰ゲームの舞台は、これだ～～～～～シャーロット様、お願いします!!」

いよいよ披露《ひろう》されるのか。一体、どんな罰ゲームなんだろうか？

「はい、解除」

多分、スキル『光学迷彩《めいさい》』か、魔法『幻夢』で隠していたんだろう。

シャーロットが解除と言った瞬間、それは現れた。

27話　無念の脱落

やった、やった!!

トキワさんがシャーロットからアッシュ用の指輪をもらっていたわ。あとでこっそりと、あの魔導具『お仕置きちゃん』を貰《もら》っておこう。私――リリヤはアッシュのことが好きだけど、まだ友達以上恋人未満の関係。一応彼の奴隷だけど、今となってはあまり意味をなしていないわ。アッシュが他の女に心を惹《ひ》かれないために、アレでコントロールしよう。やりすぎると嫌われてしまうから、使い方を間違えてはいけない。

「あれ？」

私がそんなことを考えていると、不意に上空から影が差す。

「上空に、何かあるの？」

アッシュや他の挑戦者を見ると、みんな上空を見て黙っている。私もそれに釣られて見上げれば、公園の区画全体に何やら大きくクネクネとした、丸い筒型の滑《すべ》り台のようなものがあった。丸い筒型だけど、時折外が見えるよう上半分がない箇所がいくつかあるわ。あまりにも規模が大きいから、出発点と終着点がわからないわ。

「え、アレって何？　あれが罰ゲーム？」

「みなさ～～ん、今回の罰ゲームの名称は『ウォータースライダー』です。冒険者の方々なら知っていると思いますが、ダンジョンの罠《わな》に組み込まれているものですね。今回、それを用意しました。ただし、ただのスライダーではありません。今回、聖女様から教えていただいた技術を使い、かなり弄《いじ》っています」

『ウォータースライダー』は、私がアッシュと初めて冒険したときに経験した罠だわ。あのときは真っ暗で何かわからない状況の中、かなりの速度で滑《すべ》らされて、途中で左右に曲《ま》がったりして、かなり怖かった。ああいう構造になっているのね。

「ちなみに、出発点はここから上空五十メートルの位置にあるアレで～～～す」

ルベリアさんの指差す方向には、直下降型ウォータースライダーがあって、それを上へ上へと辿《たど》っていくとかなり高い位置に出発点があった。しかも、渦状《かじょう》のスライダーに入るまでは筒が下半分しかないため、罰ゲームを受ける人はほぼ垂直落下しながら地上の景色を見ないといけない。

「命綱なしで大丈夫なの？　途中で、スポッと抜けたりしないのかな？」

私の問いかけに対して、誰も答えを言ってくれない。挑戦者全員がただ呆然と、出発地点となる位置を見上げているわ。

四十一番のトーマスさんは、今からアレを滑《すべ》るの？

「さあトーマスさん、罰ゲームを執行します!!」

私よりも少し年上のようで茶髪の彼は、明らかに腰がひけているわ。いきなり滑《すべ》ろと言われても、足が竦《すく》んで無理だよ。

「シャーロット様〜〜お願いします」

「は〜い、わかりました〜。トーマスさんの覚悟が決まる決まらないに関係なくお連れしますね〜」

シャーロットの容赦《ようしゃ》ない言葉に、誰もが彼女を見る。

「ちょっと待ってください、聖女様!!　そこは普通待つべきでしょう!?」

トーマスさんも絶句しながらも抗議しているけど甘いよ。この大会は、クックイスクイズに則《のっと》って実施されているのだから、相手が泣こうが喚《わめ》こうが絶対に実行されるんだよ。

「ダメですよ。本番では、雷精霊様が司会者なんです。精霊様が、『君の覚悟が決まるまで待とう』とか言いますか？」

ほら、移動させる気満々だよ。

「……言わない。ちょっとーーー」

シャーロットはトーマスさん個人をウィンドシールドで囲うと、自分自身とルベリアさんも同じ魔法で囲い、三人であのスライダーの頂上に行ってしまった。『飛翔高感度投影機』からの映像だと、その高さがどれほどのものなのかわかる。私とアッシュは、フライで空を飛んだりしているから、まだ高所に慣れているけど、他の人たちのほとんどが初見《しょけん》の高さのはず。怖いに決まっている。

「うわあああぁぁぁぁ～～～ルベリアさん、ここどこですか～～～!!　会場の真上に位置しているはずなのに、なんで～ここを滑《すべ》り落ちるんですか～～～」

「そ……そうだよ。こ……ここを滑《すべ》ってもらい……ます」

どういうこと？　まるで別の場所に移動したかのように聞こえる。それに、ルベリアさんの口調もおかしい。

「だって……下は……魔……」

あれ？　急に挑戦者の声が途絶《とだ》えた？　まだ、喋《しゃべ》り続けているのにどうして？

「さ……さあ、何を言って……いるのかな？　場所は変わっていませんよ……（多分）」

拡声魔法のおかげか、小声で多分って言ったよね？

「無理だ……ここを滑《すべ》って行き着く先が……あいつの……自殺行為だ……」

トーマスさん、何を言っているの？　コースが広大だから、すぐにはわからなかったけど、ゴールは私たちの目の前にあるあの正方形のプールだよ？　まさかとは思うけど……

「アッシュ、ひょっとしてシャーロットの幻惑《げんわく》魔法？」

彼を見ると、静かに頷《うなず》いたわ。

「そうだね。あの投影機から見える映像では普通の光景だけど、おそらく、ルベリアさんとトーマスさんの視点からは、何か恐ろしいものが見えているんだよ。幻惑魔法自体を周囲の風景ではなく、二人の脳内限定で見えるよう調整しているんだ。『幻惑』というよりも、この場合は『幻覚』に近いんじゃないかな？」

二人にだけ見えてしまう幻覚？　そんなことが可能なんだ？　だから、トーマスさんもルベリアさんも、あそこまで怯《おび》えているんだわ。トーマスさんの見えているものが何なのかヒントを与えるため、ルベリアさんにも同じ幻覚を仕掛けているんだ。

「さあ……トーマスさん……滑《すべ》ってください。あの……中へ」

ルベリアさんも震えているから、相当な何かがここにいるように見えるんだわ。

「あ……はは……無理だって……あの群《む》れの中に……飛び込めるわけ……それに……命綱もない……途中ですっぽ抜けたら……」

トーマスさんが半泣き状態だ。なんか、可哀想《かわいそう》になってきた。彼には、何が見えているのかな？　凶悪《きょうあく》な魔物が、ウジャウジャ蔓延《はびこ》っているように見えているのかな？

「トーマスさんの……恐怖もわかります。ですが、聖女様がついているんです。万が一すっぽ抜けても、先程の風魔法で助けてくれます。さあ、覚悟を決めて行ってください」

「……わかった、あなたと聖女様を信じる!!　行ってやる!!」

トーマスさんが勇気を振り絞《しぼ》って、出発点から直滑降《ちょっかっこう》スライダーに入ったわ!!

「ひ!?　うわあああぁぁぁぁ〜〜〜」

はじめの数秒はゆっくりだったけど、角度がきつくなったところで、トーマスさんが悲鳴をあげて急速に落下していく。落下速度が速すぎるよ!!　あ、渦巻《うずま》き状のスライダー内に入った。

「なあああ〜〜〜来るな〜〜〜やめてくれ〜〜〜〜」

時折、悲鳴だけが木霊《こだま》する。あの中で、何が起きているのだろう？　多分、筒状にすること自体が、何か意味をなしているんだわ。

あ、もうゴール地点に到達したの!?

大量の水飛沫《みずしぶき》が周囲に飛んで……ってあれ？　飛んでこない？

「リリヤ、大丈夫。スライダーやゴール地点の周囲がウィンドシールドで守られている。水飛沫《みずしぶき》がシールドの壁にぶつかって、ここまで飛んでくることはないよ」

アッシュは、周囲を観察できるほど余裕なのね。凄《すご》いわ。

「あれ？　トーマスさんがいないね」

ここからゴール地点となるプールまでは距離が近いから見えるはずなんだけど？

あ、うつ伏《ぶ》せ状態でぷかっと浮かんできた⁉

「アッシュ、トーマスさん死んでないよね？」

「多分」

おっ、ベアトリスさんが何の躊躇《ためら》いもなくプールに入ったわ。気絶したトーマスさんを優しく抱きかかえ、水から引き上げるると、プール脇《わき》に設置されている小さな舞台にそっと置く。その間に、シャーロットもルベリアさんも戻ってきた。

「ハイヒール」

ベアトリスさんの瞳が優しげで、何もかもを包んでくれるかのような温かさを感じるわ。

「アレ？　俺は……あ、ベアトリス様」

「あなたは、罰ゲームの恐怖に打ち勝ったのよ。その強い心があれば大丈夫。ただ、焦《あせ》りは禁物。あとコンマ数秒ボタンを押すことを我慢すれば、早押しクイズのトップにだってなれる。本番でも、結構いいところまで行けるはずよ。……頑張《がんば》ってね」

うわあ～凄《すご》い的確なアドバイスだわ。

「は……はい‼　あ、ありがとうございます‼　ベアトリス様、こんな俺にアドバイスを……ありがとうございます‼　自分の欠点を見直し、クイズの頂点を目指します‼」

トーマスさんの顔が真《ま》っ赤《か》だわ。さっきまで恐怖で埋《う》め尽くされていた人とは思えないほど、輝いて見える。この罰ゲームを受けた人は、全員がベアトリスさんの信者になるかもしれない。

「皆さん、お気づきの方もおられると思いますが、この罰ゲーム、ただスライダーを滑《すべ》るだけではありません。凶悪な幻覚を見せているのです。幻惑魔法は、これまで魔物しか使用できないとされていましたが、光精霊様の加護を持つ人ならば、習得できます」

それ、言っていいんだ。これまで冒険者たちは、魔物の使用する幻惑魔法に散々苦しめられてきたもんね。習得したい人は多いはずだよね。でも、光精霊様の加護を持つ人って、どれだけいるのかな？

「今回、トーマスさんが見たのは、魔物の群れです。地上にいる人たちが全員凶悪な魔物に変化していて、ゴール地点には巨大なドラゴンが大きく口を開けていたのです。皆さんの見ていた映像ではふつうの風景にしか見えていませんが、私とトーマスさんに限り、別の場所に移動したかのような錯覚《さっかく》に陥《おちい》りました。ちなみに、他の敗者がトーマスさんと同じものを見るかはわかりません」

嘘⁉　個人個人で異なるものを見せられるの？

「さあ、恐怖の幻覚に打ち勝ったトーマスさんに拍手《はくしゅ》を送りましょう」

トーマスさんはみんなに拍手されながら、観客席へと歩いていく。

「それでは、次の問題にいきますよ～。問題、かつて貿易都市リムルベールで公開処刑された……」

わかった!!

「はい、一番の女性」

「フェルムンク!!」

「正解です」

やった!! これで三ポイント、賞品獲得の挑戦権をもらえたわ。

「リムルベールで公開処刑された犯罪者はフェルムンクのみとなっています。一番の女性、お名前は？」

「リリヤです」

「それではリリヤさん、こちらの挑戦席の方へお越しください」

絶対、『お仕置きちゃん』じゃなくて、『有名デザイナーの新作ドレス』を獲得するんだ!!

いつか、そのドレスを着てアッシュと踊《おど》るの!!

「リリヤ、頑張《がんば》れ」

アッシュも応援してくれているのだから、絶対勝ち取ってみせるわ。

「うん、狙うはドレス!!」

挑戦席に移動すると、四十八人全員が私を見てる。ここで注意しないといけないのは、誤答しないこと。たとえ阻止《そし》されても、また三ポイント取ればいい。

「リリヤさん、欲しい賞品は何でしょうか？」

「リリー・マルエンの新作ドレス!!」

「おっと～、早速ドレスを選びましたか。このクイズに正解すれば、差し上げます。問題、魔鬼族のステータス限界値は５００とされていますが、獣――」

わかった!!　これは簡単だわ。

「おっとー、ここで挑戦席の魔石が光った。リリヤさん、賞品獲得なるか!?　さあ、答えをどうぞ」

これは、自信を持って答えられるわ。

「２５０!!」

「……残念、不正解!!」

え……不正解？

「どうして？　獣人族の限界値でしょ？」

「いいえ、獣人族ではなく、獣猿族の限界値です。正解は５００です。先程のベアトリス様のアドバイスをしっかりと聞いておくべきでしたね。誤答したので、リリヤさん、問答無用の罰ゲーーーーム」

えええええええ、獣猿族⁉　獣人と獣猿の差⁉　獣と聞こえたところで、反射的に押してしまったわ。引っかけ問題だった‼

「あ……あ……罰ゲーム……ひ⁉」

突然、ウィンドシールドで囲まれた⁉

「シャーロット、ルベリアさん、ベアトリスさん……」

『仲間とて容赦《ようしゃ》しません……と言っても、さすがに女性にトーマスさんと同じものを見せるわけにはいきません。せっかくなので、あなたの望む大好きな方をご用意しましょう』

シャーロットのテレパス、それってどういう意味なの？

『リリヤ、僕は何もできない。恐怖に打ち勝つんだ』

アッシュ～～ああ、どんどん高くなっていく。落ち着いて、落ち着いて。この高さなら練習で何度か飛んでる。問題ない、問題ないわ。

「さあ、罰ゲーム入口に到着しましたよ。リリヤさん、大丈夫ですか？」

やっぱり……高いよ。トーマスさんは、ここを魔法なしで滑《すべ》ったの？

『リリヤ、大丈夫だ。僕の……に飛び込んでおいで』

え、アッシュの声が聞こえる？　でも、テレパス……じゃない。

これは幻覚？　どうして、アッシュが？

『リリヤ、僕はここにいるよ』

あ、アッシュが空中に……

「ル……ル……ルベリアさん、あ……あれ？」

「え、そこに何が……ひい、生首《なまくび》!?」

アッシュの生首が空中に浮いていて、私を励ましている。

『『リリヤ、大丈夫だよ』』

『『『そうだよ、僕の……に飛び込んでおいで』』』

なに……なんなの？

アッシュの……アッシュの……アッシュの生首が、どんどん増えていってる!!

『『『『あははは、大丈夫だよ。何も問題ないさ』』』』

問題、大ありだよ!!　怖い怖い怖い怖い、空中にアッシュの首が十……二十……ううん……どんどん増えていって、空中を埋め尽くそうとしている。

「ア……あの人の生首が空中に……うじゃうじゃ」

ダメ、口にしてはいけない。アッシュという言葉を出したら、私が怯《おび》えていることに、彼が気づいてしまうもの。

「ひいいぃぃぃぃ～～リリヤさん、下……下を……見て、あの人がうじゃうじゃ……」

ルベリアさん、今でも泣き出しそうな顔をしてどうしたの？　下？　地上に何かあるの？

『『『『リリヤ……リリヤリリヤ……リリヤリリヤリリヤ………リリヤリリリヤリリヤリリヤリリリヤリリリヤリリヤリリリヤリリヤリリリヤリリヤリリリヤリリヤリリリヤリリヤリリリヤリリヤリリリヤリリヤリリリヤリリヤ』』』』

「いややややぁぁぁぁぁぁぁぁ〜〜〜〜〜〜〜」

地上が………アッシュで埋め尽くされてる？

『『『『さあ、僕の……の中においでーー』』』』

数えきれないほどのアッシュが………何の中に来いって言ってるの？

あれ？　ルベリアさんが罰ゲームの出口付近を指差して、口をパクパクしてる。

視線を辿《たど》ると……

「あ……ああ……ああああああ〜〜〜」

『リリヤリリヤリリヤリリヤリリヤ、僕の口の中に飛び込んでおいでーーーー』

腰が抜けた。出口には、巨大なアッシュの生首が口を開けて待ってる。

「ル……ルベリアさん、あそこに行けと？」

「申し訳ありませんが……行くしか……抜け出す道はありません」

嘘……そんな……なんで……私だけ……こんな幻覚を見せられるの？

「あは……は……恐怖の……意味が……違いますよね？」

「一応、恐怖に分類されるかと？」

シャーロット、恐怖の意味を間違えてるよ。

『『『『リリヤリリヤリリヤリリヤリリヤリリヤ、さあ、おいで～～～～～～』』』』

全てがアッシュに埋め尽くされた。恐怖で足が震えてしまい、上手く前に進めない。

「リリヤさん、行くしかありません。さあ、勇気を出して、巨大なあの人の口の中に飛び込んで～～!!」

ルベリアさんの勢いを糧《かて》に、私は直滑降スライダーへと足を踏み入れ——そして落ちていく。

「あ……ああ……うわあああああぁぁぁぁぁぁぁー ーーーーーーーー」

直滑降スライダーの出口が円筒形状のスライダーへの入口になっていて、中が見えない。あの中には、何があるの？　落下スピードが速すぎて、あっという間に到達した。

「え、何も…………ふぇぇぇぇぇぇ～～～～～～」

急に身体が軽くなったと思ったら、下の土台が消えて、地上が丸見えだわ!!　これも幻覚なの？　落ちる落ちる落ちる落ちる落ちる落ちる落ちる落ちる落ちる落ちる落ちる落ちる落ちる落ちる落ちる落ちる落ちる落ちる落ちる、誰か助けて～～～あ、真っ暗になった。これなら、我慢できる……え、また明るくなって外が見えてきた……

「いややややぁぁぁぁぁぁ～～～～」

外が見えたと思った瞬間、アッシュの口が～～～～。

『リリヤ～～、ようこそ僕の……口の中へ～～～お前を食ってやる～～～』

「いや～～～食べないで～～～」

アッシュが悪どい笑みを浮かべ、何か言ったと思った瞬間、暗闇に包まれた。

……………………あれ？

「あ……れ、ここは？」

ベアトリスさんがいる。どうして、泣きそうになっているの？

私、ずぶ濡《ぬ》れになってる？

「リリヤ、もう大丈夫、大丈夫だから。あなたはやつの幻覚《シャーロット》に打ち勝ったの。誇りなさい!!」

ベアトリスさんが、ずぶ濡れの私を抱きしめてくれている。

助かった？　周囲を見渡しても、アッシュの生首たちは……もういない。

「あ、ああ、あああ、うわあああぁぁぁーーー怖かった、怖かったよ～～～～」

「よし、よし、もう大丈夫、大丈夫だから。どんな幻覚を見せられたのか、私にはわかっているわ。誰もあなたを笑ったりしない。だから安心して泣きなさい」

あの恐怖から解放されたと思うと、涙が止め処《ど》なく溢《あふ》れ出てくる。私はベアトリスさんに抱きつき、無我夢中で大泣きした。

「リリヤ、大丈……」

「アッシュは来ないで!!　ここに来ていいのは敗者のみ!!　あなたは席に戻りなさい!!

(ていうか、今来たらリリヤにトラウマを植えつけることになるのよ!!　絶対に来るな!!)」

「あ……はい」

よかった。今は、アッシュの顔を見たくない。あの光景が脳裏《のうり》に浮かんでしまう。実際のクックイスクイズでも、こういった幻覚による罰は存在していたはず。シャーロットはあえてきついものを私に見せてくれたんだ。

「ベアトリスさん、もう大丈夫です。ありがとうございます」

「いいのよ、よく耐えたわね。あの人の顔は、しばらく見たくないだろうから、第二広場に行って休んでおくといいわ」

「はい、お気遣《きづか》いありがとうございます」

今は、アッシュの顔を直接この目で見たくない。『飛翔高感度投影機』を通した映像で見よう。アッシュ、ごめん。

「皆さん、リリヤさんに与えられた幻惑は、先程のトーマスさんとは違った恐怖がありました。とある人物の生首が空中に数百いえ数千以上いたのです。そして、地上は、その人の生首で埋め尽くされていました。その人物が誰なのかは、ここでは控えさせていただきます。ただ、彼女と仲のいいお知り合いの方とだけ言っておきます。皆さんも想像すればわかると思いますが、いくら知り合いといえ、大量にうじゃうじゃ生首が発生していたら、どう思いますか？　彼女は勇気を出し、そこに飛び込んだのです。皆さん、リリヤさんに拍手をお願いいたします」

ルベリアさん、ありがとう。大勢の人が、私に拍手を贈《おく》ってくれている。

笑っている人は誰もいない。中には、私のために泣いてくれている人もいる。

嬉しい、凄《すご》く嬉しい。

ここにいる全員が、『よく頑張《がんば》った。偉いぞ‼』と褒めてくれている。

みんな、ありがとう。この経験は、忘れないよ。

28話　ルベリアが盛大にやらかしましたー

リリヤ、一度も僕――アッシュを見ずに第二広場へ行ってしまった。あそこまで泣いたのだから相当な恐怖を感じたんだな。一体、誰の生首だったのだろうか？　シャーロットやカムイの場合、いくら大量にいても怖さを全く感じない。ベアトリスさんやルクスさん、トキワさんになるのか？　……まさか、僕ってことはないよな？

ルベリアさんの言っていた『あの人』が僕だった場合、僕の生首を見て恐怖を感じたことになる。逆の立場だったら、どうなる？　リリヤに対して恐怖を感じるか？

……正直、わからない。……リリヤに会いたい。

「おいアッシュ、ぼ〜っとするな!!　問題に答える気あるのか？　リリヤが心配なのはわかるけど、お前が呆然としている間に、九番、十三番、四十番、五十番が敗退した。イオルのフライツアーが十九番の女、エリクサーが四十三番の男、カイエンの試作剣が八番の男に取られたぞ!!」

え……あ、しまった!!　ルマッテさんに言われ賞品を見ると、三つなくなっていた。いけない、今はまだ決勝の最中なんだ。

「すみません。今から問題に集中します!!」

「お前な、本番だったら確実に敗退してるぞ!!」

返す言葉もないな。そうだ、頭を切り替えろ。リリヤのことは心配だが、今は問題に集中するんだ。もう罰ゲームの恐怖とかは気にするな!!　リリヤの仇《かたき》を取る!!　リリヤの欲しがっていたものを、僕が勝ち取るんだ!!

「次の問題にいきますよ〜。問題、ゴブリンの最上位はゴブリンキング。スライムの……はい、二番のアッシュ君」

ここは、スライムの最上位で正解のはずだ。

「エンシェントスライム」

「正解、スライムの最上位はエンシェントスライムです。皆さん、スライムだからって侮《あなど》ってはいけませんよ。最下位のスライムは最弱ですが、スライムの中に成長率が異常に高いやつらがいます。その中の一部が最上位にまで登りつめ、Sランクのエンシェントスライムになると言われています。アッシュ君、お見事、リーチです」

これは、学園で習った。アルバート先生が、よく言っていた。

『地上に生息するスライムを決して侮《あなど》ってはいけない。成長したやつらは、自分たちの大きさを変化させることができる。小さいスライムでもBやCランクという場合もありえるので、注意するように。幸い、スライムは他の魔物と比べ、比較的温厚な性格であるため、こちらから仕掛けなければ襲われることはないでしょう』

その後、自分なりに勉強しておいたんだ。

「それでは次の問題。今から約三千年前にスライムとして生まれ……はい、二番のアッシュ君」

三千年前とスライム……二つの言葉から連想されるものは一つしかない。おそらくやつの名前だ。誤答しようが関係ない。リリヤのために、前へ突き進むんだ。

「スライムのアレデフィフィトムス!!」

「おお、正解!!　約三千年前にスライムとして生まれ、魔物の頂点にまで登りつめた魔物の王の名は？　アレデフィトムスとなります。現存する資料は非常に少ないですが、魔王アレデフィトムスの名前は、ハーモニック大陸の各国に存在する遺跡の壁画《へきが》などに刻まれています。魔王にまで登りつめたスライムがなぜ消滅したのか、依然《いぜん》謎のままです」

ハーモニック大陸にいる古代語を専門とする学者たちが遺跡の壁画や刻まれている文章を解析し、『降りかかる闇』『魔王アレデフィトムス』『全世界』などの断片的《だんぺんてき》な単語を解読できたんだ。僕自身、遺跡の壁画を見たことはないけど、アルバート先生によると、魔王を含めた多くの人たちが何かに立ち向かっているかのような壁画らしい。今思えば、それって隕石によって発生した大災害に立ち向かっていたんじゃないかな？

「二番のアッシュ君、一番のリリヤさんが敗れて以降、苦戦していましたが、三ポイントをとりました。挑戦席へどうぞ～」

よし、このまま賞品を勝ち取ってやる‼

「くそ、声をかけなきゃよかった‼」

「あはは、ルマッテさんのおかげです。僕の狙う賞品は、もう決まっています」

「『お仕置きちゃん』なら、絶対に阻止するからな‼」

アレが欲しいの？　僕の場合、既に用意されているから要《い》りませんよ。

「僕は、リリー・マルエンの新作ドレスを狙います」

「へえ～リリヤへのプレゼントか？」

ルマッテさんが意外そうな目で、僕を見つめてくる。

「ええ、きちんとした形でプレゼントをしたことがありませんから」

リリヤには、早く元気になってもらいたい。僕の使命は、彼女の望む賞品を勝ち取ることだ。

「おお!!　皆さん、アッシュ君は先程敗れたリリヤさんの彼氏だったのです。現在、残っている挑戦者の多くは、このドレスを男女問わず狙っているはず。ライバルは多いですよ」

しまった!!　決勝に限り、五十人全員に拡声魔法の魔導具を胸元につけられていたんだった!!　しかも、この映像は王都中に流れているんだ!!

「リリヤのために頑張《がんば》れよ」

ルマッテさん、わざとリリヤの名前を強調したよな?

これじゃあ、公衆の面前で告白したようなものじゃないか!!

くっ、とりあえず、挑戦席へ移動しよう。

……挑戦席に来たのはいいよ。でもさ、挑戦者の女性陣と観客が僕を見てニヤニヤしているし、なによりも挑戦者の男性陣が僕に対して、なぜか敵意を向けている。

「アッシュ君、恋人のリリヤさんに一言、お願いします」

ルベリアさん、その発言はわざとですか?　くそ……まだリリヤにきちんと告白だってしていないのに、周囲には恋人と認知されてしまった。このまま恋人発言を拒否したら、王都中で『ヘタレ野郎』と呼ばれてしまう。こうなったら、覚悟を決めるか。

よし、全員を驚かせてやる!! 僕がヘタレでないことを証明してやる!! あ、よく考えたら、リリヤはこの映像を第二広場で見ているんだよな?

落ち着いて……深呼吸をして……さあ、言うぞ!!

「リリヤ、好きだ。僕は君のために、リリー・マルエンのドレスを勝ち取ってみせる!! だから、第二広場で僕の勇姿《ゆうし》を見ていてくれ」

なんだ? なんか一気に静かになったぞ? 何か言い間違えたかな?

「あの〜アッシュ君、つかぬことをお伺《うかが》いしますが、あなたとリリヤさんの関係は?」

「ついさっきまでは仲間であり、友達以上恋人未満の関係でした」

僕の言った言葉に対して、ルベリアさんは目を見開く。

「え? 恋人じゃないの?」

勝手に決めつけるな!! これでふられたら恨《うら》みますからね!!

「ええ、違います。僕の不用意な発言が発端とはいえ、ルベリアさんが決定的な一言を言ってくれました。だから、今ここで告白したんです。肝心の本人はここにいませんが、映像を通して彼女も見てくれているはず。ドレスを勝ち取って、そのときに告白の返事を聞きますよ。仮に、リリヤの罰ゲームの生首が僕であったとしても、彼女は僕を見て逃げ出したりしません。あの子との絆《きずな》は、こんなものでは壊れません!!」

多少の不安は残るけど、それは絶対表に出してはいけない。

「申し訳ありません!!　だって、恋人同士に見えたので、つい……」

平謝りするルベリアさん、もう遅いんですよ。

「これからはそう見えたとしても、迂闊《うかつ》な発言は控えるべきだと思います」

「はい、今後、気をつけます。あの……ふら」

「それ以上話したら、あなたの顔面にファイヤーボールを叩《たた》き込みます」

王太子妃とか関係なく、今でもあなたの顔面に叩《たた》き込みたい気分なんだ。まったく、言ったそばから、これだよ。それにしても、せっかく決意を持って告白したのに、会場の人たちが僕を憐《あわ》れみの目で見ている。まるで、リリヤにふられることが決定しているかのような目で僕を見るのはやめてほしい。

「すみません。あの……右手のファイヤーボールを消してくれません？　物凄《ものすご》い熱量が……」

「あなたに対する僕の怒りが顕現《けんげん》しているんですよ。余計な一言さえなければ、今後何もしません。それじゃあ、問題をお願いします」

僕は魔法を解除し、クイズへと集中する。

「はい、すみません。問題……え、シャーロット様、今これを言うの!?」

ルベリアさんの横にいるシャーロットも、申し訳ない表情をしている。

「元々、言う予定だったものを、ルベリアさんがややこしくしたんです」

ややこしくした？　どんな問題なんだ？

「だって、タイミングが……言いづらいよ～」

「どうするかは、ルベリアさんの判断に任せます」

そんなに言いづらいのなら、問題を変えればいいのに。

「問題、今から二十六年前、公衆の面前で盛大な告白を行い、見事意中の女性と結ばれ、みんなからも祝福《しゅくふく》された男性がいました。しかし、後にその男は四股《よんまた》していることが判明し、四人の女性から盛大なビンタをくらい、世間の笑い者となりました。そんなダークエルフきっての最低最悪野郎の男の名は？」

シャーロットは右手で顔を覆い、うなだれていた。僕と同じで、てっきり問題を変更すると思ったのだろう。呆気《あっけ》に取られているのか、誰も答えようとしない。もう、僕が答えるしかない。

「はい、アッシュ君!!」

正直、魔石を光らせたくなかった。誰かが、魔石を光らせてほしかった。正解を言う前に、心の奥底から込み上げてくるこの怒りをルベリアさんにぶつけよう。

「ルベリアさん、今から『ウィンドカッター』であなたの身体を縦に引き裂いていいですか？」

「やめてください!!　わざとじゃないんです!!　だって、次の問題の内容を見たら、たまたま話題が重なっただけなんです!!」

だったら、問題を変更しろよ!!　司会者、失格だろ!!　この微妙な空気をどうしてくれるんだ!!　くそ、文句を言い出したらキリがないぞ!!　シャーロットを見ると、首を横に振っていた。『私は、関係ない。今回は、本当にたまたまタイミングが重なっただけ。あと、問題を変更しないルベリアさんが馬鹿なだけだ』と言っているように見えた。

「えーと、とりあえず先に正解を……」

答えは他の挑戦者も知っていると思うけど、さっきまでの状況と酷似《こくじ》している。これじゃあ、僕が四股しているように見えるじゃないか!!

「アンドルフ・ハーネスト」

「正解!!　見事、リリー・マルエンの新作ドレスを勝ち取りました～～おめでとうございます」

全然、嬉しくないよ!!　観客や挑戦者たち全員が、同情の目で僕を見ているじゃないか!!　ルベリアさんにお仕置きしたいけど、こっちからは下手に動けない。『お仕置きちゃん』があれば、この場で作動させてやるのに。僕が感じたこの感想を、そのまま意見箱に入れてやる!!　ああ～、このふつふつと湧《わ》き上がる怒りをどうしたらいい？　どこに向ければいい？　何か、手はないか？　……そうだ!!

「ルマッテさん、後は任せます。必ずアレを勝ち取って、あの大馬鹿野郎に盛大なものを!!」

ここまで言えば通じるはずだ。ルマッテさんを見ると、ニヤッと悪どい笑みを浮かべてくれた。よし、僕の思惑に気づいてくれた!! 罪に問われるようなら、全力で阻止してやる。多分、ここにいる全員が味方してくれるはずだ。

「アッシュ、任せな。アンタの仇《かたき》は、私が討ってやる!!」

見事、賞品を勝ち取ったのに、盛大な爆死《ばくし》をした気分だ。ルベリアさん、あなたは公衆の面前で、お仕置きされるべきだ!! 僕は拡声魔法の魔導具を返却し、賞品のドレスを貰《もら》った後、リリヤのいる第二広場へと向かった。会場を去るとき、背中に多くの視線を感じた。

「頑張《がんば》れよ〜」

「大丈夫よ。あなたたちはお似合いのカップルよ」

「そうだそうだ、自信を持て。問題なんか気にするな!!」

「司会者には、俺たちが鉄槌《てっつい》を与えてやる!!」

「そうよ。あなたは、あの最低最悪なアンドルフじゃない。彼女のところへ行ってあげて」

そして、多くの人たちが、僕に声援《せいえん》と盛大な拍手を贈ってくれた。

正直、泣きそうだった。

〇〇〇

第二広場へ向かっている最中でも、多くの人が僕を励ましてくれた。僕は、一人一人にお礼を言った。早く、リリヤの返事を聞きたいんだけど、ルベリアさんのせいで、僕自身が四股していると思われているかもしれない。そのせいで、ふられるとかないよな？　あぁ、胸がドキドキしてきた。賞品として貰《もら》ったドレスをチラッと見たけど、水色の華《はな》やかなデザインをしていた。中には、紙が入っていて、

『このドレスを貰《もら》った人は、必ず私の店に来てください。サイズを測定し、ドレスをお直しします。完成まで、少々時間がかかることをご了承《りょうしょう》ください。リリー・マルエン』と書かれていた。箱の中にあるドレスは、大人用だ。明日にでも、リリヤと一緒に店へ行ってみよう。……恋人同士になれたらの話だけど。

第二広場に到着すると、大勢の人々が僕を出迎えてくれた。

え……ええ⁉　なんか盛大な拍手で迎えられたんだけど？

あれ？　リリヤはどこだ？

「アッシュ君、リリヤちゃんはこっちよ」

観客席にいる八十歳くらいの人間族の女性が手を振ってくれた。よく見ると、リリヤが女性の太ももを枕にして寝ている。

何かあったのか？　まさか、さっきの告白を聞いていなかったとか⁉

「あの……」

「安心しな。ちゃんと、あの告白を聞いていたよ」

よかった……あれ？　よかったのか？　でも、なんで寝ているんだ？

「リリヤを介抱していただきありがとうございます。一体何が？」

女性は優しい笑顔を僕に向けて、事情を話してくれた。

「この子、アッシュ君のことがよっぽど好きなんだね。アンタ、途中までボーッとしていたでしょ？」

「すみません、リリヤのことが気になって…………」

「やっぱりね。この子、はじめは映像というか、アンタを見ようとしなかったんだけど、アンタがボーッとしたまま全然答えようとしないから、途中から勇気を出して映像を見はじめたのさ。ずっと、『頑張《がんば》って』『頑張《がんば》って』と言いながら応援してたんだよ。隣のダークエルフの女性が叱《しか》ってくれた後、そこから一気に問題に答えていったでしょ。そこからこの子、目をキラキラさせてアンタを見ていたよ。ただ……司会者のお馬鹿な発言のせいで、顔が真っ赤になっちゃってね。そうしたら、映像越しでまさかの告白でしょ？　その瞬間、彼女の動きがピタッと止まってね。私に確認してきたんだよ。『私……告白……されたのでしょうか?』『そうだよ。初々《ういうい》しいね～、立派な少年じゃないか。リリヤ、ちゃんと返事してあげなよ』『こ……こ……こ……アッシュに告白された～～～』ってな具合で、そのまま気絶したんだよ」

気絶⁉　うん、ということは？

「あ、そうなると、その後の問題は……」

「大丈夫、聞いていないよ」

自分の中から、様々なものが抜け落ちていく。

「よかった～。あ、誓って言いますが、四股なんてしてませんから‼」

「あはは、わかってるよ。アッシュ君の目を見ればわかる。アンタは、アンドルフのような最低野郎じゃないよ」

あ、周囲の人たちも同意してくれている。

「皆さん、ありがとうございます。あとは、返事を聞くだけか」

「私から見れば、もう答えはわかりきってるんだけどね。本人の口から、はっきりと聞きたいよね？」

答えはわかっている……か。周囲からは、リリヤが僕を好きだと思っているように見えるのかな？　でも、僕としては不安だ。リリヤが、僕に好意を向けてくれていることはわかっている。僕自身も、彼女が好きだ。それでも不安だ。ここまでの旅の道程で、リリヤの気持ちが変化している可能性だってある。恋人よりも、友達の方が楽しく話せるとか言われたら、正直ショックだ。それでも……

「はい、リリヤの口から返事を聞きたいです。ただ、司会者のルベリアさんの出した問題を聞いてふられるんじゃないかと思い、ここに来るまで気が重かったです」

みんなが、僕の言葉に頷《うなず》いてくれている。

「わかるよ。問題を変えりゃあいいのに、焦《あせ》ってそのまま読むんだもんね。安心しな、さっきみんなで相談したんだけど、あのルベリアっていう司会者には、痛い目に遭《あ》ってもらうから」

その言葉に、僕も動揺してしまう。

「え……いや、さすがに……それは……」

王太子妃に対して何か行えば、下手したら死刑だぞ!! 許されるのは、シャーロットかベアトリスさんくらいだ。

「あははは、大丈夫。物理的にやるわけじゃないよ。私たちなりのやり方で、お仕置きしてやるのさ。今頃、他の仲間が、周囲の人に伝えに行ってるだろうね。あのルベリアって子、平民を装っているけど、ありゃあ貴族だろ?」

変装したシンシア王太子妃ですとは言えないな。

「ええと……」

　一応、平民という設定のはずだ。

「あはは、隠さなくてもいいよ。あの子は図書館で有名な子だからね。色々と噂があるんだよ。もしかしたら、顔がシンシア様と似ているから関係があるのかもね。まあ、性格があまりにも違いすぎるから別人というのはすぐわかるんだけど、爪の垢《あか》を煎《せん》じて飲ませてやりたいよ」

　あはは、本人なんですけど。

「今回、あの子は私たち平民を怒らせた。こんな若い子たちの心を弄《もてあそ》んだんだからね。たとえ貴族であっても、平民に舐《な》めた態度を取ると、どうなるのか思い知らせてやるよ」

「あの……不敬罪とかには？」

　多くの平民が不敬罪になって、牢獄へ連行されるとかになったら、後味が悪すぎる。

「大丈夫だよ。全員が、絶対に不敬罪にならない方法をとるからね。アンタはリリヤちゃんを見てあげな」

「はい」

　この人たちを信用するしかない。もし、何かあれば、僕がシンシア王太子妃に直談判《じかだんぱん》しよう。女性がリリヤから離れて、僕の太ももに彼女を寝かせた。みんな気を使ってか、少し距離をとってくれている。この気配《きくば》りはありがたい。さあ、リリヤを回復させて返事を聞こうか。

「ヒール」

「うん……あれ？　アッシュ？　あ……こ……告白‼」

「うん、そうだよ。気絶したと聞いていたから心配したよ。立てる？」

「うん……大丈夫」

リリヤを立たせると、どこか緊張しているのがわかる。ここで再度、言った方がいい。本来なら、もっと雰囲気《ふんいき》のある状態で言いたかった。でも、あのルベリアさんがそれをぶち壊してくれた以上、ここで言うしかない。

「リリヤ、さっきは映像越しで直接言えてなかった。だから、改めて言うよ」

「……はい」

彼女の顔が赤い。僕の方はどうなっているのだろう？

「リリヤ、君のことが好きだ。僕の……恋人になって欲しい」

「はい……はい……やっと私の望む言葉を聞けた〜〜」

リリヤの目から、大粒の涙が溢《あふ》れてくる。溢《あふ》れんばかりの笑顔と涙、彼女のこの姿を見て、僕は改めてこの子を生涯《しょうがい》守ると心から思う。『白狐童子《びゃっこどうじ》』という裏人格ともいずれ話し合い、認めてもらわないといけないな。周囲にいる大勢の人たちから、祝福の声と拍手が贈られる。

「リリヤの望む雰囲気《ふんいき》での告白じゃなかったかもしれないけど……」

「ううん、そんなことない。大勢の人たちが私たちを祝福してくれてる。私にとって、最高の告白だよ。アッシュ、ありがとう」

僕たちは多くの人たちに祝福され、今日恋人同士となれた。僕とリリヤにとって、この光景は生涯忘れられないものとなっただろう。

エピローグ　平民を怒らせてはいけません

アッシュさんが勝ち抜いた後、ルマッテさんも見事魔導具『お仕置きちゃん』を獲得した。その後も、問題は続き、賞品が全てなくなったところで、第一回ミニクックイズクイズが終了となり、閉会式が執《と》り行われたのだけど、ルベリアさんの挨拶《あいさつ》のところで、事態が大きく変化する。ルマッテさんのとある一言で、場が一気に変化したのだ。そう、全員が口裏を合わせたかのような豹変《ひょうへん》ぶりだった。

「ルベリア、決勝前にシャーロットがお仕置きちゃんの威力を披露《ひろう》してくれたけど、まだ女性に試してないだろ?」

「え……だって男性用のお仕置き魔導具だし、試す必要ないのでは?」

「何言ってんだ。女が男を裏切ることだってあるだろうが‼　それじゃあ今から、とある女で試すよ」

ルマッテさんが、邪悪に微笑《ほほえ》む。

「え……でも誰に……あ……まさか、あのときに⁉」

そう、ルマッテさんは賞品のお仕置きちゃんを貰《もら》うと、すぐに服屋へ駆け込み、女性用の下着を含めた衣類一式を購入し、『お仕置きちゃん』を仕込んだのだ。

そして会場に戻ってきた後、いいタイミングで罰ゲームが執行され、プール近くには私とルベリアさんがいた。ルマッテさんが私のところへ来て何をしたいのか囁《ささや》いたので、わざとウィンドシールドを消して、ルベリアさんだけをずぶ濡れにした。

盛大な笑いが起きた後、決勝を一時中断して、彼女の衣服全てを新品の衣服に着替えさせたのだ。当然、『お仕置きちゃん』を仕込んでおいた下着もだ。普通ならば不敬罪なんだろうけど、ここでは平民という設定だから問題ない。

「さあ、女性がどういう反応するのか、見学させてもらおうか」

ルベリアさんにとって、ルマッテさんだけでなく周囲にいる全員が敵という四面楚歌《しめんそか》の状態だ。

「え……やめて」

この直後、ルベリアさんの悲鳴が周囲に轟《とどろ》く。どういう反応であったのかは……ね。これは、天罰だ。一歩間違えば、アッシュさんとリリヤさんの関係を壊す危険だってあったのだから。あの後、カムイが二人の状況を私に知らせてくれたからこそ、これだけで済んだんだよ。

それにしても、ルベリアさんの服装をズボンに変更しておいてよかった。

その後、改めて閉会式を実施し、第一回ミニクックイスクイズは閉会となった。ちょっとしたハプニングがあったものの、まずまずの出来だったと思う。

〇〇〇

閉会となってから、私は決勝で使用された罰ゲーム用の舞台装置を全て消した。元々、私のスキル『魔力具現化』で製作しているため、当然それを元の魔力へと戻すことも可能なのだ。今後、こういった大掛かりな舞台装置は、私抜きで製作しないといけない。

当然、人件費などの費用も必要だろうけど、このスキルを持つ人々を雇えば、ある程度材料費を削減《さくげん》できるから、次回以降の予算に関してもそう大きくならないと思う。

それに、公園内で開かれた露店の利益の一部は主催者側にも入ってくる。みんなの意見、必要経費、利益などをきちんと計算して、今後に活《い》かさないといけない。

予選の罰ゲームの施設や観客席の解体なんかは他の人たちに任せ、私たちは王城へ戻ってきた。

王城の国賓《こくひん》用の客室で一晩過ごした後、私はアッシュさん、リリヤさん、トキワさんとともに、シンシアさんの部屋へと向かう。ベアトリスさんとルクスさんが意見箱の中身を回収し、シンシアさんと一緒に内容の確認を行なっている。本来、下の者にやらせればいいのだけど、今後自分でできる機会が少なくなるということで、今回に限り許されている。私たちが部屋へ入ろうとすると、シンシアさんの抗議の声が聞こえてきた。

「ええ、なんで〜〜〜」

何事かと思い、急ぎ部屋へと入って事情を聞くと、彼女の自業自得ということがわかった。意見箱の中身の途中経過を少しだけまとめると、かなり彼女への批判が多かったのだ。

予選
『最高に面白かった』『冒険者たちが混乱するところ最高』『あの罰ゲームを考えたのが八歳の女の子というのが驚き』『見ている私たちも、解答を考えられるから楽しい』『回転の罰ゲームがちょっと可哀想《かわいそう》』『最後の司会者へのドッキリが面白かった』などなど。

決勝
『幻覚はともかく、スライダーだけは一度体験したい』『幻覚でほとんどの挑戦者が気絶、

それを考えた子供が末恐ろしい』『あのスライダーの縮小版を製作してほしい』『誰も死なないから、今後も開催してほしい』などなど。

ベアトリスさん
『冤罪《えんざい》が立証《りっしょう》されたのに、王太子との復縁《ふくえん》を求めず、シンシア王太子妃を支えていくという心意気《こころいき》に惚《ほ》れた』『予選のとき、終始無表情で罰ゲームを執行、それに対して決勝では敗者を労《ねぎら》うあの聖女のような清らかな微笑《ほほえ》み。マジで惚《ほ》れました』『結婚してください』『どうして嫌っていたのか、今でも不思議に思います。頑張《がんば》ってください』などなど。

ミリアリアさん
『可愛《かわい》い』『清らかな天使』『敗者に対する優しい微笑《ほほえ》み、惚《ほ》れました』『貴族だったら告白したのに、自分の身分を恨《うら》みたい』『ミリンシュ一家のことを誤解していました。これからも頑張《がんば》ってください』などなど。

私
『罰ゲーム、最高』『決勝の罰ゲーム、冒険者たちにどんな幻覚を見せたの？』『シャーロットちゃん、可愛《かわい》い』『子供の発想、怖い』『罰ゲームが、少し過酷かな』『今度、司会

もやってほしい』などなど。

ルベリアさん

『シンシア様を見習えや!!』『シンシア様と容姿が似ていると思った自分を呪う。あなたにシンシシア様の爪の垢《あか》でも煎《せん》じて飲ませたい』『アッシュ君とリリヤちゃんの仲が引き裂かれていたら、私があなたを引き裂いていたわ』『司会自体は面白かったけど、シンシア様の清廉《せいれん》さや奥ゆかしさを身につけろ!!』『呪!!』『ルマッテのお仕置きに感謝!! しかし、それでも不満は解消されない。次回はベアトリス様に司会を望みます』『発言のあちこちに、人を舐《な》めた態度あり』などなど。

ルベリアさんへの批判が思った以上に多い。それだけ、平民を怒らせたということだね。

「酷いよ～見習うべき相手が、なんで私なの？　同一人物だよ？」

容姿が似ているから、比較されやすいんだね。ただ、少し気になる点もある。

「ミリアリアさん、シンシアさんと会う前、彼女にどんな印象を持っていましたか？」

彼女を見ると、右手で右ほほに触れ、少しだけ考え込んでいる。

「えーと、明るく清廉潔白《せいれんけっぱく》で、国民の気持ちを誰よりも深く理解し、国王陛下に平民の不平不満を嘘偽りなく陳情《ちんじょう》してくれる聖女のようなお人、かな。正直、会う度にイメージが崩れていくけど」

あ〜やっぱり、そういうことか。

「なるほど、国民のシンシアに対する印象が、かなり美化されているわ。ユニークスキルが、大きく影響しているわね。今後ルベリアはクイズ関係でどんどん注目されていくわ。その分、シンシアと比較されてしまうから、行動は慎重《しんちょう》にしなさい」

ベアトリスさんの推論《すいろん》、的中していると思う。人物像が大きく異なるせいで、その分比較もされやすい。

「そんな〜あのユニークスキルが影響していたの？　私、そこまで酷い女じゃないのに」

当初、ユニークスキルに頼っていたから、そのときの好印象がそのまま王国全土にまで広がった。そして、国民が抱える不満を解消していったことで、シンシアさんと接したことがない人たちの中では、彼女の人物像がどんどん美化されていった。シンシアさんとして過ごしている分には問題ないけど、ルベリアとして過ごすときは注意した方がいいね。

「あのユニークスキルを持ってしまったあなたが悪いです。ルベリアさんとして過ごす場合は、言動に注意してくださいね。さもないと、平民を敵に回しますよ」

一応、私からも注意を入れておこう。今の彼女は気の許せる私たちがいるからこそ、素の自分を晒《さら》け出している。クレイグ王太子にも、今と近い状態を出していると思うけど、素に近づく分、気が緩《ゆる》んでしまい、言動への注意も疎《おろそ》かになるものだ。

「はい、今後言動には気をつけます。ルベリアになると開放的な気分になって、どうしても普段言えないようなことを軽く言ってしまうの。平民の方々を怒らせたくないから、今度変異したときはみんなに謝罪しておきます」

今回、ガーランド様の提案から始まっている以上、ガーランド様をはじめとする多くの精霊様たちも見ているよね？　ここまでのことを仕出かしたら、何か称号が付与されているんじゃないかな？

「シンシアさん、ステータスに何か変化はありますか？」

「え……確認してみるわ」

あ、喜んだり悲しんだりしているから、何か変化があったようだ。

「あはは……嬉しいことと、悲しことが一つずつ」

この顔色から察すると、悲しいニュースの方がキツイんだろうな。

「シンシア、何が記載されていたの？」

「シンシア様、私にも教えてください」

ベアトリスさんやミリアリアさんも気になるようだ。

『構造解析』でチェックしてみよう。

加護『雷精霊』

君は、司会に適した性格だ。私との相性もよさそうだし、ミニクックイスクイズも面白かったから加護を与えよう。

クックイスクイズ担当　雷精霊

NEW称号『小悪魔失言者』

ただね～、司会自体は面白かったけど、ところどころ人を小馬鹿にした発言が目立った。君自身のストレスも関係しているのはわかるけど、そこは直さないとね。そういうわけで、この称号を与える。特殊効果として、君が失言をする度に、お仕置きが自動で執行されるというものだ。お仕置き内容は、軽い『ショックボルト』か『スティンク』のどちらかだ。スティンクに関しては、シャーロットやアッシュに聞けばいい。お仕置きを受けないよう、今後失言には注意するように。

クックイスクイズ担当　雷精霊、神ガーランド

これは、キツイよね～。内容を聞いた二人も、複雑そうな笑みを浮かべている。でも、私的にはちょっといいことなんだよね。今回の目的は、私やその仲間たちがユアラと金髪男に注目を浴びること。神や精霊を動かすほどの騒動となっていれば、今後もあの二人は私たちのことを考えるはずだよ。

勝負の日まで残り六日。ガーランド様とは毎日夢の中で会っているけど、地球での黒幕の動向を教えてくれない。でも、何かよからぬことがあった場合は、必ず教えてくれることになっている。当初の目的通り、金髪男の目を地球から逸《そ》らすことに成功しているということだ。地球の状況が気がかりだけど、そっちはミスラテル様たちに任せるしかない。私たちは勝負に向けて、最終準備を進めていこう。

あとがき

この度は文庫版『元構造解析研究者の異世界冒険譚８』を手にとっていただき、誠にありがとうございます。作者の犬社護です。

八巻は、舞台をサーベント王国に移し、ベアトリスを主軸《しゅじく》にした物語となっています。そこにユアラと黒幕『厄浄禍津金剛』を絡ませることで、Ｗｅｂ版より面白く盛り上がるよう、大幅な改稿を施しました。

物語を構成していく上で、最も苦労したのが黒幕の神と、ガーランドの師匠となる神の名前です。実際に存在する名称は使用できないので、八百万と呼ばれる日本の神々を詳細に調査してから、厄と禍を司る神に『厄浄禍津金剛』、鬼を司る神に『天尊輝星』という名称を付けました。後者に関しては、一九九〇年代のゲームに登場したラスボスの名称に似せていますが、もしかしたらお気づきになられた読者もおられるかもしれませんね。

八巻の前半で登場したクックイスクイズは、一九七〇年代から九〇年代まで年一回開催されていたとあるクイズ番組を参考にしており、世界の各都市をチェックポイントにして、クイズバトルを繰り広げる大イベントとなっています。物語では、シャーロットの帰還方法の一つとして提起されていますが、Ｗｅｂ版と異なり参加しません。Ｗｅｂ版で書いてみてわかりましたが、話自体が単調になってしまい、面白くないからです。

ただ、ユアラとの決戦までの箸休《はしやす》めとして物語に入れられないものかと考えた結果が、終盤に登場したミニクックイスクイズです。こちらはバラエティー番組とクイズ番組を基《もと》に考えており、魔法を取り入れることで、地球では絶対にできないような規模の大きな罰ゲームを考案しました。

加えて、ここの物語を書いている途中で、シンシアにも軽いざまあを与えておこうと思いました。ベアトリスと和解する形に落ち着きましたが、この決着では納得しない読者もいるのではと考えたからです。そこで、終盤のクイズにて、平民が司会で調子に乗っているシンシアに対して、怒りのクレームを投げ込んでもらう結末にしました。

読者の方々は、スッキリしてもらえたでしょうか？　ベアトリスを主軸に動かしてきた物語も、八巻にて落ち着いたので、次巻からはユアラを本格的に参戦させます。

勝負の行方は？　シャーロットの持つ【切り札】は、ユアラたちに通用するのか？

シャーロットは、ユアラと厄浄禍津金剛を捕縛できるのか？

それでは皆様、またお会いしましょう。

二〇二三年四月　犬社護

じい様が行く
いのちだいじに 異世界ゆるり旅
蛍石
illustration: NAJI柳田
年の功と超スキルを引っさげて
ご隠居、異世界へ。
何はともあれ一服じゃ。
アルファライト文庫
累計55万部!
ネットで大人気!
webで大人気の最強じい様ファンタジー!

Moto jashin tte honto desuka!?
元邪神って本当ですか!?
万能ギルド職員の業務日誌
Shinan
紫南
Illustration
riritto
1
アルファライト文庫
受付業務からダンジョン攻略まで!!
元神様な少年の
自重知らずな
辺境暮らし!!!
累計4(電子含む)万部!
ネットで大人気!
"元神様"な天然ギルド職員のうっかり改革ファンタジー!

アルファライト文庫

この作品に対する皆様のご意見・ご感想をお待ちしております。

おハガキ・お手紙は以下の宛先にお送りください。

【宛先】

〒150-6008 東京都渋谷区恵比寿 4-20-3 恵比寿ｶﾞｰﾃﾞﾝﾌﾟﾚｲｽﾀﾜｰ 8F
（株）アルファポリス　書籍感想係

メールフォームでのご意見・ご感想は右のＱＲコードから、
あるいは以下のワードで検索をかけてください。

アルファポリス　書籍の感想　検索

ご感想はこちらから

本書は、2020 年 12 月当社より単行本として
刊行されたものを文庫化したものです。

元構造解析研究者《もとこうぞうかいせきけんきゅうしゃ》の異世界冒険譚《いせかいぼうけんたん》 8

犬社護（いぬや　まもる）

2023年 4月 30日初版発行

文庫編集－中野大樹
編集長－太田鉄平
発行者－梶本雄介
発行所－株式会社アルファポリス
〒150-6008東京都渋谷区恵比寿4-20-3恵比寿ガーデンプレイスタワー8F
TEL 03-6277-1601（営業） 03-6277-1602（編集）
URL https://www.alphapolis.co.jp/
発売元－株式会社星雲社（共同出版社・流通責任出版社）
〒112-0005東京都文京区水道1-3-30
TEL 03-3868-3275
装丁・本文イラスト－たてじまうり
文庫デザイン—AFTERGLOW
（レーベルフォーマットデザイン－ansyyqdesign）
印刷－中央精版印刷株式会社

価格はカバーに表示されてあります。

落丁乱丁の場合はアルファポリスまでご連絡ください。

送料は小社負担でお取り替えします。


ISBN978-4-434-31900-6 C0193